상허

이태준

평설

상허 이태준 평설

1판 1쇄 발행 | 2018년 12월 15일

지은이 | 정춘근
발행인 | 이선우
펴낸곳 | 도서출판 선우미디어
　　　　　등록 | 1997. 8. 7 제305-2014-000020
　　　　　02643 서울시 동대문구 장한로12길 40, 101동 203호
　　　　　☎ 2272-3351, 3352 팩스: 2272-5540
　　　　　sunwoome@hanmail.net
　　　　　Printed in Korea ⓒ 2018. 정춘근

값 15,000원

※ 이 도서의 국립중앙도서관 출판예정도서목록(CIP)은 서지정보유통지원시스템
　홈페이지(http://seoji.nl.go.kr)와 국가자료공동목록시스템(http://www.nl.go.kr/kolisnet)에서
　이용하실 수 있습니다.(CIP제어번호: CIP2018038984)

ISBN 978-89-5658-591-8 03810

상허 이태준 평설

글 정춘근 시인

선우미디어

상허 이태준 평설을 발간하며

시인 **정춘근**

상허 이태준 선생은 철원이 고향이다. 문학에 입문할 때에 읽었던『문장강화』는 글을 쓰는 기초를 가르쳐 주었으며 작가로서 나갈 방향을 제시했었다. 또한『무서록』의 단아한 문장과 옆에서 소곤거리며 이야기를 들려주는 것 같은 수필들은 항상 가까이 두고 곰곰이 음미하는 즐거움을 주었다. 이런 느낌은 많은 사람이 공감하는 사실이고 또 앞으로도 문학을 꿈꾸는 예비 작가들에게 시금석이 될 것이다. 또한 서민들의 애환을 담아낸 단편소설들은 바로 우리 이웃들의 희로애락을 담아내면서 우리 문학을 한 단계 발전시킨 명실공이 '단편 소설의 완성자'라는 평가가 과하지 않다는 판단이다.

이렇게 위대한 작가의 고향이 우리 철원이라는 것은 자랑이면서 또 한편으로는 그 고고한 문학 혼을 계승해야 한다는 책임감을 갖게 하였다. 그러던 중에 상허 이태준 선생의 1930~40년대 발간한 고서와 1988년 해금 이후 서적들을 수집을 하면서 나름대로 자료를 정리하는 일을 했었다. 그렇게 정리된 내용을 평설이라는 이름을 빌어 책으로 출판을 하게 되었다. 더 많은 내용과 연구가 필요하다는 자책을 하면서 조심스러운 마음으로 책을 내놓는다. 부족한 점이나 보완이 필요한 부분이 발견되면 차후에 증보판이 만들어질 기회에 수정을 할 생각이다.

본 평설을 발간하는데 '아낌없는 후원을 해 주신 문학회원' '어려운 여건에서도 출판을 승낙한 선우미디어' 그리고 상허 이태준 문학을 계승하는 일에 발 벗고 나서는 (사)한국문인협회 철원지부 회원, 문학동인 모을동비 회원들에게도 감사를 전한다.

마지막으로 본 평설을 쓰는데 참고 서적으로 삼았던 책의 목록은 다음과 같다.

- 『무서록』 (1941년) 박문서관
- 『상허문학독본』 (1946년) 백양당
- 『문장강화』 (1946년) 박문서관
- 『한국해금문학전집, 이태준1~2』 (1988년) 삼성출판사
- 『한국문학사의 잃어버린 공간 복원 이태준 문학전집』 (1988년) 귀인사
- 『북으로 간 작가선 이태준』 (1988년) 을유문화사
- 『이태준 전집 1-18』 (1988년) 서음사
- 『문장잡지』 영인본 (컬러본 1~26권 전질)
- 『조선문학가동맹총서』 (흑백, 금장 표지 1~4권)
- 『상허 학보』 1-16권 (2008년) 상허학회
- 『이태준 전집』 1~7권 (2015년) 소명출판사
- 『상허 이태준 현실 인식 고찰』 (1999년) 최용석
- 『정치로 죽기와 작가로 서기』 (1994년) 정현기
- 『이태준의 정신문화주의』 (2003년) 김택호
- 『상허 이태준 문학 연구』 (1999년) 김상선
- 『사상의 월야』 (1946년) 을유문화사

차례

상허 이태준
평설

1. 상허 이태준 선생의 가계보

가. 시작하는 말

상허 이태준 선생을 알아보기 위해서는 가승(족보)을 먼저 살펴 볼
필요가 있다. 이것이 중요한 이유는 이태준 선생은 첩의 자식으로 태어
났기 때문이다. 그런 연유로 고향에 돌아와서도 제대로 된 대접을 받지
못한 것과 무관하지 않아 보인다.

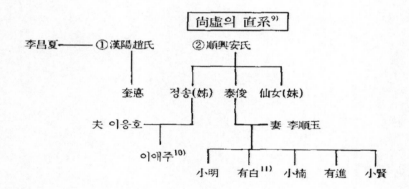

위의 가승을 보면 상허 부친의 첫 번째 부인이 한양 조 씨이고 두 번째
부인이 순흥 안 씨이다. 이태준의 어머니는 첩이었다. 첩의 자식으로 태
어난 이태준의 누나는 정송, 여동생은 선녀이다. 이태준은 이후 이순옥
과 결혼을 하고 슬하에 소명, 유백, 소남, 유진, 소현을 두고 있다. 그렇다

면 이창하 씨의 첫 번째 부인에 대한 기록은 어떻게 남아 있는지 알아보면 다음과 같다.

그분의(이태준) 큰어머님은(한양 조 씨) 얼굴이 둥그스름하고 담배 가게 할머니로 통했는데, 용담 주막거리에서 담배소매상을 하셨으며, 제가 월남을 할 때까지 살아가셨습니다. ─「근접하기 어려웠던 아저씨」 1993년 11월 4일 재종질 이동진 씨의 회고담에서 인용

위의 진술 내용을 보면 상허 선생의 큰어머니는 용담에서 계속 생존한 것으로 나타나고 있다. 그러나 상허 선생과는 교류가 없었던 것으로 보여진다. 왜냐하면 고아가 된 이태준 선생이 어려움에 처했을 때 큰어머님의 도움을 받았다는 내용이 전무하기 때문이다. 또 상허 선생의 작품 어디에서도 큰어머니에 대한 언급이 없다는 것은 의도적으로 피했거나 서로 왕래하는 사이가 아니었던 것으로 판단된다.

위의 가승에 등장하는 이태준 선생의 장남 이유백에 대한 휘문중학교 학적부가 남아 있는데 그 자료를 보면 상허 선생이 태어난 정확한 주소를 알 수 있다.

성명: 이유백, 1931년 10월 15일 생
본적: 강원도 철원군 철원읍 율리리 614번지(상허 출생지)
주소: 경성부 동대문구 성북동 248(현 수연산방)
　─ 휘문중학교 학적부 인용

이태준 선생의 부인은 이순옥으로 음악을 전공했고 다음과 같은 인연으

로 결혼을 하고 북한에서 삶을 마감한 것으로 알려지고 있다.

나. 이순옥의 만남과 결혼

1) 맞선으로 만난 부인

이태준 선생과 부인인 이순옥 여사와는 어떻게 만났을까? 한 사람은 소설가였고 한 사람은 피아니스트였기 때문에 낭만적인 만남을 상상할 수 있다. 그러나 단편 「장마」에 '우리 부처는 어떻게 되어 혼인이 되었더라?'는 이야기로 시작된 이순옥 여사와의 만남은 아주 촌스러움 그 자체였다.

- 나는 강원도, 아내는 황해도, 내가 스물여섯이 되도록, 한번도 본적도 없고 들은 적도 없었다. 다만 인연이란 내가 잘 아는 조양(지금은 그도 여사이나)이 내 아내와도 친한 동무였다.

- 조양은 저쪽에다 나를 무엇이라고 소개했는지는 모르지만 나한테는, "첫째 가정이 점잖고, 고생은 못 해봤으나 무어든 처지대로 감당해 나갈 만한 타협심이 있고, 신여성이라도 모던 —과는 반대요, 음악을 전공하나 무대에 야심이 있는 것이 아니라 취미에 그칠 뿐이요, 인물은 미인은 아니나 보시면 서로 만족하실 줄 압니다." 하였다.　　　　　　　　—『장마』(조광, 19366년 10월)

위의 글은 이태준 선생과 이순옥 여사가 처음 만나게 되는 인연을 소개하고 있다. 서로 아는 사이가 아니었고 이태준 선생이 아는 조양이라는 여자가 이순옥과 친한 사이이로 소개를 시켜주는 과정을 이야기하고 있다. 이태준 선생에게 '점잖고 고생은 못 한' 집안이라는 점을 이야기하면서 '음악은 취미로 한다.'는 정도와 '미인은 아니지만 만족'할 것이라고 했다. 이태준 선생의 입장에는 결혼 적령기에 들어선 탓에 만나 보기를 청할 수밖에 없었다.

나는 곧 만날 기회를 청했었다. 조양은 이내 그런 기회를 주선해 주었다. 나는 이발을 하고 양복에 먼지를 털어 입고 구두를 닦아 신고 갔었다. 내가 보기만 하는 것이 아니라 나도 뵈이는 터이라 얼떨떨하여서 테불만 굽어보고 있었으나, 대체로 그가 다혈질(多血質)이 아닌 것과 겸손해 뵈는 것과 좀 수줍은 티가 있는 것과 얼굴이 구조무자형 (九條武子型)인데 마음에 싫지 않았다.

－『장마』(조광, 1936년 10월)

그렇게 해서 두 사람은 맞선이라는 것을 보게 된다. 이태준 선생은 이순옥 씨가 '성격이 급해 보이지 않고' '겸손과 수줍은 티'가 있는 것이 싫지는 않은 느낌이었다는 것을 표현하고 있다. 그리고 '이왕 만나본 김에야 좀 더 사귀어볼 필요가 있다' 하고, 다시 만나는 기회를 갖게 된다.

한번 같이 산보할 기회를 청해 보았다. 저쪽에서 답이 오기를 자기도 그렇게 하고 싶다고 하였고, 토요일 오후에는 두 시서부터 다섯 시까지, 세 시간 동안은 학교에서 나가 있을 수 있는데, 무슨 공원이나 극장 같은, 번잡한 데는 싫다고 하였다.

나는 그때, 서대문턱 전차정류장에서 그를 만나가지고 어디로 걸어야 좋을지 몰랐다.

－『장마』(조광, 19366년 10월)

드디어 두 사람이 만남을 가졌지만 어디로 갈지 몰라서 망설이게 된다. 그래서 이태준 선생이

"어느 쪽으로 걸을 까요?" 물으니 "전 몰라요."

이야기를 하면서 정류장에는 아는 사람들이 많으니 빨리 장소를 옮기고 싶어 하는 눈치였던 것으로 묘사되고 있다. 이에 이태준 선생이 데리고 간 곳은 다음과 같은 장소였다.

거름마차만 그 코를 찌르는 냄새에다 먼지를 일으키며 지나간다. 자동차가 한번 지나면 한참씩 눈도 뜰 수가 없고 숨도 쉴 수가 없다. 벌써 한 시간이나 거의 소비했다. 조용한 말이라고는 한 마디도 못해 보았다. 그 세검정서 내려오는 개천은 여간 더 멀리 걷기 전에는 만날 것 같지도 않았다. 햇볕은 제일 뜨거운 각도로 우리를 쏘았다. 나는 산을 둘러보았다. 아글아글 달은 바위뿐이다. 그러나 산으로나 올라가 앉을 자리를 찾는 수밖에 없었다. 산은 나무가 좀 있는 데를 찾아가니 맨 새빨갛게 송충이 먹은 소나무뿐이었다. 그리고 좀 응달이 진 데를 찾아가 앉으니, 실오리만한 물줄기에는 빨래꾼들이 천렵이나 하듯 법석이었다. 빨래방망이들 소리에 우리는 여간 크게 발음을 하지 않고는 서로 알아들을 수가 없었다.

—『장마』(조광, 19366년 10월)

첫 번째 만남이 이 정도였다면 최악이라고 할 수 있다. 결혼 후에 이순옥 여사가 성북동으로 처음 나와 볼 때, 왜 그때 이렇게 산보하기 좋은 데를 몰랐느냐고 이태준 선생을 비웃었고, 소설을 쓰되 연애소설은 쓸 자격이 없겠다 할 정도였다.

2) 결혼과 죽음

상허 이태준 선생 인생에서 최대 전환점은 1930년(27세) 이화여전 음악과 출신인 이순옥과 결혼을 한 것이다. 이순옥은 황해도 벽성군 어느 대지주의 딸로 태어난 것으로 기록되어 있다. 부잣집 딸이던 그가 일전 한 푼 없는 문학청년 이태준에게 반하고 연정을 품게 된다. 이순옥의 부모는 빈털터리에다가 혈혈단신인 고아청년에게 죽어도 딸을 못 주겠다고 결사적으로 반대를 했다. 이순옥은 결국 말을 타고 집을 뛰쳐나와 서울로 올라와서 이태준 선생과 끝내 결혼을 이룬다.

결혼을 한 뒤에는 5남매를 낳았고 이태준 월북을 따라 올라가서 남편의 몰락을 지켜보다 뇌혈전으로 쓰러져 3년 간 병 투병을 했다. 이순옥 여사의 대소변을 받아내는 병수발을 이태준 선생이 한 것으로 알려지고 있다. 이순옥 여사는 임종 직전에 딸린 소명이에게 다음과 같은 유언으로 시를 남긴다.

「불나비」

나는 불나비,
불빛을 보고 날아든 불나비
그 불빛 아름다워 내 넋은 취했네
그 불빛 뜨거워 내 심장 달았네
불길이여, 타오르라 더 활활 타오르라
나는 이 몸 이 마음 다 바쳐
너의 불길 더 높이 솟구치게 하리라

             - 이태준 부인 이순옥 여사가 마지막 남긴 글

자신은 가난하지만 빛나는 이태준 선생을 보고 모든 것을 다 바치고 뛰어든 한 마리 불나비로 비유를 하면서 '자신은 몸과 마음을 다 받쳐 이태준 선생을 더 빛나게 할 것이다.'라는 간절한 마음을 표현하고 있다.

다. 불행한 가족史

이태준 작가의 재능 한 가지만 보고 결혼을 한 이순옥 여사에게는 생전에 맏딸 소명, 아들 유진, 딸 소남, 아들 유백, 딸 소현 이렇게 5남매를 낳는다. 이들은 상허 이태준 선생과 서울 성북구 수연산방에서 단란한 가정을 꾸리고 살고 있었다. 그러나 1945년 해방이 되고 한반도가 38선으로 분단이 되면서 예상치 못한 상황에 직면을 하게 된다.

당시 이태준 선생의 아들인 이유백이 휘문중학교에 다니고 있었고 「토끼 이야기」에서 나오는 것처럼 경제적으로 궁핍한 시기였다. 해방 직전 까지 이태준 선생은 '안협'으로 낙향을 해서 낚시를 다닌 것이 작품 「해방전후」에서 자세하게 묘사되어 있다. 이런 점에 비추어 보면 가족이 떨어져 살았던 것으로 보인다. 이렇게 살고 있던 중에 갑자기 해방을 맞이하면서 많은 변화가 일어난다. 그 중에서 가장 대표적인 것이 순수 문학의 기수를 자처하던 상허 이태준 선생이 좌익 문인 단체에서 활동을 하다가 월북을 하게 된다. 이런 과정에서 이순옥 여사와 5남매들 모두 이태준 선생을 따라서 북한으로 올라간다. 그 후 이태준 선생이 몰락을 하면서 가족들의 운명도 달라진다. 우선 이순옥 여사가 지병으로 사망을 하고 나머지 가족들도 자신들의 의지와 상관없이 비극적인 상황을 맞이 한다. 그런 슬픈 가족사를 북한 탈북 여류시인 최진이(41)씨가 증언을 한 바를 중심으로 알아보면 다음과 같다.

1) 장남 이유백

장남 이유백에 대한 증언은 우리 지역에서 부군수를 지냈고 문화원장을 지낸 함영련 씨와는 같은 중학교를 다녔는데 함 원장이 "북한 정권에 대해 비판을 하는 내용을 이야기했는데 유백이 고발을 하는 바람에 월남을 할 수밖에 없었다."는 증언을 하고 있는데 더 확인이 필요한 상태이다.

장남 유백은 상허 이태준이 숙청을 당하자 군대에서 제대했지만 전쟁 시기 쌓은 공로가 참작돼 동생들에 이어 김일성종합대 수학학부에 입학을 한 것으로 알려지고 있다. 그러나 그는 아버지의 재능을 이어받아 소설 창작에도 소질을 나타낸다.

이런 유백의 소설 작품들을 읽은 친구들은 그것을 대학 편집부에 투고해 보라고 격려하고 이에 유백은 용기를 내서 원고를 편집부로 발송하지만 큰 문제가 발생을 한다.

글을 읽은 편집부는 이런 글을 쓸 수 있는 사람은 이태준밖에 없다고 생각하고 조사를 하는 과정에서 '원고 발송자가 이태준의 맏아들이라는 것을 알게 된 편집부는 이태준 선생이 아들 이름을 팔아 투고했다고 단정을 하고 또 한 번의 사상투쟁의 뭇매가 가해졌다.

큰아들 유백은 대학을 졸업한 뒤 한동안 대학출판사 근무하다가 이태준 선생이 재차 추방된 뒤로는 지방대학 교원으로 밀려난다. 그러나 그는 지방대학에서도 그가 쓰는 교수안, 논문들은 일반 교원들과는 비교할 수 없을 정도로 우수해서 일약 '천재'로 이름을 날린다. 주변에서 그에게 결혼을 권하지만 유백은 그때마다 거절하고 독신으로 생활하던 그는 아버지 이태준과 동시에 자기가 살던 곳에서 없어진 뒤에서는 흔적을 찾을 수 없는 상황이다.

2) 장녀 이소명

상허 이태준 선생의 맏딸인 소명은 북한에서 결혼을 한 상태였다. 소명 부부는 덕망이 높았던 것으로 알려졌고 남편은 유능한 인재였다.

소명 부부는 이태준이 첫 번째 사상투쟁 무대에 서 있을 당시 소련 ○○아카데미야 연구원에 유학 중이었다. 그러나 이들 또한 상허 이태준 선생이 비판을 받고 오지로 떠밀려 나자 이 문제로 소련 유학 기한을 다 채우지 못하고 조기 귀국하게 된다.

이런 어려운 상황임에도 소명의 남편은 고매한 인격과 실력을 인정받아 ○○○종합대학 교원으로 임명받는다. 그는 타고난 교육자로 전 대학 교원들의 총애를 받는 수재로 명망이 높아지고 있었고 특히 장인인 이태준 선생이 숙청 후 추방당한 뒤에도 끝까지 챙긴다.

이렇게 완벽한 실력과 군중의 두터운 신망, 고상한 인격으로 장인이 모진 풍파를 겪는 속에서도 대학교원으로 남편은 건재했지만 이태준 선생이 두 번째로 혁명화 내려간 뒤 보위부는 그에게 아내인 소명과의 이혼을 강제로 추진한다. 결국 이혼을 한 남편은 6개월 만에 화병과 고혈압으로 끝내 숨을 거두고 만다.

그 후 소명에 대한 기록은 남아 있지 않아서 생사를 알 수 없는 상태이다.

3) 차녀 이소남

이태준의 둘째 딸 소남은 대학 졸업 후 평안북도 구성시의 한 담수양어장에 양어기사로 배치돼 간다. 이태준이 다시 평양으로 돌아와 있을 때 소남은 한 남성과 결혼하지만 아버지가 반동작가로 다시 낙인찍히자 남편은 이혼을 요구한다. 6년 동안 폐병으로 죽어가는 남편을 살려놓고 할 일 다 했는데도 쫓겨날 수밖에 없었다. 이 과정에서 남편은 매일같이 소남을 구타하려고 해서 결국 6개월 된 젖먹이 딸을 남편에게 빼앗기고 이혼하고 만다. 그런 와중에 양어사업소에서도 소남을 해임한다. 이유인 즉 사업소 앞으로 '1호 도로'(김일성 전용도로)가 지나가기 때문에 토대가 나쁜 사람을 둘 수 없다는 것이었다.

소남은 그 후 가구공장에 배치 받아 가고 두 번째 반려자를 만나 결혼했지만 탄광 노동자였던 남편은 8년 만에 갱 안에서 낙반사고로 죽는다. 그리고 어느 날 그는 아무도 알 수 없는 곳으로 다시 실려 간다. 후에 그를 아는 사람이 보위부의 한 수용소에서 그를 보았다고 한다.

4) 차남 이유진

이유진에 대한 기록은 거의 없다. 막내딸 소현이가 산골마을인 임산사업소로 실려 갔을 때 둘째 오빠 유진의 가족이 이미 들어와 있었다. 유진은 그곳에서 작업반장, 아내는 유치원 교양원을 맡고 있었다.

소현이 임산사업소를 비우고 40일 동안 건설노력동원을 다녀오게 되었는데, 돌아와 보니 오빠 가족은 사업소를 떠나고 없었다. 그 후 이유진의 행적은 알려지지 않고 있다. 이런 상황에 비추어 볼 때 이태준 선생 가족 중에서 차남 이유진은 북한에서 살고 있을 가능성이 높다. 그런 추측을 하는 이유는 이유진이 자신의 재능을 포기하고 북한 체제에서 원하는 노동현장에서 작업반장을 할 정도로 인정을 받았다는 점이 있기 때문이다.

5) 막내 이소현

이태준 선생이 가장 아낀 자식이 바로 막내 이소현으로 알려지고 있다.

이태준의 막내딸 소현은, 이태준이 67년 평양으로 복귀한 이후 대학을 나오고 외교부에서 일하는 대학 동창생과 결혼하여 행복한 가정을 꾸리지만 이내 어려움을 맞게 된다. 74년에 또 사상투쟁회의가 열리고 이태준이 다시 걸려들었기 때문이다(그 사유에 관해서는 정확히 알 수 없다). 그는 재차 평양에서 추방된다. 이번엔 강원도의 깊은 산골로 추방되었다. 이태준의 막내딸 이소현 부부도 지방으로 다시 추방된다. 소현의 남편은 외교부에서 해임되었다. 소현은 남편과 평양에서 평안북도로 추방되어 농장원 생활을 해야만 했다.

그러나 2년 후 소현의 남편은 더 먼 곳으로 혁명화를 간다. 이때 맏시누이에게서 소현 앞으로 편지가 날아온다. 이혼해 달라는 것이다. 이혼을 안 하면 자기는 군관인 남편과도 갈라져야 하며 자기 집 세 아들은 어머니 없는 아들이 된다고 했다. 설복과 강박·위협·애원이 이어졌다.

처음에는 완강하게 거부를 하고 버텼지만 결국 소현은 결국 이혼을 결심하고 이혼신청서를 반 강제적으로 내야만 했다.

남편과 함께 재판장에 불려가 이혼 동의에 꺼림 없이 "예" 하고 마음에 없는 대답한다. 그는 "아들(임당)은 어떻게 하겠는가"는 재판장의 질문에도 "남편에게 주겠습니다."라고 대답했다. 아들 또한 어머니와 있으면 전망이 꽉 막히기 때문에 어쩔 수 없는 선택이었다. 이렇게 막내딸 소현은 두 돌 갓 지난 아들과 함께 남편을 빼앗기다시피 하며 이혼을 하게 된다. 그런 다음에 소현은 몇 달 후 더 깊은 산골마을인 임산사업소로 실려 간다.

그곳에서 둘째오빠를 만나지만 얼마 지나지 않아 이별을 하고 혼자 남게 되는데 소현은 그 뒤로 남포시 건설을 지원, 무려 8년 동안이나 건설지원 돌격대 대원으로 활동한 것으로 알려지고 있다. 소현이 했던 일은 북한이 대동강종합개발계획의 일환으로 1981년 초 '서해갑문' 건설과 함께 벌였던 남포시 건설사업에 돌격대로 선발돼 투입된 것으로 보인다. 소현은 8년간의 건설돌격대 생활을 마치고 다시 임산사업소로 돌아와 산골의 한 농민과 재혼해서 평범한 농부의 아내로 살아간다.

2. 이태준 선생의 아버지

가. 아버지의 직업

　상허 이태준 소설가의 연보를 보면 1904년 11월 4일 강원도 철원 출생하였고 아버지 이창하(1876.9.16－1909.8.28)는 개화파 지식인으로 가승에 다음과 같이 기록 되어 있다. 호는 매헌(梅軒), 철원공립보통학교 교관, 함경남도 덕원감리로 근무한 것으로 알려지고 있다. 아버지의 구체적인 직업에 대해서 알아보면 다음과 같다.

　감리라는 직위는 특정한 일에 대하여 총체적으로 감독, 관리하는 최고 책임자라는 뜻이 명사화된 것이다. 조선이 개항이 되면서 개항장과 개시장의 사무, 특히 통상 사무를 감독, 관리하기 위해 1883년(고종 20)부산·인천·원산 3개소의 개항장에 설치되었다. 1895년 감리서가 폐지되고 지방장관에게 이관되다가 격증하는 대외관계업무로 인하여 1896년 8월 다시 권한이 확대되어 다시 설치되었다.

　주요 업무는 개항된 지역의 거주하는 생명과 행정 업무 관장, 법정 다툼을 해결하는 행정권·섭외권·사법권을 관장하였는데 지금의 도지사 직급이었다. 1899년 5월 4일 칙령(勅令) 15호로 발표된 자료를 보면 '감리(監理)는 1인을 두되 주임관(奏任官)으로 하고 주사(主事)는 4인을 두되 판임관(判任官)으로 한다.'고 되었다. 이런 자료를 보면 상허 이태준 소설가의 아버지는 현재의 도지사 바로 아래 직급으로 상당히 높은 자리에 있었는데 아래 법령 근거에 잘 기록되어 있다.

「고종 33년, 1896년 8월 7일 반포한 감리 관제에 관한 규칙」

제1조: 감리(監理)는 각국 영사(領事)와의 교섭, 조계지(租界地)와 일체 항(港) 내의 사무를 관장한다.

제6조: 감리는 항구 내에 거류하는 외국인의 인명·재산과 본국인에 관한 일체 사송(詞訟)을 각국 영사와 서로 심사하는 권한을 가진다.

제10조: 감리는 관찰사(觀察使)와 대등하게 상대하는데 문서를 주고받는 것을 대등하게 조회(照會)하고 각부(各部)에 관한 사건을 만나면 해부(該部)에 직보(直報)하되 외부에도 보명(報明)한다.

제11조: 감리는 각 군수(郡守)와 각항(各港)의 경무관에게 훈령(訓令)과 지령(指令)을 내리며 목사(牧使)를 제외한 각 부윤(府尹)에게는 항(港)의 사무에 관한 사건을 훈령하고 지령한다.(주요 내용만 발췌)

'더욱이 사위는 초년부터 서울 출입이 잦더니 이내 벼슬에 오르기 시작을 했다.(생략) 나중에 사위가 덕원감리로 원산에 부임한 뒤로는 서울서 동대문 밖 나서서는 모두 자기 사위의 천지인 듯, 안하에 걸리는 사람이 없었다.'

— 『사상의 월야』에서 발췌

위의 내용 때문에 이태준의 아버지가 '덕원감리'를 지낸 것으로 알려졌으나 이동진 씨(이태준 소설가의 7촌)가 소유한 가승에 '덕원감리서 주사'로 기록되어 있다. 후손들이 가승을 작성하면서 선조의 직책을 낮추지 않는다는 점을 생각하면 실제 직책은 '덕원감리서 주사'가 맞을 수도 있지만 더 정확한 조사가 필요해 보인다.

위 감리제도는 1906년 폐지되었는데 이태준 소설가 아버지는 개화파로 몰려 나중에 러시아로 망명을 하는 원인이 된다.

나. 아버지와 개화사상

상허 이태준 선생의 아버지가 맡아서 처리하던 업무는 개항을 하면서 밀려드는 외국인들을 대상으로 하는 것이었다. 통상적으로 외국인들의 업무처리는 해당 영사관을 통해서 처리하는 것이 원칙이다. 문제는 그렇게 할 경우 여러 곳을 경유해서 신속하게 처리할 수 없는 문제점을 해결하기 위해 관찰사 급의 감리 제도를 신설했다. 위 감리제도는 1906년(광무 10)에 모두 폐지되었는데 이유는 1905년 을사늑약이 체결되면서 우리의 외교권이 박탈당한 결과이다.

이런 과정에서 선진문물을 경험한 이태준 소설가의 아버지는 개화파가 되었다. 개화당으로 불리던 이 세력들은 1884년(고종 21) 김옥균(金玉均)을 비롯한 급진개화파가 주도했던 갑신정변이 실패하면서 공공의 적으로 몰리게 되면서 입지가 약화 되었고 의병과 갈등이 발생하게 된다. 구체적인 증거로 우리나라 대표적인 의병장 유인석(柳麟錫 1842~1915)의 자료를 보면 아래와 같다.

아! 원통하다. 분하다. 하찮은 섬나라 오랑캐가 중국과 우리나라에 해를 끼친 것은 예부터 그랬지만 근래 이른바 개화란 것이 생긴 후에는 설쳐대는 것이 더욱 끝이 없다.　　　　　－「중국에 가는 백경원을 보낸다[送白景源入中國]」,
『의암집(毅菴集)』 일부 인용

위의 글에서 나타난 바와 같이 개화파들은 좁아진 입지를 타개하기 위해 일본으로 활동무대를 옮기게 되었는데 이태준 소설가 아버지의 움직임이 작품과 이동진 씨의 증언에 잘 반영되고 있다.

집에 들르지도 않고 서울 직행을 몇 번 하더니 갑자기 살림을 족치기 시작을 하는 것이었다. 종갓집 재산이라 알톨 같은 땅뿐인 것을 허둥지둥 헐값에 넘겨, 십전짜리 은전과 두돈오푼(二錢五分)짜리 백동전으로만 소에 다섯 바리를 서울로 떠났다. 석 달 뒤에 낭아사끼(나가사끼)라는 데서 편지가 오고, 석 달 뒤에 고오베라는 데서 편지가 오고는 이태 동안 소문이 끊어졌다가…'

— 『사상의 월야』에서 인용

그 분의(이태준) 부친은 개명된 양반이었고 일본으로 간 것으로 알고 있습니다. 일본 갔다 오는 길에 차녀를 배에서 분만하였다 하여 선녀라고…(생략) 어쨌든 집안에서는 일본으로 망명을 했고…' — 「이태준 회상기」 '근접하기 어려웠던 아저씨' 1993년 11월 14일 이동진 증언 내용의 일부

위의 증언에서 '일본 갔다 오는 길에 차녀를 분만했다'는 내용은 잘못 증언된 것으로 이태준의 아버지 혼자만 일본으로 갔기 때문에 잘못된 부분으로 '차녀는 아라사로 망명을 하고 난 뒤에 북쪽 바다에서 출산한 사실'이 이태준 작품 속에 여러 번 기록되어 있다. 그러나 분명한 것은 이태준 소설가 아버지는 집안의 가산을 급히 정리할 정도로 급박한 상황에 내몰렸으며 많은 돈을 가지고 갔지만 자주 편지를 하지 못할 정도로 무엇인가를 꾸몄지만 그 내용은 알 수 없다는 점이다. 상허 이태준 선생의 작품에서도 구체적인 내용을 발견할 수 없는 상황이다. 친척들이

'망명'이라고 증언을 할 정도로 상황이 안 좋은 것을 추측할 수 있다.

다. 개화파 아버지의 고난 과정 (1)

상허 이태준의 부친이 1909년 러시아령 해삼위(海蔘威, 블라디보스톡)으로 망명을 하기까지의 과정에 대해서 주목을 한 논문이나 연구서는 없다. 그러나 분명한 것은 상허 이태준의 부친은 개화파인 것은 확실해 보인다. 그런 사실을 엿볼 수 있는 것이 다음과 같다.

사방에 흩어져 있는 동지들과 연락해 가지고는 서울의 완미한 세력권에서 멀리 떨어져 있는 서북간도 일대를 중심으로 거기 널려 있는 조선 사람들을 모아 가지고 일본의 유신과 상응하는 이곳 유신을 일으킬 큰 뜻을… ― 자전적 소설 『사상의 월야』(을유문화사, 1946년)

주인공 김윤건에 대한 소개 중에서 '그가 나기는 강원도 철원이었으나 개화당의 한 사람이었든 그의 아버지…' ― 『고향』(동아일보, 1931년)

고향을 떠나 일본을 돌아다니던 상허 부친이 느낀 것은 조선도 개화를 통해서 발전을 해야 한다는 자각이었다. 특히 '일본의 유신'과 상응하는 큰 뜻을 일으키기 위해 귀국을 결정한 것으로 판단된다. 그러나 당시 우리나라 상황은 '개화당은 둘째요 역적이라는 이름만 붙어도 문중이 결판나는…'(사상의 월야)이었기 때문에 신분을 감추고 아래와 같은 기상천외한 방식으로 귀향을 한다.

하루는 어슬어슬한 저녁때인데, 웬 지나가던 초상상재(상여) 하나가 마당에서… 중문 안으로 들어서는 것이었다. 모두 눈이 둥그럴 수밖에 없는데 방갓 속에 나타난 얼굴은 … 아버지였다. (생략) 웬일인지 대문을 초저녁부터 걸게 하고 하인들에게까지 자기의 돌아옴을 숨기라고 했다.

작품 속에 상허 부친은 '두건을 벗는데… 중처럼 삭발이 아니라 비뚜로 가리마를 타서… 여기서 처음 보는 머리.' 모습을 하고 있다. 이것은 단발령에 반발해 '목을 내놓을지언정 머리카락을 자를 수 없다'고 의병을 일으킨 당시 사회상황에서는 개화파는 처형 대상이었다. 문제는 당시 의병들에게 개화파는 나라를 팔아먹은 반역자로 척결 대상이었다. 즉, 1908년은 구한말 의병이 전성기에 있었던 시기로 조선의 독립을 위해 일본과 목숨을 바쳐 전투를 벌이면서 '개화파=일본'이라는 개념 때문에 많은 사건이 일어났다. 구체적으로 당시 의병의 개념과 문서로 남아 있는 자료를 살펴보는 것은 이태준 선생의 부친이 죽은 사람처럼 상여를 타고 집으로 몰래 숨어 들어오는 행동을 이해할 수 있다.

한말의 의병은 일본제국주의의 침략을 맞아 한국의 주권을 지키기 위하여 봉기한 민병(民兵)이었다. 민병이라고 해도 관군을 지원하는 등의 단순한 민병이나 관군의 위치를 초월한 민족의 군대라는 성격을 가지고 있었다. (네이버 한민족 자료)

1908.12.14. 양주군 율북리에서 의병 1명이 민인에게 부정과 행패를 부리다가 다른 의병들의 본보기로 사살 당함.

1909.3.25. 전 판서 홍순형이 양주군 덕치의 본가로 내려와 숙박하는데, 의병이 습격하여 금화 2000원을 탈취해가서 홍 씨가 경성으로 피신함. (경기도 양주군 의병활동 기록)

안동 관찰사 이남규가 이달 스무 나흗날 군부에 보고를 하였는데 참 의병은 대군주 폐하께서 선유하옵신 칙교를 보고 안동하거니와 거짓의병은 지금 많이 모여 행패가 무수한데 (안동의 독립운동사)

라. 개화파 아버지의 고난 과정 (2)

집에 돌아온 상허 이태준의 아버지는 '초저녁부터 문을 걸고' '하인들에게까지 자기가 돌아옴을 숨기게 하고' '삼촌 되시는 분과 첫닭이 울 때까지 이야기… 소리를 삼켜 울며' 우리나라의 암담한 현실을 비통해하였다. 그리고 난 뒤에 내린 결정은 다른 나라로 망명을 하는 것이었다.

이후 상허 부친은 '아내와 장모를 불러 놓고… 간도라는 데를 가서 이 철원보다, 서울보다 더 큰 대처를 만들고 일가친척까지 데려간다 하였다.' 하면서 자신의 속뜻을 밝히고 '날이 밝기 전에 오십 리나 되는 보개산 절로 피신하였다. 그러나 귀향 사실이 누군가에 의해 누설되면서 다음날 의병이 몰려들어 다음과 같은 과정으로 곤욕을 치른 것으로 알려졌다.

이태준 아버지를 안 내놓으면 마을에 불을 지른다고 협박

↓

돈과 필육, 소를 몇 마리씩 잡는 잔치로 불질은 면함

↓

어찌어찌 수소문을 하였던 의병들은 보개산까지 달려가 아버지를
붙잡음

↓

이 씨 가문에서 먹은 것이 있는지라 당장에 물고는 면하였으나 초벌
주검이 되리만치는 혹독한 감초를 당함

↓

이태준 가족들은 의병 대장 속이 흐뭇하도록 돈을 거둬 바치고
피투성이가 된 아버지를 들것에 몰래 담아 집으로 데려 옴

↓

그렇게 끝난 것으로 알았지만 의병끼리 서로 연락을 해서 다른 패가
몰려오면 대접해서 보냄

↓

또 다른 패가 오면 또 대접을 하는 일을 반복하면서 많은 가산을
의병들에게 바침.

이런 과정을 거치면서 가산의 손해가 많았고 더욱이 개화파로 몰린
상허 이태준 선생의 아버지는 더 이상 조선에 미련이 없어 보였다. 만에
하나 역적으로 몰리면 집안이 거덜 나는 상황이었다. 이에 이태준 부친
은 거동이 조금 자유롭게 되자 미련 없이 고향을 떠나게 되는데 최종
목적지는 일본의 영향력이 미치지 않는 간도였다.

당시 간도의 상황은 중국인이 9,912호인데 비해 조선인이 5만 2,881호였다. 농토는 전체의 52%를 소유했고, 화룡과 연길 지방에서는 평균 72%가 우리나라 사람의 소유 농지였다. 따라서 간도에서 조선 독립을 위한 준비를 한다는 생각을 갖게 했다. 그러나 상허 부친은 아라사로 망명을 했는데 이유는 전날 덕원감리로 지내면서 외교행정 업무를 처리하면서 아라사(소련)의 영사관과 안면이 있어서 블라디보스토크로 가게 되었다.

당시 이태준 부친은 의병들에게 당한 폭력 때문에 큰 병이 든 것이 작품에 묘사되어 있다.

의병들의 총개머리에 사정없이 짓이겨진 그의 가슴은 속으로 든 병이 더 큰 듯하였다. 아라사 의원이 며칠 다니더니 '이런 대처에 있지 말고, 공기 좋고 한적한 바닷가로 가서 정양하라'고 이른 것이었다. - 자전적 소설 『사상의 월야』(을유문화사, 1946년)

마. 개화파 아버지의 죽음

상허 이태준 소설가 연보를 보면 러시아 블라디보스토크로 이주한 지 1년 만인 1909년(5세)에 개화파였던 아버지가 35세의 나이로 사망을 한 것으로 나타났다. 『사상의 월야』를 보면 이태준 선생은 해삼위 바닷가 근처에서 보낸 것으로 알려지고 있다.

조선 사람들끼리만 언제부터인지 십여 가호 모여 사는 이름도 똑똑치 않은 촌락으로 그리고 그곳에서 러시아 사람을 '마우재'라고 부르고 있었다고 이야기 하고 있다. '마우재'라는 말은 중국 모자(毛子)는 의미로 천하는 것이었다. 문제는 전 재산을 털어서 다른 나라로 망명을 한 가족의 가장이 사망했다는 것은 일가 친척 하나 없는 만리타국, 그것도 가지고 온 돈이 하루하루 줄어들고 어디가 동인지 서인지 분별 못하는 노유(老幼)들 뿐일 뿐… 귀신의 밥이 될지 모르는

　　　　　　　　　　　　　　　　　　　－『사상의 월야』에서 인용

　절박한 상황이었다. 당시 아버지가 사망한 이유에 대해 작품 속에 인용되고 있다.

　아버지는 하룻날 웅기(雄基)에서 들어온 행인에게 무슨 소문을 들었는지, 땅을 치면서 통곡을 하였고, 이날부터 병이 갑자기 덮쳐…

　　　　　　　　　　　　　　　　　　　－『사상의 월야 월야』에서 인용

　위의 내용을 가지고 많은 학자들이 한일합병 소식이라고 하지만 이것은 오류이다. 한일합병은 1910년 8월에 이루어졌고 이태준 부친 사망은 1909년으로 시기가 안 맞는다. 한일합병에 대해서 1909년 4월 조선총독인 이토오 히로부미 자택에서 논의되었지만 공식 행위가 아니기 때문에 객관적으로 평가를 했을 때 일본과 청나라가 맺은 아래 간도조약 때문으로 보여진다.
　간도 협약(間島協約)은 일본이 대한제국의 외교권을 불법적으로 강탈한 상태에서 1909년 9월 4일 청나라와 체결한 것으로 조약의 주요 내용은 아래와 같다.

> 도문강(圖們江, 두만강)을 한(韓)·청(清) 사이의 국경으로 정하여 간도를 청나라 영토로 인정하고 … 일본은 일제(日帝)는 안봉선의 철도부설권 등을 청나라로부터 획득…
>
> —『위키백과』인용

위의 조약이 맺어지면서 상허 이태준 부친이 일제의 유신에 버금가는 큰 뜻을 세울 장소가 없어지게 된다. 당시만 하더라도 북간도는 조선 땅이라는 인식으로 일제의 간섭에서 벗어나 세력을 키울 수 있는 유일한 장소였다. 그런 여건이 일거에 없어지는 사건은 모든 것을 버리고 망명을 한 지식인에게는 절망적 상황으로 몰아갈 수밖에 없었다. 특히 고향에서 의병들의 폭력으로 만신창이가 된 몸으로는 감당하기 어려운 상황이었을 것이다. 망명 1년 만에 원대한 꿈이 수포로 돌아간 이태준 부친과의 마지막 만남이 작품 속에 고스란히 묘사되어 있다.

> 해삼위(블라디보스톡)에 가서 반년 동안이라 치료하시던 아버지가 조그마한 목선을 타고 돌아오셨다. … 선부에서 업혀 상륙하시던 아버지…
>
> "이리 온 태준아."
>
> 나는 낯선 손님만 같아서 어머니 치마폭으로 가리며 돌아섰다.
>
> "자식이 벨을 안 주는 걸 보니 정말 죽으려나 보다!"
>
> —『무서록』(깊은샘, 1994년)

이것이 이태준 소설가와 아버지의 마지막 만남이었다. 아버지가 갑자기 사망을 함으로서 해삼위에는 어머니, 할머니, 이태준 그리고 누나, 가복으로 따라다니던 정 서방 이렇게 남게 되었다. 당시 할머니는 이태준이 나이가 어리지만 '삼테두리와 중단을 입혀 쓸쓸한 상여를 뒤따르게' 하려했으나 어머니가 '미거한 것을 상제를 시키는 것은 천진한 의기를 꺾는 것'이라며 반대를 했다. 또 이것은 '어떤 고난 속에서든 아이의 의기만 꺾지 말고 길러 달라던' 이태준 부친의 유언이기도 했다.

바. 아버지의 무덤을 조선으로 이장

조선독립이라는 청운의 꿈은 안고 아라사로 망명한 이태준 아버지의 사망은 너무 갑작스러웠다. 의병의 폭력 후유증이라는 안타까움이 있지만 가장을 믿고 망명한 가족들에게는 청천벽력과도 같은 일이었다. 그러나 상황은 어쩔 수 없는 일 처음 상허 이태준 부친은 아라사 블라디보스토크에 묻었다. 이태준은 아버지 초상을 치르는 날 바닷가에서 조개를 잡고 놀았던 것으로 작품 속에서 서술하고 있다. 그러나 할머니 어머니가 산으로 가는 것을 보고 멀찍이 따라와서 산소 하관을 보았다. 이웃집 부인이 이태준은 안아 올려, 그 허연 관이 여러 사람들 밧줄에 실려 가라앉는 듯 땅속으로 들어가는 보여주었던 것으로 회고하고 있다. 장례를 끝낸 어머니는 아라사를 벗어나 조선 땅으로 돌아오는 것으로 결정을 하고 이태준 아버지 산소를 헐은 것으로 나타나 있다.

소나무를 많이 찍었다. 배의 우묵한 칸에 깔더니, 언제 파왔는지 흙물도 채 들지 않은 아버지의 관을 그 속에 실었다.　　　　－『사상의 월야』에서 인용

어머니는 아버지의 유골이나마 이역에 묻고서는 편안히 누워 보신 저녁이 없으신 듯 석 달이 못되어… 미처 풀도 푸르지 못한 아버지 산소를 헐으셨다. 흙이

조금 묻었을 뿐인 관은 조그만 청어배에 실어… 찾은 곳이 고향 땅에 들어서는 첫 항구 배기미 지금 함경도 부령 땅인 이진이었다.

　　　　　　　　　　　　　　　　　－『무서록』'고아의 추억'에서 인용

　아버지의 관을 조선의 땅으로 옮긴 어머니는 가끔 이태준 소설가를 끌고 가서 눈물을 씻으시곤 했으며 좋은 일이 있을 때는 인사를 올릴 정도로 지극 정성이었다. 대표적인 예로 이태준 선생이 서당에서 사월 초파일 꽃놀이 시회(詩會)에서 글을 잘 지어 상으로 종이와 붓을 타가지고 온 적이 있었다. 그것을 본 어머니는 상과 상품을 들고 아버지 산소로 가서 인사를 올리도록 할 정도였고 이태준도 '아버지 혼령을 즐겁게 하는 것 같았다.'라고 후일 기록하고 있다. 그런 과정에서 어머니는 자신의 운명이 얼마 남지 않을 것을 예감하고 아버지 산소를 고향 용담으로 이장시키는 작업을 하게 된다.

　어머니는 정 서방을 시켜 크도 작지도 않은 고리짝을 하나 만듦.
- 뚜껑까지 튼 다음 창호지를 안팎을 여러 번 바름.
- 청명한 날을 받고 일꾼 한 사람을 사서 아버지 무덤을 파헤침.
- 완전히 낙골이 되지 않은 시체를 얼굴 한번 안 돌리고 손수 뼈를 추림.
- 물을 길어다 닦고 또 닦고 하여 마디마디 백지로 싸서 고리에 담음.
- 이 날 밤은 집에다 모심.
- 밤새도록 촛불을 밝히고 경야(經夜)를 함.
- 다음날 정 서방에게 노자와 다른 곳에서 살 수 있을 정도의 돈을 주어 육로로 철원 용담으로 보냄.

⇨ 어머니는 이태준 선생을 데리고 십리 밖에까지 따라 나와 '도랑 하나라도 뛰어 건널 때는 미리 알려드리는 거유, 비 오는 날은 메칠 이구 묵어서 떠나야 허우, … 어디서든 자리부터 반듯이 보구 벗겨 놔야 허우…'라는 말을 신신 당부를 함.

어머니가 남편의 무덤을 이국땅에 묻히는 것을 막고 조국으로 돌아오게 한 뒤에 다시 고향으로 모시게 한 것은 스스로 슬픈 운명을 예감했던 것으로 보여진다.

상허 이태준 선생의 작품에서 어머니가 남편의 유골을 진 정 서방이 안 보이게 되자 '잘 가슈… 난 암만 해두 여기 흙이 되나 보…'라고 말을 하면서 자신의 운명을 암시하고 있다. 그 후 어머니는 병을 얻어서 여러 방법으로 치료를 했지만 차도가 좋지 못해 '아버지 산소 자리에 묻어 달라'는 유언을 남기고 사망을 하게 된다.

사. 용담 '공기꿀'에 안장된 아버지 유골

어머니가 육로로 아버지 유골을 이동 시킨 것은 배를 타서 사고를 당할 경우 수장 당하는 것을 막기 위한 것이었다. 또 기차를 타는 방법도 있지만 유골에 문제가 생길 수 있다는 판단 아래 오르지 육로를 고집했던 것이란 생각이다.

이렇게 보낸 아버지 유골이 정관이가 떠난 뒤에 육십여 일 만에 도착했다는 삼촌의 편지가 와서 소식을 알 수 있었다는 내용이 『무서록』『사상의 월야』에 기록되어 있는데 소개해 보면 아래와 같다.

유골이 무사히 왔다는 것, 매봉재 큰 산소 옆에 쓸 것이나 요즘 여기는 철도가 놓이노라고 매봉재 머리맥을 끊기 때문에 이미 있는 산소들도 통틀 날까봐 조심하는 터이라 매봉재에는 쓰지 못하고 '공기꿀'이라는 곳에 안장하였다는 것

— 『사상의 월야』(을유문화사, 1946년) 인용

당시 아버지 유골을 지고 철원 용담에 왔던 정 서방의 이름을 상허 이태준 선생은 『무서록』에서 '정관이'라고 기록하고 있다. 정관이는 고향에 돌아와 의병에 투신을 하고 '돌다리'라는 곳에서 접전을 벌이다 죽었다는 말도 있고 살았으나 행방을 모른다는 말이 있다.

분명한 것은 상허 이태준 선생의 부친 유골은 현재 용담 공기굴(원문에는 공기꿀이라고 나와 있으나 공기굴이 유력해 보이며 다른 지역에서 공기굴은 실제로 동굴이 있는 경우가 많음)에 무덤이 있다는 것이고 주민들은 철도 공사를 하면서 매봉재의 머리 부분이 잘려 나가는 것을 안타까워하고 있다는 사실이다. 실제로 매봉재 현장에 나가 보면 옛 철길이 북쪽으로 향한 부분을 절단하고 건설되어 있는 것을 확인할 수 있다.

매봉제 전경

가복인 정관이가 자신의 주인이 죽음에 이르게 된 동기가 의병의 폭력
이라는 것을 알고 있었음에도 활동을 한 것은 이태준 아버지가 의병을
바라보는 시각이 영향을 미친 것으로 판단된다. 그런 것을 증명이라도
하듯이 이태준 부친은 의병에 대해 원망을 하기 보다는 애틋한 의중을
작품 속에서 드러내고 있다.

전날 이 감리의 말씀을 들으면
"의병 그들이야 욕하지 말라. 그들의 끓는 피야 얼마나 귀한 거냐. 다만 그들을
거느린 사람들이 시세를 분간하지 못하니…"
한이라는 것이었다. 나리님이 생병이 들어 돌아간 생각만 하면, 원수 같은 그들
이지만, 나리님 자신으로도 그들이 의로운 사람이긴 피차 마찬가지로 일컬었고,
―『사상의 월야』(을유문화사, 1946년)에서 인용

위의 내용은 상허 이태준 선생이 작품에서 가복 정관이 입장을 설명한
부분이다. 관심 있게 지켜봐야 할 것은 아버지가 의병에 대한 생각이다.
아버지는 자신이 개화파가 된 것은 선진문물을 받아들여서 조선이 독립
에 써야 된다는 것은 이미 알려진 사실이다. 그것의 근본은 나라를 사랑
하는 마음의 발로이고 당장 총을 들고 나선 의병들의 뜨거운 피도 귀한
애국심이라는 공통분모를 찾고 있다. 다만 구한말 무능력한 지도자가
나라를 망쳤듯이 의병 또한 '거느린 사람들이 시세를 분간 못한다.'는
표현으로 에둘러 서술한 것이다. 국권 회복이라는 원대한 꿈을 피워보지
도 못하고 35세의 젊은 나이에 객지에서 사망을 한 아버지 이문교의 절
망을 이태준 소설가는 작품 곳곳에 안타까움으로 표현 되고 있다.

3. 상허 이태준 선생의 어머니

가. 배 안에서 막내 딸 선녀(仙女)를 출산한 어머니

상허 이태준 아버지인 이문교가 사망을 하자 러시아에 남게 된 가족은 무작정 조선 땅으로 돌아오는 길을 나서게 된다. 작품에 기록 된 내용을 보면 '정 서방을 시켜 조선 목선 한 척을 나루로 끌어 들여' '소나무 가지를 찍어 배의 가장 우묵한 곳에 깔고 아버지의 관을 그 곳에 싣고 이삿짐을 챙겨 아라사를 떠나' 청진을 목적지로 삼아 항해를 시작하였다.

그렇게 시작한 항해에서 갑자기 바람이 불기 시작하면서 풍랑이 배를 덮쳐, 조난 사고 직전까지 몰리기 되었다. 사태를 더욱 악화 시킨 것은 파도가 가장 세찬 날 어머니의 산기가 태동을 했다. 이 장면을 『사상의 월야』에서는 다음과 같이 묘사를 하고 있다.

> "하필 이날을 타서라기보다는 만삭된 모체가 격렬하게 동요되니(풍랑에 배가 요동) 견딜 수 없어 불시에 태동이 되는 것이었다."

이후 이태준 어머니는 '요동치는 배 안에서 양수가 터지고 할머니는 정 서방에게 촛불을 켜 들리고 아이를 무사히 받아 내'고 딸에게 다음과 같이 아이를 바닷물에 던져 버리자고 이야기를 한다.

"태는 갈러 뭐하니? 태채 바다에 버리자. 그까짓 계집애년 달이 제대로 차가지고 나왔는지 모를 거, 그거 살리려다 너 죽을 줄 알아라."

"눈 딱 감구 바다에 넣어 버리자. 심청이는 애비 눈 띄기 위해 임당수에 빠졌다는데 이 핏뎅이가 이 여러 식솔 무사하게 살아나게 해 주면 좀 좋냐? 암만 해도 이 바다가 범연치 않다…." -『사상의 월야』(을유문화사. 1946) 인용

할머니가 이런 이야기를 한 것은 '낯선 땅에서 졸지에 남편을 잃고 갈 곳 없는 식구들을 살리기 위한 것'과 남편 사망 이후 제대로 음식을 먹지 못해 건강이 나빠진 이태준 어머니를 생각해서 한 말이었다.

이런 할머니의 이야기가 '한 마디도 귓속에 들어오지 않은' 이태준 어머니는 정 서방에게 '어서 나가 애 아버지께 딸을 순산했습니다고 고해 드류'라고 이야기를 하면서 죽은 남편에 대해 변함없는 애정을 보였다.

다음 날 동이 트면서 비도 개고 바람도 한풀 꺾이기 시작을 하면서 이태준 어머니는 청진이 아니더라도 적당한 나루라고 생각되는 곳에 배를 대라고 부탁을 했다. 그런 부탁을 받은 사공들은 바위투성이 너덜령 끝을 지나 돌아서 배기미(梨津)에 닻을 내리게 된다.

이때의 경험을 상허 이태준 선생은 아래와 같은 작품으로 묘사를 하고 있다.

'아랫웃동리처럼 알른거리던 배기미(梨津) 불빛도, 이날은 한정 없이 올려 솟는 파도와 그 부서지는 자욱한 안개 속에 묻혀 버리고 바다는 불똥 하나 보이지 않는, 완전한 암흑이었다.'

이번에도 멀리 나갈 날씨가 아니었다. 새풍이 세었다. 갈매기들이 오리 밖에 나가 뜨지 않고 '가층구치' 끝으로만 모여들었다. 이걸 보면서도 옥순 아버지와 왈룡이네 부자는 '너덜령' 끝을 돌아 사뭇 나서기만 했던 것이다. ─『바다』(사해 공론, 1936년 7월)

다시 배기미에서 사는 사람들은 개화 문명에 뒤떨어지고 가난한 사람들이 어렵게 살아가는 모습을 하고 있었는데 작품에 묘사된 내용을 소개하면 아래와 같다.

워낙 작은 포구라 (산모가 몸을 풀) 객주집도 없었다. 여기 집들이란 뜰아래채나 사랑채도 없이 거저 마굿간과 부엌과 안방이 한데 통해 붙은 정짓간이라는 것과, 그 웃방과 고작해야 웃방 옆으로 골방이 한간이 더 붙어 있는 그런 제도의 단채집들 뿐이라, 단 한 간의 방을 갑자기 얻기가 만만치 않았다.
─『사상의 월야』(을유문화사, 1946년)에서 인용

주민들의 인심이 좋아 상허 이태준 가족의 딱한 사정을 듣고 적극 나서면서 저녁때가 되어 두 집에 방 한 칸씩을 얻어 상륙을 할 수 있었다. 이태준의 아버지 관은 이날 밤 해변에 임시 무덤을 만들었다. 이런 과정을 거쳐서 이태준 가족은 배기미(梨津)에 정착을 하게 된다.

나. 평안북도 이진 배기미에 정착을 결정한 어머니

러시아에서 조선으로 돌아오는 배 안에서 딸을 출산한 상허 이태준 선생의 어머니는 웅기만(雄基灣) 한 구석에 붙어 있는 조구만 포구 배기미에 정착을 하게 된다. 당시 배기미에서 평지는 소청(素淸)에서 내려오는 길이 유일했다. 그런데 파도가 치면 바다에 잠겨서 사람들이 산등성이를 타고 다녀야 했다. 배기미의 집들은 모두 산비탈을 타고 마당이 없는 까치집처럼 산등성이에 붙어 있을 정도였다. 먹고 사는 것은 산촌에서 사람들이 갖고 오는 곡식과 생선을 바꾸어서 해결을 하였다.

이런 상황에 빠진 이태준 선생의 어머니는 '어찌하면 좋을까?' 고민을 하다가 철원 대마리 용담으로 돌아가는 것을 고민했지만 다음과 같은 이유로 포기를 한다.

- 용담에 집 한 간이 없고 위토는 약긴 있지만 농사를 지을 수 있는 땅이 한 마지기도 없는 상황
- 용담에 가서 기댈 수 있는 일가는 시삼촌인데 가장 못사는 형편이었음
- 이 감리의 권세에 눌려 꼼짝 못하던 일가들이 과거의 의병이 한 것 같은 해코지
- 자신이 첩이라는 신분

이것보다 중요한 것은 이태준 아버지가 '이태준의 기를 꺾지 말고 길러 달라는 유언'이 있었기 때문에 배기미에 정착하기로 결정을 했다. 그러나 배기미는 고기를 잡지 못하는 이태준 가족이 살 수 있는 여건이 아니었다. 이에 이태준 어머니는 배기미가 빤히 올려다 보이는 소청 거리로 거처를 옮겼다. 다행히도 소청은 청진, 부령, 웅기로 들어오는 길이 동네 가운데로 지나고 있다. 소청에는 둘레 10리에 작은 마을이 있어서

돌림서당, 객줏집, 잡화상, 포목전 등이 있는 작은 규모의 도시였다. 이에 이태준 어머니는 집을 사고 정착을 하게 된다.

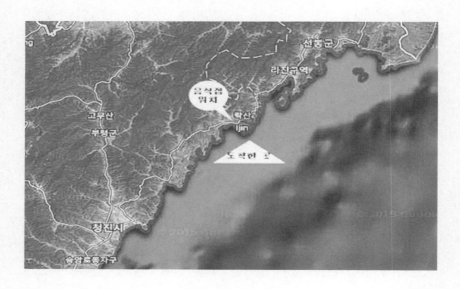

이 서수라에서 10리쯤 북으로 들어가면 두만강가요, 동해변인 곳에 삼거리라는 작은 거리가 놓여있다. 호수는 40여에 불과하나 주재소가 있고 객줏집이 4,5처나 있고 이발소 하나 있고 권련, 술, 과자, 우편절수(우표) 등을 파는 잡화점이 하나 있고…   ─「오몽녀」(시대일보, 1925년 7월)

이태준 어머니는 이곳에서 정 서방, 할머니가 나서서 음식점을 시작했다. 작품『사상의 월야』에서 이태준 가족이 판 음식의 종류는 아래와 같다.

* 녹두를 심어도 묵을 해 먹지 않아서 청포를 팜.
* 밀가루로 뜨더국만 할 줄 알아서 만두나 칼국수를 만들어 팜.

• 찰떡은 알았지만 메떡은 몰라서 만들어 팜.

위에서처럼 만두, 밀칼국수, 떡국이 정신없이 팔리면서 '강원도 집'으로 알려지고 사람들이, "회령읍이나 청진읍 가도 강원도 집만 한 게 쉬 있소?" 인정을 하면서 생계가 어렵지 않게 되었다.

다. 이태준 선생의 문학적 재능을 키운 어머니

상허 이태준 가족이 배기미에 정착을 하면서 시작한 음식은 만들기가 무섭게 팔렸다. 어린 이태준 선생은 소청거리에 있는 서당으로 천자문은 공부를 하러 다녔다. 서당에 간 이태준은 정신을 집중할 수 없었다. 이유는 우선 말투가 달랐다. 이태준은 억센 함경도 사투리를 알아 들 수 없었고 20명이 넘는 학생들은 이태준의 표준말투를 놀림감으로 삼았다. 또 머리를 짧게 깎은 것도 놀림감이 되었을 뿐만 아니라 서당 학생들끼리 떠들어서 혼란스러웠다. 더욱이 훈장도 이태준의 사정을 봐주지 않고 물푸레나무 회초리로 등짝을 때리고 울면 왜 우느냐고 윽박질러서 주눅 들게 만들었다. 이렇게 공부를 하게 되면서 천자문을 뗐지만 실제로는 백자도 알지 못하는 상황이 되었다. 이 사실은 안 어머니는 서당 훈장에게 다음과 같은 부탁을 한다.

선새미를 찾아가 우리 애는 다른 것을 배는 것은 급하지 않으니 몇 해가 걸리든 우선 천자문 한 권만이라도 모르는 자가 없을 정도로 되풀이해 달라고 하였다. 이태준은 다 뜯어진 천자책을 첫머리부터 다시 배우게 됐다. 아이들이 모두 놀렸다.   −자전적 소설 『사상의 월야』(을유문화사, 1946년)

　그렇게 공부를 하던 이태준은 마음속으로 자신감을 얻게 되면서 작품 속에서 '무얼로나 표적을 내어 어머니를 꼼짝 못하게 해드리고 싶다.'는 마음이 들어서 점심 먹으러 집에 왔다가 다음과 같은 이야기를 한다.

　"엄마, 내 글 하나 질게 볼테유?"
　"예끼 녀석, 천자를 이태씩 배는 녀석이 게다가 글을 지어?"
　그러나 할머니는
　"그래 어디 왜 걔가 글을 못 져?"
　하시면서 글을 짓는 것을 보시기나 한 것처럼 횡하니 벼루집을 들고 오셨다.
　　　　　　　　− 자전적 소설 『사상의 월야』(을유문화사, 1946년)

　이태준 선생은 이때 글을 짓기 전에 어머니에게 전부터 장난감 같아서 갖고 싶었던 아버지 유품은 '사기 천도연적(天桃硯滴) 주는 조건을 붙이고 백노지에 이렇게 작문을 해 놓았다.

　"천자재독아(千字再讀兒) 만문부독지(萬文不讀知)"
　−천자문을 다시 공부한 내가 다른 것을 모를 리 있겠느냐

　이 글을 본 어머니는 정말 놀라워하시면서 '돼지를 잡게 하시고, 떡을 치게 하시고, 훈장과 아이들을 모두 청하고, 추후로 미뤘던 천자책마지(책을 떼는 기념 잔치)를 당장에 차렸다. 그리고 이태준과 약속한 아버지 연적은 다음과 같은 말을 하면서 차후로 미뤘다.

"너이 아버지가 쓰시던 거라군 이 연적 하나 뿐이다. 네가 인제 커서 이런 걸 애낄 만하게 됨 주고 말고."

이에 용기를 얻은 이태준 선생은 서당에 차츰 정이 들면서 더 열심히 공부를 하게 된다. 천자문을 떼고 난 뒤에는 시문을 배우고 당시를 배웠다. 시를 배우는 과정에서 가장 기억에 남는 것은 봄에 화전놀이 가는 것이었다. 보통 사월 초파일 즈음 진달래가 만개할 때 가는데 학부모들은 찹쌀가루와 참기름과 솥을 가지고 와서 같이 간다. 아이들이 진달래 꽃을 따가지고 오면 그것을 찹쌀과 섞어서 기름에 지져서 먹는다.

그렇게 배부르게 먹은 뒤에 꽃향기 속에서 꽃시회(詩會)를 여는데 이태준은 시를 지어서 상품으로 종이와 붓을 탄다. 자랑을 하기 위해 한달음에 집으로 돌아오는데 이때부터 어머니의 건강이 나빠지게 된다.

라. 이태준 선생 어머니의 죽음

시 짓기 행사에서 종이와 붓을 탄 이태준 선생이 자랑을 하기 위해 집으로 돌아왔지만 어머니는 '세수도 안 하고 머리도 안 빗고 누워있는데 일을 하는 날보다 눕는 날이 더 많은 것'으로 작품에 기록되어 있는데 당시부터 병이 깊어지게 된 것으로 보인다.

이태준이 상을 받아 온 것을 본 어머니는 일어나고 '한참 뒤에 눈물을 닦고' '새 옷을 꺼내 입고' 이태준이 받아 온 상을 그대로 들리고 아버지 산소로 갔다. 어머니는 이태준에게 받아 온 상을 산소 앞에 놓고 절을 시켰다. 그리고 어머니는 돌아서서 손등으로 눈물을 닦고 꼭 껴안고 다음과 같은 이야기를 한다.

"너 저어 철원… 저 용담 생각나지?"

"쬐끔…"

"너 그리루 가서 살기 싫지 않니"

"할머니서껀 엄마서껀 가시몬."

"엄마는…"

하고 말을 맺지 못하셨다. 그리고 기침이 나셨다. 그리고 뒤에 고개를 돌려 무엇을 배앝고 모새로 덮곤 하셨다.

                            ―『1946년 사상의 월야, 을유문화사』에서 인용

위의 글을 보면 상허 이태준 선생의 어머니는 당시 유행하던 폐결핵에 걸린 것 같다. 기침을 하고 뱉은 가래에 피가 묻어 있어 모래로 덮은 것을 알 수 있다. 그해 가을 어머니는 아버지 산소를 헐어서 당시 가복으로 따라 다니던 가복 정관이를 시켜서 철원으로 이장을 시킨다.

아버지 산소를 이장 시킨 뒤에 어머니는 며칠 안 되어서 말을 타고 사흘이면 갈 수 있는 경성(鏡城)에 개업한 자혜병원에 입원을 하게 된다. 어떤 병이든 째고 고칠 수 있다는 소문이 나서 찾아 갔지만 한 달이 넘어서 집으로 돌아 온 어머니 기침이 약간 잦아들었고 약만 한보따리 가져왔다. 이때 어머니는 병원에서 우두(종두)를 배워 와서 하루 10명 씩 무료로 접종을 해 이웃 동네 아이들에게 다 놓아 준다.

이후 어머니는 눈발이 내리기 시작할 무렵 자리를 보전하고 눕고 말았다. 어머니가 걱정을 하던 남편의 유골 철원 도착 문제는 60여 일이 지나서 무사히 안장을 했다는 기별을 받았으나 '친척들이 고향으로 돌아오라'는 이야기가 없었던 것은 당시의 고향 인심을 대변하고 있다.

그러던 어느 날 북국의 겨울눈이 장마 지듯 쏟아지는 섣달그믐께 이태준은 마을 서당에 가 있었다. 소청 거리 장정 한 명이 무릎까지 눈길을 달려 이태준을 데리러 와서 훈장에게 무슨 말을 하더니 업고 집으로 달려온다. 눈이 하도 많이 내려서 길을 찾지 못할 지경이었는데 마을 사람들이 나타나 방향을 알려 준 것으로 작품에 기록되어 있다.

이태준이 눈을 털고 방에 들어서니 할머니가 눈물을 글썽거리며 나와서 두 손을 후들거리며 떨고 있었으며 다른 노인들이 진정을 시키고 있다. 당시 어머니의 모습을 이태준 선생은 다음과 같이 묘사하고 있다.

아랫목에 허연 홑이불을 제끼는 것이었다. 어머니는 그린 듯이 반드시 누워 계셨다. 주무시는 모양과 다름이 없었다.

이태준은 요 아래 떨어진 어머니의 손을 몇 번이나 움칫거리다 가만히 만져 보았다. 돌처럼 차다. 이태준은 얼른 놓았다. 제 손까지 써늘해짐을 느꼈다. 그저 울음은 도무지 나지 나오려 하지 않았다.

동네 노인들은 이태준 보고 울라고 하였다. 울라고 시키니 더 눈이 보송보송해 만지고 눈물조차 나오지 않았다. 이태준은 닭 울녘에는 그만 자버리고 말았다.

　　　　　　　　　　　　　　　－『1946년 사상의 월야, 을유문화사』전문 발췌

마. 이태준 선생 어머니의 죽음과 장례식

이태준 어머니가 돌아가시기 전에 유언은 남편의 무덤을 이장한 자리에 자신을 묻어 달라는 것이었다. 그러나 당시의 날씨는 장사를 지낼 수 없을 정도로 눈이 내렸다. 닷새 동안 줄곧 눈이 내려서 천지를 분간할 수 없었다. 그리고 눈이 그친 후에는 나흘 동안 사람들의 지붕이 날아갈 정도로 세찬 바람이 불어서 겨우 9일 만에 초상을 치를 수 있었다. 당시 상허 이태준 선생은 9살임에도 철이 없어서 장사를 지내는 사람들의 애를 태웠다. 작품에 묘사된 내용을 알아보면 다음과 같다.

장례 날 어린 이태준은 여러 번 심술이 났다. 귀가 시린데 아무 것도 씌우지 않고 삼테두리만 씌웠고, 덜덜 떨리는 베중단만 입히는 것이었다. … 더구나 상여 뒤를 꼭 걸어서 따르게 하고 '찬나무깽이'를 짚게 하고 그러고도 애고 애고 울면서 따라야 한다는 것이었다.

─『1946년 사상의 월야, 을유문화사』에서 인용

상허 이태준 선생은 아무리 애를 써도 눈물이 나오지 않아서 원망을 하면서 '어머닌 왜 죽어 가지구 날 이렇게 성활 멕히나!'라는 생각을 했다고 작품에서 기록하고 있다. 서당에 안 가는 것이 좋아서 장례를 마치고 돼지 오줌통으로 북을 메워 가지고 둥둥 두드리면서 놀다가 동네 어른들로부터 '아이 나이 적소! 아홉 살이나 먹구 서리……'라고 놀림을 받은 것으로 기록되어 있다.

어머니가 돌아가셨다는 소식을 들은 누나가 집으로 돌아와서 '집에 들어서기 전부터 잘 울고' '산소에 가서 또 조석으로 상식을 올릴 때도 잘 울어서' 마을 사람들로부터

"자랑이(어른) 같당이!"

칭찬을 받았고 귀한 생선이 생기면 누나 먹으라고 갖다 주는 것을 보면서 어린 이태준 마을 사람들로부터 관심이 멀어지는 것을 느끼면서 차츰 마을 사람들 눈치가 보여지기 시작을 한 것을 작품에서 다음과 같이 표현하고 있다.

'그전 같으면 자기 이름부터 부를 사람들이 모른 척 하고 마는 외로움을 깨닫기 시작을 하였다.'　　　　　　　　　－『사상의 월야』(을유문화사, 1946년)에서 인용

이후 어린 이태준 선생에게 어머니는 귀찮은 존재로 인식이 된다. 작품 곳곳에 등장하는 어머니와 연관된 자료를 찾아보면 '자존심이 강한 어린 이태준' 어머니와 연관된 소리를 듣는 것을 극도로 싫어했는데 작품을 인용해 보면 다음과 같다.

'에그 불쌍해라. 어미까지 잃고……'
머리를 쓰다듬는 어른, 사탕 사먹으라고 주는 푼돈을 받는 것을 자존심 상하게 생각해서 어른들을 피해 다님.　　　　　　－『무서록』에서 중요 내용 발췌

소학교 졸업식 날 첫째 상, 답사를 하는 등 최고로 빛이 났지만 일가 집 윗 사랑방에 돌아와 온자 문을 닫고 앉아서 그날 처음, 나에겐 어머니가 없나하고 울음　　　　　　　　　　　　　－『무서록』에서 발췌 인용

상급학교를 진학 못하고 무작정 고향을 떠날 때 어머니 혼령이 자신을 돌봐줄 것이라는 믿음이 어디선가 들렸다고 함.

－『무서록』에서 중요 내용 발췌

생각이 바뀐 상허 이태준 선생은 어머니를 작품 속에서 많이 그리워하고 있는데 '서울 성북구 수연산방에 집을 짓고 어머니 사진을 걸어놓았고' '배기미 어머니 산소에 한 번도 가보지 못한 것을 한탄'하는 이야기가 작품에 등장을 하고 있으며 다음과 같은 사모곡을 기록하고 있다.

> 해마다 벼르기는 하지만 올여름에는 꼭 어머니 산소에 다녀오리라.
> —『고아의 추억』(조광, 1936년 1월)

> '우리 어머니는 나를 새옷을 입혀 내보낼 때마다 외할머니더러
> "어머니 이젠 꽤 컸지?"
> 하시면서 아비 없는 이 외아들이 커가는 것만 대견하여 내 키를 다시금 더듬어보시었다.
> 그것을 생각할 때마다 나는 '이렇게 큰 내 키를 어머니께서 보실 수 있다면!' 하고 안타까워진다. 이렇게 건장한 어깨로 낙엽 같으시나마 늙은 어머니를 한번 엎어드렸으면 하는 것이 소원이다.'
> —『내게는 왜 어머니가 없나?』(신가정, 1933년 5월)

4. 상허 이태준 선생의 할머니

가. 정신적 지주였던 할머니

상허 이태준 선생을 낳아 주신 것은 부모님이지만 정신적으로 성장을 시키고 어려운 고비에 빠졌을 때마다 구원의 손길을 펼친 것은 할머니였다. 상허 선생 할머니는 작품 「사상의 월야」에 나오는 것처럼 '언제나 어린 이태준 선생의 편이었지만 글을 모르셨다.'라고 기록되어 있다. 상허 이태준 선생의 할머니의 가문을 알아보면 다음과 같다.

이 분의 소생은 딸 하나밖에 없었다. 그때, 강원도 철원 인근에서 육부자네라 하면 한 문중에 여섯 부자가 모여 사는 용담 이 씨네를 가르킴이었다. 그 중에서도 제일 큰 부잣집으로 딸을 보냈다. 딸의 덕으로 궂은 것을 아니 자셔도 되고, 껄끄 러운 것은 아니 입어도 되게 되었다.

　　　　　　　　　　－『사상의 월야』(을유문화사, 1946년)에서 인용

위의 내용을 보면 상허 이태준 선생의 할머니는 그리 넉넉한 살림이 아니었음을 '딸 덕으로 궂은 음식, 껄끄러운 옷을 안 입어도'라는 구절에서 알 수 있다. 또한 상허 이태준 아버지의 살림살이가 용담에서 제일 큰 부잣집이라는 것을 알게 되었으며 '용담 이 씨'는 '장기 이 씨'로 봐야 한다는 생각이다. 당시 할머니는 사위(이태준 선생 아버지)가 완영(完

鬱=全州)으로 발령이 났을 때도 딸을 따라 같이 간 것으로 기록되어 있다. 또한 사위가 덕원 감리보로 원산으로 왔을 때의 상황을 다음과 같이 묘사를 하고 있다.

사위는 초년부터 서울 출입이 잦더니 이내 벼슬이 오르기 시작을 했다. 딸은 멀리 완영에까지 남편 임소를 좇을 때, 이 외로운 친정어머니(할머니)까지 호강으로 모시고 다녔다. 나중에 사위가 덕원 감리로 원산에 부임한 뒤로는 서울서 동대문 밖 나서서는 모두 자기 사위 천지인 듯 걸리는 사람이 없었다.
　　　　　　　　　　　　　　　－『사상의 월야』(을유문화사, 1946년) 인용

이런 내용을 살펴보면 이태준 아버지는 원산에 오기 전에 전주에서 근무를 한 것을 알 수 있으며 덕원감리에서 근무할 때는 동대문 밖(지금 표현으로는 한수 이북)에서 제일 잘나가는 사람이었다는 것을 알 수 있다.
이태준 할머니는 전 가족을 따라 러시아로 망명을 하게 되었으나 사위가 사망을 하게 되자 어쩔 수 없이 조선으로 돌아오는 배를 타게 된다. 작품 「사상의 월야」에서는 딸이 구해 온 목선에다 사위 무덤을 헐은 유골을 싣고 남쪽으로 내려오는데 그만 두 가지 악재가 겹치게 된다. 그 상황을 작품에서는 이렇게 묘사되고 있다.

바람을 잘못 만나면 하룻길도 열흘 걸리는 범선이라 며칠 걸릴지, 또 어느 항구로 가는지 알지는 못한다. 하루는 파도가 세차게 일었다. … 비까지 뿌렸다. 파도는 점점 거세어졌다. 방아 찧듯 하는 뱃머리를 파도는 때린다기보다 집어 삼키곤 하였다. 어찔하고 내려갈 때는 영영 바다 밑으로 갈아 앉는 것 같아…
　　　　　　　　　　　　　　　－『사상의 월야』(을유문화사, 1946년) 인용

이런 상황에서 자신의 딸인 이태준 선생의 어머니 태동이 시작되는 일이 벌어지자 할머니는 같이 다니는 정 서방과 같이 촛불을 들고 아이를 받아낸다. 아이가 낳자 딸의 신세를 생각해서 '태는 갈러 뭘 하니? 태채 바다에 버리자. 그까짓 계집애년 달이나 제대로 차가지고 나왔는지 모를 거, 그거 살리려다 너 죽을 줄 알아라.'라고 말을 하지만 딸은 정 서방에게 '어서 나가 애 아버지께 딸 순산했습니다구 고해 드류'라고 이야기를 해서 상허 이태준 선생의 여동생이 세상에 생존하게 되었다. 이유야 어찌 되었든 작은 범선에 할머니가 없었다면 이태준 어머니는 사망을 하게 될 가능성이 높다는 것은 분명하다.

나. 배기미에서 할머니와 어린 이태준

목숨을 건 악전고투 끝에 이태준 선생의 가족은 배기미에 도착을 하게 된다. 당시 배기미에 내린 가족 일행은 철원 용담에 돌아갈 생각을 하지만 '재산을 다 처분했고' '아버지 죽음으로 가세가 몰락'하고 첩이라는 신분 때문에 『사상의 월야』에 나온 대로 '빌어먹을 바엔 차라리 낯모르는 데서나 빌어먹자!'라는 생각으로 그곳에 정착을 한다. 정착을 결정한 뒤에는 사람들 왕래가 많은 소청거리로 옮기고 여기서 음식점을 개업하게 된다. 음식점이 생각보다 장사가 잘되면서 이태준 선생의 누나는 '어머니가 친히 데리고 가서 학교 선생 집에 기숙을 시키고 학교에까지 넣게' 했다. 어린 이태준도 마을 서당에 다니게 되었는데 가기를 아주 싫어했다. 그 이유를 작품에 다음과 같이 묘사되고 있다.

할머니를 보고 '으흥' 한 마디 하면 '떡국?' '아니' 하면 '그럼 만두?'… 그래도 '으흥' 하면 (이태준에게 돈을 주기 위해) 으레 주머니 끈을 끄르셨다. 이태준 선생은 돈을 들고 청진에서 들어온 오색물감 칠한 또아리처럼 납작납작한 사탕을 사러 뛰어가곤 하였다.

―『사상의 월야』(을유문화사, 1946년) 인용

이런 이태준을 보고 어머니가 걱정을 하면 할머니는 '그거 멕이자구 이 노릇을 허지 누굴 위해 허게.' 하면서 두둔을 하고 서당에 가기 싫다고 하면 '고만둬라. 이 감리 아들이 독훈장(獨訓長)을 두고 벨 게지, 돌림서당이 당했니?'라고 끝까지 이태준 편이 되었다. 이태준이 선선히 서당에 가는 날이면 한쪽 끝에 서서 보이지 않을 때까지 눈물을 지을 정도로 지극정성이었다.

서당에 취미가 없는 이태준이 1년을 넘게 다녀도 천자문을 못 떼어서 어머니가 '저 녀석이 커서라도 저렇게 둔하면 뭣에다 쓰나?' 걱정을 하자 할머니가 '걱정 마라 여기 애들만 못할까봐!'라고 하면서 '사람은 크는 걸 뵈얀단다. 뜬쇠가 달면 더 뜨건 법이야.'라고 기대감을 숨기지 않았다.

이태준 선생의 어머니가 병사를 하고나서는 할머니가 동네 사람들 힘을 빌려서 음식점을 운영했지만 힘에 부치게 되었다. 이에 마을 사람들이 9살 된 이태준을 장가보내라는 말이 생겼다. 할머니는 당시 일을 도와주는 처녀 중에서 '서분녜'라는 아이가 마음에 들었다. 서분녜는 당시 열일곱 살로 어린 이태준을 몇 번이나 업어 준 일이 있을 정도였다. 혼담이 오고가자 서분녜 집에서도 반대하지 않아서 순조롭게 진행이 될 수 있었는데 갑자기 할머니의 마음이 다음과 같은 이유로 바뀌게 되었다.

혼인이란 인륜지대사이다. (생략) 그 동안 동대문 밖에 나서서는 몇 대를 두고 쩡쩡 울리던 이아무갯집 종손이다. 일시 변방에 몰락되었기로 하향천골 자식으로 혼인이란 당한 말인가! 더구나 친할미도 아닌 외할머니가 어찌 결단한다는 말인가!
　　　　　　　　　　　　　　　　　　ー『사상의 월야』(을유문화사, 1946년) 인용

　만약 할머니가 이런 생각을 하지 않고 혼인을 결정했다면 이태준 선생의 운명은 지금과 달라졌을 것은 분명하다. 다행히도 할머니가 마음을 고쳐먹고 서당 선생님을 찾아가 용담 문중에 편지를 써 달라 부탁을 했다. 편지 내용은 '이태준의 어미마저 죽었고, 나는 세상 물정이 어두워 애를 가르칠 수 없으니, 문중에서 애들을 데려 가든지 그렇게 못하면 누가 한번이라도 와서 애들 교육과 혼인에 대한 의견을 말해달라는 것'이었다.

　편지를 띄우고 소식을 기다리는 사이에 음식점을 하는 소청 거리에 큰 변화가 생겼다. 그것은 배기미 항구에 일본인들이 운행하는 윤선(여객선)이 들어온 것이다. 윤선이 들어옴으로써 배기미는 배를 이용하는 사람이 넘쳤으나 이태준 할머니 음식점이 있는 소청거리는 인적이 끊어지게 되었다.

다. 배기미에서 용담으로 돌아오는 과정

　바닷길이 생기면서 일본에서 온 큰 배인 윤선(輪船)이 운행되었다. 조선의 배는 대부분 목선으로 바람이 불지 않으면 움직이지 못할 뿐만 아니라 바람이 방향이 바뀔 경우 불가항력이 되는 상황이었다. 그러나 사람의 힘으로 추진하는 배는 윤선은 중국 위진남북조시대에 제(齊)나라의 과학자 조충지(祖沖之, 429~500)가 만들었는데, 다음과 같은 특징을 가지고 있었다.

하루에 천리를 항행한다고 일명 '천리선(千里船)'이라고도 하였다. 당(唐)대에는 전래의 이러한 조선술을 이어받아 윤선을 본격적으로 건조하기 시작하였다. 이러한 윤선은 항속을 높일 뿐만 아니라 무풍(無風)일 때도 항시적으로 가동할 수 있다는 장점이 있다.
　　　　　　　　　　　　-「창작과 비평」사 『실크로드 사전』 2013. 10. 31. 인용

일본은 이 윤선(輪船)에다가 메이지 유신 이후 받아들인 근대 문명을 바탕으로 발동기를 접목 시켜 당시의 상황에서는 아주 빠른 배를 만든 것으로 알려지고 있으며 우리나라를 침략하는 도구로 사용 되었다는 것이 문헌 곳곳에 남아 있다. 그 중에서 하나를 소개해 보면 다음과 같다.

고종이 또 다시 물었다.
"인천에서 동경까지는 몇 리나 되는가?"
박영효가 대답을 했다.
"9천700리쯤 됩니다."
이에 고종이 말했다.
"윤선(輪船)이 과연 빠르도다. 만 4일 19시간 만에 왔다면 하루에 2천 리를 달린 셈이다."　　　　　　　　-1883년 발행된 「한성순보」에서 인용

이 윤선이 함경도 배기미까지 항구를 개설하면서 조선 반도 전부가

일제의 지배하에 놓이게 되었다는 것을 알 수 있으며 이 배를 타고 철원 용담에서 이태준 선생의 친척들이 왔다. 용담에서 온 사람은 아버지의 삼촌의 아들, 당숙이었고 윤생원이라는 문객을 데리고 왔다. 서당에서 공부를 하던 이태준 선생이 불려 와서 인사를 드리는 과정이 다음과 같이 묘사되어 있다.

> 할머니는 또 소리 내어 우신 듯, 목까지 쉬신 음성이다.
> "너의 오춘 한 분이 오셨다. 들어가 절을 해라."
> "아이들은 잠깐이구나! 너 나 모르겠니?"
> 자세히 살펴보니, 전에 용담에서 뵌 듯도 한 어른이다. 얼굴이 유난히 희고 수염이 적게 났으면서도 점잖은 얼굴인데 이내 눈물이 핑 돌더니 쪼르르 흘러 갓끈에 떨어진다.
>
> —『사상의 월야』(을유문화사, 1946년) 인용

철원 용담에서 친척들이 와서 할머니와 상의 끝에 결정된 것을 귀향을 하는 것이었다. 이후 할머니는 배를 타고 가는데 불편한 무거운 세간살이를 모두 팔았다. 마을 사람들 모두 섭섭해 하였지만 어쩔 수 없는 선택이었다. 또 할머니는 닭 한 마리를 잡고 소주 한 병을 사들고 이태준 선생을 앞세우고 서당 선생님께 인사를 드리고 이사 준비를 마쳤다.

5. 상허 이태준 선생의 첫사랑

상허 이태준 선생의 작품을 읽어보면 남녀 간의 사랑 이야기가 많이 나온다. 작품 속에 등장하는 여자의 형태가 다양하다. 오몽녀 스타일의 여자, 몸을 팔아서 살아야 하는 기생 산월이, 소련이 그리고 순수한 사랑을 이야기기하는 여자들이 대거 등장을 한다. 그 중에서 많은 영향을 미친 것이 배기미에서 경험한 첫사랑이다. 상허 이태준 선생이 작품 속에서 밝힌 내용에 의하면 용담 고향으로 오기 전날 바닷가에서 잊지 못할 추억을 가진 것으로 묘사되어 있다.

당시 이태준의 마음은 '커다란 윤선을 타 보게 되는 것' '학교 같은 학교에 다닐 수 있다는 것' 기대감을 갖고 있으면서도 '어머니와 함께 가지 못하다는 것' '동무들도 몇 아이는 데리고 가지 못하는 것' '누나 동무 중에도 서분녜나 옥동네와 같이 가지 못하는 아쉬움'을 작품 『사상과 월야』에서 이야기하고 있다. 이 부분을 보더라도 어린 이태준이 자신과 혼담이 오고 갔던 서분녜에게 관심이 있었다는 것을 보여주고 있다. 그리고 이사를 오기 전날 밤에 다음과 같이 동화 같은 이야기가 벌어진다.

전날 저녁이다. 서당을 그만 둔 어린 이태준은 바닷가에서 누나 동무들 축에 끼어서 숨기내기를 하고 있었다. 술래를 돌아가면서 하는데 이태준 차례가 되었다. 바로 아까 이태준이 숨어 있던 자리에 와보니 서분녜의 달덩어리가 같은 얼굴이 있다.

—자전적 소설 『사상의 월야』(을유문화사, 1946년)

위의 내용을 보면 서분녜는 숨기내기 놀이를 하면서 이태준을 지켜보고 있었다는 것을 '이태준이 숨어 있던 자리에 분녜가 있었다.'는 구절을 보고 알 수 있다. 또 달덩어리 같은 얼굴은 아마도 마지막으로 잘 보이기 위해 화장을 했다는 것을 암시하고 있는 것이라 할 수 있다. 이런 이야기의 전개는 아래와 같다.

이리저리 찾아다니는데 서분녜가 나타나 작은 목소리로 이렇게 이야기를 한다.
"얘? 가만있어"
하면서, 이태준을 끌어 들였다.
"왜?"
"우리…… 저애들이 찾게스리 가만히 있어 보자"
둘이는 뉘집 굴뚝 뒤 무슨 낟가리 틈에 빠국이 끼어 앉았다. 부스럭 소리가 나니까, 서분녜는 이태준을 일어서라고 하더니 자기가 끌어안았다. 서분녜 가슴이 두근거리는 소리가 느껴졌다.
"내일 저녁엔 너희는 저 달은 윤선에서 보겠구나"
"넌?"
"난……"
하고 서분녜는 이태준 얼굴을 턱을 들어 달빛에 비춰 한참이나 숨이 그치도록 가까이 보더니
"나는 저녁마다 혼차 일러루 와서 쳐다보겠다."
"혼차?"

서분녀는 고개를 끄덕이며 울 듯한 얼굴로 달을 쳐다보았다.

        ― 자전적 소설 『사상의 월야』(을유문화사, 1946년)

글의 내용을 보면 서분녀는 이태준을 너무 좋아했다. 그래서 숨기내기 놀이를 하면서 이태준을 끌어와서 '가만히 껴안고' '혼자 달을 쳐다보겠다' '울 듯한 얼굴' 등으로 자기의 속내를 이야기하고 있다. 이런 느낌은 예민한 감수성을 가진 작가에게는 평생을 지배하는 추억, 바로 첫사랑이 되었고 많은 작품 속에 '분녀'라는 이름으로 등장시키고 있다.

6. 용담으로 귀향과 오촌 집으로 양자로 간 이태준

가. 용담으로 귀향

고향 용담에 돌아 온 이태준 가족이 머물렀던 곳이 오촌댁이었다. 당시의 풍경을 묘사한 장면을 보면 '관솔을 켠 마당으로, 남폿불을 매달은 대청으로' 사람들이 모여들었으며 이태준 선생은 어른들이 시키는 대로 절만 했다.

당시 친척들은 쯧쯧 혀를 차며 '불쌍하다 불쌍하다' 동정을 했고 또 우시는 분도 있었지만 그리 탐탁한 대접은 아닌 것으로 작품에 나타나있다.

그러나 덥썩 끌어 안아주는 분은 하나도 없었다. 무슨 팔이나 다리나 없는 병신이나 보듯이 불쌍하다고만 하는 소리가 듣기 싫어졌다. 저녁을 먹고 나니 이내 졸림이 눈이 뻑뻑하게 쏟아지는데 어디서 자야 할지 모르겠다. 이 집 아이들은 벌써 저희 자리에 들어가서 눕는 모양인데… 뜰아랫방으로 내려가라는 것이었다. 들어서니 오래 비었던 방에 불을 땐 듯 냇내와 피마주 기름내가 한데 엉켜 코를 찔렀다.'

　　　　　　　　　　　　　　　　－자전적 소설 『사상의 월야』(을유문화사, 1946년)

나. 양자로 가야 했던 이태준 선생

자기 집이 아닌 오촌 집에서 언제까지나 살 수는 없는 노릇이었다. 그런 상황이 되자 어른들이 어린 이태준을 아들이 없는 친척집으로 양자를 보내기로 결정을 했다.

양자로 가야 하는 집은 안협(安峽)땅 '모시울'이라는 곳에 사는 오촌 분이었다. 용담에서 모시울까지는 산길로 70리 길이었다. 아주 먼 길이지만 양자로 가는 집의 가세가 변변치 않아 말 한 필 대지 못했다. 결국 모시울 70리를 이태준 선생과 할머니는 오촌을 따라 새벽에 나섰다. '더우내'라는 큰 냇가를 건너 시오리나 올라가는 '세무수 고개' 넘어 산촌의 작은 마을에 저녁 무렵에야 도착을 했다. 오촌 집에는 이태준 여동생과 동갑인 정선(貞善, 작품 속에 기록된 이름으로 정확치 않음)이라는 여자 아이가 있었다. 할머니는 하룻밤을 머문 뒤에 용담으로 돌아가시고 어린 이태준에게는 고난의 시간이 시작되었다.

이태준을 괴롭힌 것은 동생뻘인 정선(貞善)이었다. 이 여자 아이의 성격을 단적으로 드러난 구절이 다음과 같다.

할머니가 가셔야 된다는 말을 듣고는, 이태준은 밥도 먹지 않았다. 그러나 제 마음대로 울고불고 고집을 부릴 수 없었다. 오촌댁이 힐끗힐끗 곁눈으로 보시는 데는 꾸지람보다 더 의기가 질렸고 정선이가

"떨어지기 싫음, 너두 따라 가렴, 거지새끼처럼…"

                - 자전적 소설 『사상의 월야』(을유문화사, 1946년)

위의 글을 보면 이태준 선생의 양자살이가 어떻게 전개될지 암시하는

부분이다. 이후부터 어린 이태준은 정선이가 시키는 대로 해야 하는 처지가 되었다. 또 그 마을에는 학교가 없고 친구들을 아직 사귀지 않아서 정선이와 있는 시간이 많아서 힘든 일을 많이 겪게 된다.

'어떤 때는 부엌에서 이태준을 부르는 소리가 나서 가보니 한걸음만 옮겨서 잡으면 되는 물건을 가져오라 시키는 것이었다. 어떤 때는 방안에서 급히 부르는 소리가 났다. 뛰어 들어가 보면 제가 오줌을 누고 밀어 넣은 요강 뚜껑을 덮으라는 것이었다. 그것보다 힘든 일은 정선이가 엎지르고 깨진 물건은 모두 이태준이 한 것 덮어씌우는 것이었다.'

상허 이태준 선생을 양자로 데려온 오촌도 당시 병이 있었다. 작품을 보면 '오촌 아저씨는 누런 가래를 많이 뱉었고 용담에서 모시울로 이사 온 것도 물을 갈아 먹으면 나을까' 하는 기대감이었다고 기록하고 있다. 이런 가운데 이태준 할머니가 고생을 하는 낌새와 글을 못 배운 것이 안타까워 용담으로 데리고 가려고 하지만 오촌 아저씨의 반대에 부딪혀 포기하고 집으로 돌아가게 된다.

다. 양자 생활과 이태준과 양아버지 죽음

양자 시절은 어린 이태준에게는 다시는 잊지 못할 아픈 기억을 남겼다. 작품에 묘사된 내용을 보면 '산골에서 흔한 부지깽이 한 개 태웠다고 며칠을 성화 받았고' '공들여 만든 새창애가 정선이 심술에 의해 아궁이로 태워지는' 일을 당하고 살아야 했다. 겨울이 지나 봄이 오기 직전의 어느 날 어린 이태준은 걸레를 빨러 갔다가 '붕어 한 마리가 빨랫돌에서 나와 징검다리 돌로 들어가는 보고 손을 넣어 잡으려 했지만 새하얀 비

늘을 반짝거리며 다른 돌로 들어가 버렸지만' 이태준이 가지고 온 걸레
가 아직 녹지 않은 얼음장 밑으로 떠내려가고 말았다. 정선이에게 성화
를 받을 것이 걱정되어 걸레를 찾으려고 애를 쓰면서 어두컴컴한 저녁이
되었을 때 이태준은 할머니가 들려준 '콩쥐 팥쥐'에 등장하는 황소 같은
것을 하늘에 계신 어머니가 내려 주셨으면 하면 하는 마음으로 눈물을
글썽이며 하늘을 보았다. 그때 기적처럼 할머니 목소리가 들렸다.

　　그때 하늘에서 분명한 할머니 목소리가 났다.
　　"할머니!"
　　"에그 태준아?"
　　이번에는 길 위해서 난다. 정신이 번쩍 나, 징검다리로 올라서며 길 위를 쳐다
봤다. 길에서는 허연 그림자가 비틀비틀 고꾸라질 듯이 급하게 개울로 내여 온다.
　　　　　　　　　　－ 자전적 소설 『사상의 월야』(을유문화사, 1946년)

　　할머니는 이태준이 걱정이 되어서 보름 전에도 오다가 더우내를 건너
산길을 오르던 중 샘물이 얼어붙어서 그만 허우적거리다 포기를 하고
집으로 돌아갔었다. 특히 할머니는 꿈자리가 뒤숭숭한 날이면 가다가
눈구덩이에 빠져 얼어 죽는 한이 있어도 이태준을 보러 지팡이를 끌고
나서려다가 같이 사는 시아우에게 '누굴 이 추운 때 송장을 찾아다니게
할려구 이러느냐' 소리를 고래고래 지르며 막아서 참고 있던 중이었다.
그렇게 시간을 보내던 중 큰산 나무꾼들이 산에 얼음이 푸석푸석 꺼졌다
는 말을 듣고 찾아오게 된 것이었다.
　　이렇게 다시 만난 이태준과 할머니는 그날 밤 '불이 때어진 냇내나는
건넌방에서 등불도 없이 누워있는데 할머니가 허리춤에서 커다란 복숭

아 같은 것을' 꺼냈다.

"뭐요?"

"전에 너 가지고 싶었던 거다."

"오 연적"

할머니 품에서 따뜻해진 사기 연적을 … 그리고 희미한 아버지 생각과 또렷한 어머니 생각에 살며시 잠겼다.

　　　　　　　　　　　　　　　　　　　　－자전적 소설 『사상의 월야』(을유문화사, 1946년)

　할머니가 일흔의 몸을 이끌고 칠십 리 길을 목숨을 걸고 이태준 찾아온 이유가 이 글 속에 숨겨져 있다. 즉 할머니는 양자로 보낸 집에 계속 머물 경우 글공부는 못하고 산골 소년이 될 것이라 생각을 했다. 그래서 이태준이 갖고 싶었고 아버지가 남긴 유품인 연적을 품에 안고 간 것이었다.

　이태준도 연적을 보면서 다시 글공부를 해야겠다는 생각을 하게 되었지만 문제가 있었다. 양자로 간 경우 양부의 허락이 필요하다. 그런데 이태준을 데려간 양부는 글공부를 시키기 위해 용담으로 다시 보낼 생각을 하지 않았다. 작품을 보면 이태준 할머니가 '나이가 열 살이나 되었는데 공부를 해야 한다' 면서 '자신이 미역이나 잡화를 머리에 이고 파는 장사를 해서라도 이태준을 글공부 시키겠다.'는 의중을 보이지만 양부는 '글쎄올시다.'라면서 확답을 피하면서 용담으로 돌아 올 기회를 놓치게 된다.

　할머니가 아쉬운 발걸음을 돌리기 전에 이태준은 아버지 유품인 연적을 도로 드리고 정선이 구박을 받고 살았다. 그렇게 세월이 흘러 초가을

이 되자 마을에 염병(장티푸스)가 돌아서 양부인 오촌 아저씨가 사망을 하게 된다. 양부가 이태준의 바람막이가 되어 주었지만 돌아가시자 정선이의 구박은 더 심해지던 초겨울 할머니가 다시 찾아와 이태준은 용담으로 돌아오게 된다. 그런 과정에서 이태준 선생은 양자시절의 아픔이 깊었던 탓인지 『무서록』에 다음과 같은 내용을 기록하고 있다.

안협 모시울이라는 산골에 가 있던 열한 살 때였다.

지게도 없는데 나무를 해오라고 했다. 나는 아침마다 도끼만 들고 산으로 올라갔다. 종일 팬 것을 한군데다 모아 놓고 다른 아이들이 나무를 해오고 저녁을 먹을 때 그들의 지게를 빌려 산으로 올라간다. 그런데 하루는 지게를 빌려 올라가 보니 종일 패 놓은 둥거지가 하나도 없이 없어졌다. 나무를 잃어버린 그것보다 나는 안 하고 어디 가서 놀다왔다는 말이 분하였다.

– 『나의 고아시대』(백악, 1932년 10월)

7. 봉명학교에 입학한 이태준 선생

가. 용담에서의 이태준 선생의 어린 시절

우여곡절과 끝없는 고난의 연속이었던 양자 자리를 벗어나 용담에 돌아와서도 이태준 선생에게는 좋은 일이 기다린 것은 아니었다. 정실도 아니고 첩의 자식인 고아들에게 호의적인 대우를 하는 넉넉한 인심은 아니었다. 그래서 이태준 선생은 작품에서 곤궁한 모습을 이렇게 묘사를 하고 있다.

> 오래 간만에 누나와 동생을 만나 보았다… 누나와 동생은 함경도 소청(배기미) 에서보다 때 묻고 해진 옷을 입고 있었다. 그 때가 묻고 해진 옷 채로 할머니와 함께 십리나 되는 데 있는 아버지 산소(용담 공기꿀)로 갔다. (생략)
> 아버지의 산소는 조그마했다. 상돌도 망두석도 없었다. 좁아서 넉넉히 물러서서 절도 할 수 없었다.   −자전적 소설 『사상의 월야』(을유문화사, 1946년)

한수 이북에서 가장 권력자였던 이태준 선생의 아버지 산소는 아주 초라하고 쓸쓸한 모습이었다. 이태준 가족을 데리고 산소에 오른 할머니는 '네가 커서 네 집을 짓기 전에 먼저 네 어미 아비 산소부터 가꿔야 한다.'라고 속상한 속내를 보인다.

현재 철원 용담 지역은 사람이 많이 살고 있지 않다. 그러나 당시에는 장기 이씨 집성촌이 거주해서 어느 정도 마을 형세를 이루고 있다. 용담은 아래위로 두 개의 골짜기가 있다. 아랫골은 '백학골', 위의 골짜기는 '웃골'이었다. 누나와 여동생은 백학골 초입에 있는 오촌댁에서 살았다. 어린 상허 이태준은 웃골에 있는 작은아버지(용담에서는 삼촌, 오촌, 칠촌이나 어른이면 모두 작은아버지로 호칭을 함)에 있게 된다. 거기서 살게 된 이유는 다음과 같다.

웃골에 사는 작은아버지는 팔을 하나 잘 쓰지 못했다. 이태준은 그 분의 옷고름과 대님 매는 것 같은 잔시중을 들어 드리며 그 집에 있게 되었다. 이 웃골의 작은아버지 내외분은 이태준이 고향에 와서 처음 느끼는 인정 많은 어른이었다.
　　　　　　　　　　　　　　　－자전적 소설 『사상의 월야』(을유문화사, 1946년)

이태준에게 이 작은아버지는 하늘이 도와준 인연이었던 것으로 보여진다. 일단 안정적으로 숙식을 해결할 수 있었다. 그리고 더 행운은 '봄부터는 봉명학교에 다니라 하였고… 산술과 창가 시험만 보면 이학년에 들 수 있다.'면서 직접 가르쳐 주었다.

하루는 웃골 작은아버지께서 매봉재로 가시자고 하셨다. 매봉제는 용담 이 씨네 조상님 산소가 여러 자리 있어서 의관을 차렸다. 산소들은 그냥 지나고 솔숲이 충충한 데로 들어가셨다. 휘휘 둘러 둘러보시고 아무도 없는 기색을 살피고서는, 다른 것이 아니라 이태준에게 「학도야」라는 창가를 가르쳐 주는 것이었다. (생략) 이태준이 두 줄 정도 따라 부를 정도가 되었을 때다. 어디서 킬킬 웃음소리가 났다. 돌아보니 나뭇꾼 아이가 진작부터 숨어서 이 광경을 보고 있었다.
　　　　　　　　　　　　　　　－자전적 소설 『사상의 월야』(을유문화사, 1946년)

「참고사항」위의 내용에 등장하는 노래는 1910년부터 학교에서 학생들에게 향학열을 배양시키기 위해 4분에 4박자로 만들어 불렀던 노래이다. 정확한 명칭에 대해서 논란이 있는데 그 가사 내용을 다음과 같다.

1. 학도야 학도야 청년학도야/ 벽상의 괘종을 들어보시오/ 한 소리 두 소리 가고 못 가니/ 인생의 백년가지 주마 같도다.
2. 청산 속에 묻힌 옥도/ 갈아야만 광채 나네/ 낙락장송 큰 나무도/ 깎아야만 동량 되지

이태준 선생을 가르치는 작은아버지는 처음에는 '가르치는 양반부터 곡조가 도무지 어울리지 않고 목소리가 기괴하게 나와' 목청을 고르느라 한참을 걸렸지만 답보를 하다 보니 비슷하게 나왔다. 이후 이 작은아버지와 세 번을 산으로 와서 따라 부른 뒤에서야 혼자 곧잘 부를 수 있게 되었다. 그런 과정을 거쳐 '월사금을 내지 않고 교과서, 연필, 공책을 받으면서 2학년에 입학'을 했다. 이후 이태준 선생은 학교 공부에 재미를 붙였고 또 새벽 나팔 소리에 깨는 것이 즐거운 생각이 들을 때는 '남자라는 것은 글공부만 잘해서는 안 된다.'는 지사적인 자각하게 된다.

나. 이태준 선생과 봉명학교

이태준 선생은 입학을 곳에 용담에 있던 사립 봉명학교였다. 이 학교는 상허 이태준 선생에게는 큰아버지인 이봉하[李鳳夏] 선생이 세웠는데 건립 과정이 순탄치 않았다. 이봉하 선생은 학교를 세웠을 뿐만 아니

라 '철원애국단' 사건으로 일본에 검거돼 옥고를 치룬 독립운동가 중에 한 분이다. 이봉하 선생에 대해서 알아보면 다음과 같다.

이봉하[李鳳夏]

독립 운동가. 철원(鐵原) 출생. 철원에 봉명 학교(鳳鳴學校)를 설립했다가 일제(日帝)에 의하여 학교가 폐쇄되자 1919년 대한독립애국단(大韓獨立愛國團)에 가입, 철원군 단장(鐵原郡團長)·강원도 단장(江原道團長)을 역임하면서 정선(旌善)·울진(蔚珍)·강릉(江陵) 등지에, 군단 조직을 확대하다가 체포되어 6개월 형을 선고 받았다.

－1921년 10월 17일 동아일보 기사

봉명학교가 용담에 세워지는 상황은 순탄치 않았다. 왜냐하면 이태준 선생의 아버지가 머리를 깎은 것만으로도 야단을 치던 것이 마을 어른들이었다. 그러나 옛것을 고수하는데 한계에 부딪치는 사건이 벌어졌다.

- 큰할아버지 산소가 있는 매봉재가 철도 건설 때문에 허물어지는 사건에 반대를 했지만 결국 막을 재주가 없었다.
- 기차가 다니는 굴을 양편에서 뚫어서 한 치의 오차도 없이 만나는 재주(과학 기술) 앞에 사서삼경으로 만으로는 안 된다는 사실을 알게 되었다.
- 우리 조선인도 배워야 한다는 현실적 필요성 때문에 '사립 봉명학교(私立 鳳鳴學校)'를 설립하게 된다.

이렇게 등장한 봉명학교는 원래 사랑채에 서당을 하던 곳이었다. 서당을 연결해 이십여 간이라 되게 따로 늘려서 짓고 하루갈이나 되는 밭을 운동장으로 닦아서 세웠다. 막상 학교가 세워지자 머리를 깎아야 한다는 이유 때문에 '어떤 할아버지는 대설대가 부러지도록 방바닥을 치며 반대(『사상의 월야』)' 했지만 재정의 실권을 가진 사람들이 학교 설립에 찬성을 해서 건립이 가능하게 됐다.

그러나 학생을 가르칠 수 있는 선생이 없어서 문제가 될 뻔 했지만 '웃말참봉'으로 불리는 사람이 나섰다. 이태준 선생의 오촌이 되는 사람이 먼저 머리를 깎고 교장이 되어서 서울로 올라가 수학, 지리, 역사, 체조 이렇게 4명의 교사를 초빙해 왔다.

봉명학교(鳳鳴學校)라는 이름에서 봉명은 봉명조양(鳳鳴朝陽)에서 따온 말이다. 즉 '봉새가 산의 동쪽에서 운다는 뜻으로, 천하가 태평할 좋은 조짐을 이르는 말'로 어린 학생을 교육을 시키는 것이 봉황을 키우는 것이라고 생각을 했다. 그리고 봉명학교는 철원에만 있었던 것이 아니라 전국에 4곳이 있었다. 그 자료를 보면 다음과 같다.

일본의 강압에 의해 강제로 체결된 을사조약을 계기로 전국적으로 수천여 개의 사립학교가 설립되었고, 신설된 사립학교 중에는 동일한 명칭을 가진 학교도 다수 있었다.

봉명이란 이름을 가지고 있던 사립교육기관도 4개 설치되어, 한성의 미동에 설립된 봉명학교 외에 1908년에 강원도 철원에 봉명의숙이 설립되고, 경상남도의 삼가(三嘉)에 봉명학교가 신설되었으며, 1910년에는 평안남도의 성천(成川)에도 봉명학교가 설치되었다. −[네이버 지식백과] 봉명학교(鳳鳴學校)(한국민족문화대백과, 한국학중앙연구원)

위의 자료를 보면 봉명학교의 옛 이름은 봉명의숙이다. 그런데 역사자료를 보면 봉명학교나 봉명의숙이나 설립 연대를 보면 정리되어야 할 부분이 많다. 우선 봉명학교에 대한 정확한 설립연도와 건립자가 애매모호하다는 점이다.

- 1908년에 강원도 철원에 봉명의숙이 설립되고 −[네이버 지식백과] 봉명학교[鳳鳴學校](한국민족문화대백과, 한국학중앙연구원

- 30세 되던 해 관직을 사임한 후, 고향인 철원의 용담에 사재를 털어 봉명학교(鳳鳴學校)를 설립하여 민족독립사상을 고취시켰고, 20여 년에 걸쳐 1,500여 명의 졸업생을 배출하였다.

  − 한국역대인물정보시스템 이봉하 선생 자료

이봉하 선생은 1887년(고종 24) 7월 18일 출생해서 1963년 1월 29일 서거하신 것으로 기록되어 있다. 위의 기록대로 30세의 나이로 용담에 봉명학교를 설립했다면 1917년이 된다. 그리고 20년을 운영하면

1937년이 되는데 실제로 봉명학교는 동아일보에 '제반 설비를 충실히 갖추지 않으면 폐교처분하겠다는 최후 통지'라는 내용의 기사가 1929년 10월 26일 자로 실릴 것을 보면 약 12년 운영한 것으로 판단된다.

다. 이태준 선생이 졸업한 봉명학교(1)

철원 봉명학교가 세워진 과정에 대해서 기록은 없으나 다행스럽게도 이태준 선생의 자전적 소설 『사상의 월야』에 기록되어 있어 인용을 해서 당시 상황을 알아보고자 한다.

그 중에서도 '웃말참봉'으로 불려지는 분이 먼저 머리를 깎고 스스로 교장 책무를 지고 서울까지 가서 수학, 지리, 역사, 체조 네 교사를 초빙해 왔다. 당시 학생들은 열세 살에서부터 삽십여 세까지였다. 읍에서는 물론 이삼십 리 촌에서 머리를 깎고 모여 들었으며 이삼십 세의 장정들만 백 명이 넘는다.

–자전적 소설 『사상의 월야』(을유문화사, 1946년)

위의 내용은 신문명을 거부한 결과 조선의 젊은이들이 교육의 기회를 잃어버리고 있었음을 단적으로 보여주는 장면이다. 작품에서는 체육교사로 부임한 사람이 해산된 지 얼마 안 되는 젊은 군인으로 학생들에게 '박달나무로 만든 총검'을 만들어 주고 '나팔수'를 초빙 기본적인 교련 훈련을 시킨 것으로 기술하고 있다.

봉명학교가 있었던 자리

※ 참고사항 : 1908년 봉명의숙으로 건립된 봉명학교는 1929년 재정난
으로 학교의 문을 닫게 된다. 봉명학교와 관련된 자료는 다음과 같다.

鐵原鳳鳴學校
迫頭한最後運命
각방면유지분긔를바란다
◇來月지나면取消

1929년 10월 29일 동아일보 기사

라. 이태준 선생이 졸업한 봉명학교(2)

체조교사가 학생들을 군사 훈련을 시킨 것은 자신이 '해산된 군대 군인'이었던 점도 있었지만 더 문제가 되는 것은 '학생들이 이삼십 세의 장정이 백 명이 넘지만 기착(북한어로 차렷)을 불러 보았지만 다리 하나 제대로 서지 못하고 입을 제대로 다물지 못하는 상태'였기 때문이었다. 이에 체육교사는 다음과 같은 방식으로 학생들을 교육시켰다.

- 체육 시간 첫날 동네 도끼를 모아서 산으로 올라 감
- 박달나무를 잘라서 가지고 옴
- 목수를 불러다 목총(木銃) 이백 자루를 만듦
- 자신이 데리고 있던 코코수(나팔수)를 불러다 나팔 부는 법을 가르쳐 군사 훈련 시킴
- 새벽마다 용담에 있는 학생만은 나팔소리로 깨움
- 두 패로 나누어 앞산 봉우리까지 경쟁을 시킴

8. 현대 교육에 눈을 뜨는 상허 이태준

가. 봉명학교 운영 방식

당시의 봉명학교는 시설과 교육 운영 방식이 체계적이지 않은 것 같다. 자선사업 형태로 재정 전체를 개인이 부담해야 하는 문제와 학생들에게 월사금을 징수하지 않고 학용품까지 무료로 제공하는 방식으로는 한계에 부딪치게 될 수밖에 없었다. 우선 당시의 교육방식을 작품에 등장하는 내용을 통해서 알아보면 다음과 같다.

'한문도 시험을 보기는 하나 손수 답안을 보는 것이 아니라 반장더러 이름을 부르게 하고
"그놈은 구십 점만 줘라, 그 녀석은 팔십 점은 했을라."
이런 식이었다.
"어떻게 답안두 안 보시고 아세요?"
하고 불평을 말하면
"이놈! 내가 네 할애비 나인 된다. 네놈들 실력을 몰라? 시험엔 잘험 뭘해, 실력이 젤이니라."   −자전적 소설 『사상의 월야』(을유문화사, 1946년)

위의 내용을 보면 당시 봉명학교는 '시험 관리가 명확하지 않을 정도'로 교육 체계적인 면에서는 부족했음을 알게 해 준다. 또 자전적 소설인

『사상의 월야』에서는 이 한문 선생이 '수업 시간에 장죽을 물고 있었고' '가르치다 말고 곧잘 변소에 갈' 정도로 규율이 잡힌 상태가 아니었던 것으로 기술하였다. 그러나 당시의 선생들은 학생들을 생각하는 마음이 깊은 것 같았다.

구체적인 사례를 보면 '운동장에서 책을 보고 있다가 풋볼이건 테니스 공이건 가기만 하면 발로 꽉 밟고 주지 않았다.' 이유는 '이놈들아, 글쎄 해뜨리고 땀에 물초들이 되구, 더위 먹음 어쩌려고 하느냐?'라면서 '한참을 쉬어 땀들을 들인 뒤에야 주는 것'으로 묘사되어 있다.

배기미에서 공부를 한 경험이 있는 이태준은 2학년생으로 입학을 했고 그해 학기말에 전체 2등을 한 것으로 작품에 기록되어 있다.

나. 일본어 교습과 오 선생 만남

이렇게 완고한 선생들이 운영하던 학교에 '졸업식 때나, 창립기념식 때는 읍에서 군수도 찾아오기 시작'을 하더니 '용담에 나팔 소리가 끊어졌고, 교련시간이 체조시간'으로 변하게 되었다. 더 큰 변화는 일본어를 가르치기 시작을 한 것이다. 그 사건을 알아보면 아래와 같다.

이태준이 사학년이 되었을 때(봉명학교는 4년제) 철원읍에 있는 중학교에 가려면 일어를 알아야 한다고 졸업반과 이미 졸업한 사람들까지 학교에 모아 놓고 「일어 강습회」가 열렸다. 이 강습회 교사는 원산 쪽에서 떠들어와 교장 댁 사랑에서 묵던 젊은 길손으로 이름은 오천문(吳天文)이라 하였다.

—자전적 소설 『사상의 월야』(을유문화사, 1946년)

인용된 소설을 보면 봉명학교는 일제의 침탈에 항거해 조선인도 배워야 한다는 취지로 설립되었다. 처음 설립 당시 갓을 쓴 노인들이 강력한 반대를 물리치고 설립되었다. 그러나 세월이 흐르면서 이 봉명학교는 일본이 만든 교육제도에 흡수되어 가는 과정은 피할 수 없는 운명이었다는 생각이다. 특히 읍장이나 군수가 학교 행사에 참석을 하면서 독자성을 잃어버렸고 중학교 진학을 위해서 학교 안에 '일본어 강습소'가 들어서는 상황을 불러오게 되었다.

여기서 주목을 해야 할 것은 일본이 봉명학교를 문 닫게 하는 과정이다. 일본에서는 봉명학교에게 일반학교에 준하는 시설을 요구한 것으로 보여진다. 그 근거는 1929년 10월 26일 「철원봉명학교에 박두한 최후의 운명」이라는 제목으로 동아일보에 실린 기사를 인용해 보면 알 수 있다.

강원도 철원군 용담에 있는 사립봉명학교는 창립 이래 이십여 년 간을 이봉하 씨의 노력으로 경영해 오다가 이 씨의 형편이 어찌할 수 없게 된 까닭에 이리저리 운동을 하여 학교 운명을 연장시키고자 활동 중이었으나 동리의 인사들도 냉연할 뿐 아니라 서울에 올라와 안재홍 최규동 씨 외 수십 인으로 후원회를 조직하여 활동 중이었으나 이렇다할만한 효과를 아직까지 얻지 못한 중에도 당국에서는 래월 말일까지 제반 설비를 충실히 하지 않으면 취소를 하겠다는 명령이 나리었음으로 이봉하 씨는 각 방면으로 최후의 노력을 경주한다는데 뜻있는 이의 교육계를 위한 동정이 있기를 바란다 더이다. －「동아일보」1929년 10월 26일

이 기사는 봉명학교에 대한 마지막 공식 기록이다. 결국 봉명학교는 한 사람이 사재를 털어서 사립이라는 한계를 극복하지 못하고 역사의

뒤안길로 사라지게 되었다. 더욱 아쉬운 것은 봉명학교가 있었던 용담 마을이 한국전쟁의 참화로 소실되면서 그 흔적도 없어진 것이다.

다. 이태준 선생과 이등방문의 한시

이태준에게 일본어를 가르친 오천문 선생은 우리나라 역사를 비롯해 여러 가지 신문명을 소개한 것으로 알려지고 있다. 당시 많은 사람들이 무지한 백성들을 깨우치게 하기 위해서 여러 가지 노력을 했지만 소홀히 했던 것은 일본이 식민지 지배를 정당화하기 위한 논리를 비판 없이 수 용한 것이었다.

민족의 주체성을 지키고 어린 학생들을 가르치는 봉명학교에서 초빙 된 일어 선생이 상허 이태준 선생에게 잘못 가르친 것이 일제 조선반도 를 침략 선봉에 섰던 이등박문(伊藤博文)의 한시였다. 그 내용이 상허 선생의 자전적 소설인 『사상의 월야』에 실리고 소제목으로 「푸른 산은 가는 곳마다」라는 시의 마지막 구절이 인용되기도 했었다.

男兒立志出鄕關 (사나이 뜻이 서서 향관을 떠날 바에)
學若無成死不還 (배워 이룸이 없으면 죽은들 돌아올 것인가)
埋骨豈期墳墓地 (뼈 묻기를 어찌 분묘지에 기약하리오)
人間到處有靑山 (인간이 이른 곳마다 푸른 산은 있도다)

어린 상허 선생은 이 구절을 암송을 하면서 큰 뜻을 품고 아라사 해삼 위(블라디보스토크)로 망명의 길을 떠났다 뜻을 이루지 못하고 사망을 한 뒤에 유골로 용담에 돌아온 아버지를 원망하는 생각을 작품에 다음과 같이 기록을 하고 있다.

　사람이란 죽으면 고만 아닌가? 그까짓 뼈야 어디 묻힌들 무슨 상관이랴! 우리 아버지도 돌아가셨으니 우리 집이 거지가 되어도 고만 아닌가? 뼈야 어머니께서 그처럼 애를 써서 고향에 보냈기로 그게 오늘에야 무슨 소용 있는 것인가? 소용은 커녕 아버지께서 무슨 뜻이 있어 고향을 떠나셨던 것이라면, 그 뜻을 이루지 못한 바엔 뼈나 그곳의 흙이 되어야 할 것이지 하필 선영을 찾아 옮기란 무슨 의미가 있는 것인가? 아버지로서는 차라리 수치가 아닌가!

—자전적 소설 『사상의 월야』(을유문화사, 1946년)

　위의 유골로 돌아온 아버지에 대한 부정적 생각도 짚고 넘어 갈 부분이다. 아버지가 큰 뜻을 품고 망명길에 올랐다가 갑자기 사망을 하고 유골이나마 용담 고향으로 돌아 온 것은 두고 '그게 오늘에야 무슨 소용 있는 것인가?'라는 비판적인 시각을 갖고 있는 것은 그 동안 작품 속에서 보여주었던 아버지에 대한 생각과 다르다는 점이 주목된다. 아버지에 대한 원망은 고아로 고향에 돌아와 비참한 박대를 당했던 것 때문이겠지만 상허 이태준 선생은 작품 속에서 '이런 생각을 한두 번 하지 않았다'라고 묘사해 어린 시절을 지배했던 생각으로 보인다.
　이렇게 작가가 표현한 것은 상허 이태준 선생이 '솔직함을 바탕으로 글을 써야 한다.'는 평소 작품태도를 그대로 드러낸 것으로 보이기도 한다.

라. 봉명학교 오 선생 이야기

이태준 선생의 작품을 보면 교장이던 오촌참봉 이야기는 별로 없다. 처음에 학교를 세울 때 머리를 깎고 스스로 교장 책무를 지고 서울로 가서 '수학' '역사' '지리' '체조' 네 교사를 초빙해 온 것 정도로 기록되어 있다. 그 이후에는 작품 어디에도 등장을 하지 않고 있으며 대신 오 선생 이야기가 많이 등장을 한다.

이태준 선생 작품에 영향을 주었던 오 선생의 본명은 吳文天이다. 오 선생이 봉명학교에 오게 된 사연은 '읍내 학교에 입학하기 위해서는 일어를 알아야 했기' 때문이었다. 민족정기를 세우기 위한 학교에서 일본어를 가르친다는 것은 이미 본래 의미를 잃어버리면서 스스로 식민지 교육 틀에 끼어드는 형국이라 할 수 있다. 또 막대한 정부 지원으로 운영되는 공립학교와의 경쟁에서 몰락은 예견된 일이었다. 오 선생의 모습과 봉명학교에서 한일은 다음과 같다.

사학년(졸업반)이 된 이태준은 중학교에 가려면 일본어를 알아야 한다고 학교에 모아 놓고 「일어 강습회」가 열렸다. 일어교사는 원산 쪽에서 떠들어와 교장 댁 사랑에 묵던 젊은 길손이었다. 약간 함경도 사투리였으나… 해어졌으니 갈라붙인 양복을 입었고, 머리고 갈라 붙였고, 입과 턱이 크고, 늘 정열에 타는 삼십대 청년으로…'

―『사상의 월야』(을유문화사, 1946년)

위의 내용에서 주목을 해야 할 부분은 오 선생이 교장 댁에 묵던 길손이었다는 내용이다. 여기서 묵던이라는 말을 한 것은 상당히 오랜 기간 있었다는 뜻이다. 지나가는 나그네가 아니라 어떤 목적이 있어서 교장

댁에 머물렀을까? 하는 궁금증이다. 특히 이 오 선생이 교장 선생과 같이 함흥 감옥에서 5년 옥살이를 했다는 내용을 보면 아마도 독립운동에 관련이 있는 인물이었다는 추측을 하게 만든다. 특히 수업 시간에 아래와 같은 내용을 가르쳤다는 것을 보면 더욱 그런 생각이 들게 한다.

일어만 가르치지 않았다. 강습생들은 학교에 자게 하면서 저녁이면 격렬한 어조로 때로는 눈물까지 흘리며 여러 가지 연설을 하였다. 당파를 짓지 말 것, 미신을 타파할 것, 일어 영어 러시아어 모든 선진국 말을 배워 신학문 신사상 신생활의 모든 기술을 수입할 것 같은…'   —『사상의 월야』(을유문화사, 1946년)

앞에 인용한 내용을 보면 오 선생은 1913년 5월 안창호의 주도로 미국 샌프란시스코에서 결성된 흥사단의 실력양성 운동과 맥을 같이 하고 있다는 것을 알 수 있다. 구체적으로 흥사단원이라고 추측을 할 수 있지만 단정할 만한 자료가 없다. 이유는 이태준이 학생이 되어 고향을 방문했을 때 함흥감옥에서 옥살이를 하던 오 선생이 폐가 나빠져 보석으로 출옥을 한 지 보름 만에 사망을 하였기 때문이다. 당시 이태준은 오 선생 사망 소식을 들었을 때 '주변의 시선을 의식하지 않고 소리 내어 울었던 것'으로 기록하고 있으며 봉명학교 마당에서 밤을 새워 오 선생 추도회를 주최했을 정도로 애틋한 마음을 갖고 있었다.

오 선생은 폐병으로 사망을 했지만 이태준 선생은 그의 행적을 빌어 봉명학교의 몰락을 이야기하고 있는데. 그 작품은 「실락원 이야기」이다. 그 주요 내용에서는 오 선생을 모델로 봉명학교의 몰락에 재촉한 일제의 부당한 간섭을 이야기하고 있는데 주요 내용은 다음과 같다.

- 주인공은 궁벽한 산촌에서 아이들을 가르치기 위해 P촌으로 옴.
- 마을 사람들도 환영을 하고 자기 마을에 사는 처녀와 혼인 시킬 생각을 함.
- P촌에 간지 다섯 달이 지났을 때 30리 밖에 주재소 소장이 와서 수업 중에 문을 열고 나오라고 하고, 또 개인 책상을 제멋대로 뒤지고 책 3권을 새끼줄로 묶어서 가지고 감.
- 다음 날 10시쯤에 호출장이 와서 주재소로 갔더니 학생들에게 일본어로 수업을 하지 않고 조선말로 가르친다고 트집을 잡음.
- 각종 위협을 한 다음에 선생을 하지 말고 경관이나 할 것을 권유.
- 선생이 거부를 하자 P촌의 구장이 불려가고, 학교 교장이 호출 당하고 나서 그들이 머리를 깎고 사과를 하라고 부탁을 함.
- 머리를 삭발하고 오해를 풀라는 취지로 이야기를 하자 주재소 소장은 '남을 가르치는 사람이 비겁하다.'고 비난을 함.
- 마을에 비가 많이 와서 수습을 하고 있는데 주재소 소장이 와서 시비를 걸어서 단단히 바른말로 대꾸를 하자 '지금은 바쁘니 이따가 보자.'라면서 돌아감.
- 사나흘 후에 교장이 주재소로 불려가서 '학교에 그와 같은 사람을 두면 2학기부터는 군 학무계에 말해 강습 허가를 철회 하겠다.'라고 협박함.
- 교장이 다시 가고, 학부형 대표가 가고, 구장이 가고, 진정 애원하였으나 막무가내라서 선생이 P촌을 떠나게 됨.

9. 용담에서의 생활

가. 누더기 옷을 입고 지낸 추석

상허 이태준 선생은 집안은 용담에서는 집성촌을 이루고 살았다. 장기 李氏 하면 용담에서는 알아주는 세력으로 사립학교를 세울 정도였던 것을 이미 알려진 사실이다. 용담에서 생활은 상허 이태준 선생의 자존심에 많은 상처를 입혔던 것을 작품에서 엿볼 수 있다. '맛난 음식, 좋은 옷'으로 대변되는 추석을 맞는 이태준의 모습을 인용해서 알아보고자 한다.

> 며칠 전부터 동무들이 추석이 된다고 즐거워하는 것이 이태준에게는 은근히 걱정스러웠다. 학교에서는 공부까지 하지 않아서 노는 것이 싫지는 않다. 그러나 남 다 새 옷을 입는 날, 혼자 헌옷채로 견딜 것이 싫기보다 두렵기까지 하다.'
> ─『사상의 월야』(을유문화사, 1946년)

위의 글을 보면 상허 이태준은 추석에 새 옷을 사 주는 어른이 없는 것을 쓸쓸하게 이야기하고 있다. 당시 어린 이태준에게 옷을 사 줄 수 있는 사람은 할머니 정도였다. 당시 할머니도 다른 일가 집에 얹혀사는 신세라 '집세기나 미투리지'나 겨우 가져 올 정도였다. 추석에 다른 사람들이 입는 '갓신(가죽신) 새 옷까지 지어서 올 수' 없는 일이었다.

짚신

갖신

'집집마다 해가 퍼지기 전부터 새 옷을 입은 아이들이 마당에서 뛰었다. 육촌
팔촌 되는 형 아우들은 하나같이 버선까지 진솔(한 번도 빨지 않은 새 옷)이다.
허리띠, 대님, 갖신, 모두 큰명일 때는 읍에도 아니요 문중에선 하인을 서울로
보내 사온 것들이다. 어떤 동생뻘 되는 아이는 구두를 신었고 겨울에 입을 만또
(외투)까지 미리 사 두었다고 자랑을 하였다.

－『사상의 월야』(을유문화사, 1946년)

이 글을 보면 당시 용담이 넉넉한 마을이었음을 보여주고 있다. 추석
을 맞아 하인들을 서울에 보내 추석을 맞는 의복을 사오도록 시킨 것만
보더라도 풍요했다는 것을 알 수 있다. 이렇게 호화스러운 추석을 맞이
하는 가운데, 상허 이태준 선생이 작품 속에서 '먹을 것을 잘 챙겨주던
분으로 묘사한' 웃골 작은어머니가 '에그 옷이나 빨아 입힐 걸'이라 묘사
한 것은 당시의 아픔이 얼마나 컸는지를 암시하고 있다.

추석날에는 이태준은 아침상에 끼일 수 없어서 점심때가 되어서야 차
례가 되었으며 다른 어른과 아이들은 모두 두루마기와 행전(바지·고의
를 입을 때 정강이에 꿰어 무릎 아래에 매는 물건)까지 차고들 산소에

차례를 지내러 갈 때 이태준은 사랑에 숨어 있다가 조용해진 뒤에 밖으로 나와서 누나와 동생을 보러 밖으로 나온 것으로 기록되어 있다.

이태준은 누나와 동생이 사는 오촌 댁을 빙빙 돌았으나 나오지 않아 만나지 못하고 '마당에는 하인들 자식까지 동저고리나마 하얗게 빤 것들을 입고 있어서 용기가 나지 않아 아무도 없는 산속에서 추석 낮을 보냈다'고 서술하고 있는데 이것은 이 씨 문중의 자손임에도 하인들보다 대접을 받지 못하는 고아 신세를 한탄한 것이라 할 수 있다.

나. 추석에 만난 두 번째 사랑 은주

상허 이태준 선생의 작품에는 공통적인 여자가 한 사람 등장을 한다. 아주 나약하고 아프고 여린 여자 그 모델은 작품에 등장하는 여성상을 지배하고 있다. 현실을 바탕으로 작품을 쓰는 이태준에게 그 여자는 실재 인물일 가능성이 높다. 그래서 작품을 꼼꼼히 읽어 본 결과 용담에서 만났던 '은주'라는 소녀였다. 이 소녀는 용담에 사는 아저씨의 조카로 서울에 살고 있는데 여름방학을 맞아 친척집에 놀러 와서 이태준을 만나게 된다. 이태준 선생은 이 소녀를 생각하면서 서울에 가서 공부를 해야겠다는 결심을 하게 된다. 은주라는 소녀는 어린 이태준이 추석날 사람들을 피해 산으로 숨어들어 주린 배를 채우기 위해 가얌나무 열매를 따 먹던 중에 만나게 된다.

'웬 아름다운 새소리 같은 목소리가 났다.
"쟤가 누구야아?"

연분홍 저고리에 옥색 치마를 입은 소녀다. 여기 아이 같지 않게 얼굴이 희고 예쁘다. 이태준은 어쩔 줄 몰라 서 있는데

"얘? 거기 꽃 나 꺾어다우."

한다. 이태준은 불그스레 분홍빛 도는 국화를 꺾어서 소녀에게 주었다.

소녀는 새하얀 손을 내밀어 받았다. 그리고 까만 눈으로 이태준을 잠깐 보더니

"고맙다."

하고는 돌아서 올라갔다.

—자전적 소설 『사상의 월야』(을유문화사, 1946년)

이태준이 묘사한 은주라는 아이와의 첫 만남이었다. 당시 은주는 가족들을 따라 산에 성묘를 왔다가 이태준을 만나 들국화를 꺾어 달라고 한 것이었다. 여기서 눈여겨봐야 할 대목이 은주가 희고 여린 소녀로 표현되고 있다는 점이다. 이렇게 묘사를 한 이유는 '곱다'라는 의미를 넘어서 당시 유행하던 '폐결핵' 가능성이 있다. 이후 이태준 선생의 『까마귀』에서 여주인공이 폐결핵으로 죽는 것으로 표현된 것과 무관하지 않다. 소녀가 돌아간 뒤에 이태준은 남아서 '걔가 누굴까?' '이름이 뭘까?' 궁금해서 자꾸 생각하게 되는 모습을 다음과 같이 표현하고 있다.

'그 하얀 얼굴, 까만 눈, 금새 맛난 것을 먹은 것처럼 기름기가 반지르르한 빨간 입술, 그리고 포동포동한 손, 이태준은 한참이나 사라진 소녀의 얼굴을 그려보며 우두커니 서있었다. 그 예쁜 소녀는 다시 나타나지 않을 뿐 아니라, 사람들 지껄이는 소리도 차츰 멀어져 갔다. 소녀를 꺾어 준 들국화 그루에는 아직도 한 송이가 남아 있었다. 마저 꺾었다. 향긋한 냄새가 풍긴다.

—자전적 소설 『사상의 월야』(을유문화사, 1946년)

이태준은 소녀를 가슴에 담고 잊지 않겠다는 생각을 작품 속에서 '나머지 향기로운 냄새를 풍기는 들국화를 꺾는'것으로 대신 표현하고 있다. 산에서 내려온 이태준은 달구경을 나섰다가 용담에 한내천에 있는 '큰돌다리'에 와서 보니 많은 사람들이 모여 있었다. 그 한돌 가운에 낮에 본 예쁜 소녀가 서 있었다. 그 옆에는 이태준에게는 먼 촌이도 한 이름이 '윤수' 아저씨가 서있었다. 달빛에서 배꽃 같아 보이는 소녀와 윤수 아저씨가 서서 하는 이야기 속에서 이름이 '은주'라는 것을 알게 되었다. 그 소녀는 이태준을 보지 못하고 윤수 아저씨를 따라서 돌아가 버린다. 이때 어린 이태준이 생각을 하는 것이 '은주에 대한 궁금증'과 '배기미에서의 달밤'이었다.

> 그제서야 달을 쳐다보았다. 불쑥 소청(배기미) 생각이 난다. 서분녀서껀 그 모새(모래) 부드러운 골목 뒤와 울타리 밑으로 다니며 숨바꼭질 하던 생각이 그리워진다. ─자전적 소설 『사상의 월야』(을유문화사, 1946년)

위의 작품을 보면 어린 이태준을 지배하고 있는 여자에 대해서 설명을 하고 있다. 은주에 대해서 궁금해 하면서 다시 배기미에서 만났던 서분녀를 떠올리고 있다. 두 사람의 이미지는 은주는 '고귀한 집 딸', 분녀는 '촌 여자'로 대변되면서 작품에서 여러 형태로 변용을 하고 있다.

다. 영월 영감집으로 시집을 간 누나

이태준 선생의 작품 중에는 '영월 영감'이 있다. 당시 조선 반도를 몰아쳤던 금광 열풍을 소재로 주인공은 영월에서 군수를 지낸 사람이다. 이 작품에 등장하는 영월 영감의 꼿꼿한 성격을 많은 평론가들이 이태준 선생의 아버지로 생각을 하고 '지사적인 인물'로 생각하고 있다. 그러나 이것은 오류일 가능성이 높다. 왜냐하면 영월 영감은 상허 선생의 누나가 시집을 간 곳이기 때문이다. 평론가들이 상허 선생의 가족사를 연구하지 않은 탓으로 오류가 일어난 것이 아닌지 생각하게 된다.

배기미에서 돌아 온 이태준 선생의 가족은 뿔뿔이 흩어져 살았다. 할머니는 먼 친척집에 얹혀살았고, 이태준 선생은 오촌댁 그리고 누나와 여동생은 다른 집에서 식모처럼 생활하며 살았다. 그런 가운데 누나가 혼기가 차서 시집을 가게 된다. 누나는 지금 있는 집보다 더 좋은 곳으로 시집을 가서 '늘 비단 옷을 예쁘게 차리고 하인들에게 공대를 받으며' 살 수 있는 것으로 작품에 묘사되고 있다. 그런 상황을 작품에서는 더 자세히 묘사하고 있다.

할머니께서 오시어 만나는 길로 여쭈어 보았더니, 정말
"네 누인 인전 사름을 놓았다."
"읍에 새미꿀선(샘골, 샘말) 제일 잘사는 영월집 메누리로 간단다. 너의 어미가 살았어두 이런 자리야 마대겠니?"
"영월집이 뭐유?"
"신랑의 아버지가 지금은 돌아가시구 없지만, 전에 영월 고을 원노릇을 했단다. 넌 이담에 도장관이나 돼라" (일부 생략)
"도장관이 되면 잘되는 거유?"
"그럼"　　　　　　　　　－자전적 소설 『사상의 월야』(을유문화사, 1946년)

위의 내용은 상허 선생과 할머니가 나눈 대화를 인용했는데 눈여겨볼 것이 '샘말' '영월영감' '도장관'이다. 누나가 시집을 간 곳은 새미꿀로 지금 말로 풀어보면 샘이 나오는 곳 샘통 근처를 말하고 샘말이라는 것을 알 수 있다. 이 샘말은 이태준 선생의 대표작 중에 하나인 「돌다리」의 작품 무대가 되었다. 또 영월 영감집은 작품 「영월 영감」으로 등장을 하고 있으며 유사점을 찾아보면 다음과 같다.

- 영월 영감 작품 속에서 등장하는 주인공의 지사적 성격 = 누나가 시집 간 집의 영월 영감 성격
- 영월 영감 작품 속에서 주인공 사망 = 누나가 시집 간 집의 시아버지인 영월 영감 사망
- 영월 영감이 고을 원으로 퇴직을 한 후에 금광 사업 투자 = 누나가 시집 간 집이 금광 사업과 연관이 있을 것으로 추정
- 작품 '영월 영감' '돌다리' 주인공의 성격 = 영월 영감 실제의 성격으로 판단됨

할머니는 누나가 시집을 잘 가는 것은 보고 어린 이태준에게 '도장관' 이 되라는 이야기를 한다. 그렇다면 이 자리는 무엇이고 이태준과 어떤 연관이 있는지 알아볼 필요가 있다. 왜냐하면 작가는 작품 속에서 외부의 이비를 통해서 내면을 이야기하고 있기 때문이다. 할머니가 말한 '도장관'은 지금의 도지사 자리이다. 즉 할머니가 원했던 것은 상허 선생의 아버지가 관찰사와 같은 직위인 '감리'와 연관이 있기 때문이었다. '동대문을 나서면 거칠 것이 없었던 아버지의 권세'를 다시 찾았으면 하는 향수를 그려내고 있다는 생각이다. 참고적으로 '도장관'에 대해서 알아

보면 다음과 같다.

※참고: 도장관

　대한제국이 1910년 한일합방이 체결됨에 따라 멸망하게 되고 조선총독부가 한국 전역을 통치하게 되면서 16도를 통치하던 대한제국의 관직인 관찰사의 명칭을 임의로 도장관이라 변경했다. 이 직책은 2년여 정도 사용되다가 폐기된 짧은 역사로 기록되어 있다. 도장관을 역임한 인물들을 보면 일본식 작위를 수여받은 이른바 귀족층이 대부분이고 1912년부터 도지사로 명칭을 바꾸었다.

라. 누더기 옷 때문에 누나 결혼식을 산에서 숨어서 보다

　우리 전통 문화에서 가장 중요하게 여기는 것이 '관혼상제(冠婚喪祭)'였다. 관례는 청소년이 머리에 관을 쓰고 성년이 되는 의식이고 혼례는 결혼이다.

　이 행사에는 전 가족이 참여해서 축하를 하는데 이태준 선생의 경우에는 누나 결혼식을 산에 숨어서 지켜보았다. 그 이유는 빨지도 않은 누더기 옷을 입고 있었기 때문이었다. 누나를 결혼 시키면서 남동생에게 새 옷 한 벌 마련해 주지 않았던 것이 당시 용담 사람들이 인심이었다. 특히 추석 때면 서울에서 맞추어 온 새 옷을 입고 살았던 용담 친척들에게 어린 이태준은 '첩의 자식으로 자신들과 무관한 오갈 데 없는 고아' 정도로 대우를 받고 살았다고 봐야 한다. 그런 내용을 작품에서 인용해 보면 다음과 같다.

누나가 시집가는 날도 이태준은 명절처럼 지리했다.

남루한 주제로 누이의 혼인에 비치기가 싫어, 이 날은 학교도 그만 두고 뒷동산에 올라갔다.

거의 점심때나 되니까 철둑 께에 인력거 세 채와 사인교 한 채가 나타났다. 동네로 들어오더니 서너 시간이 되어서야 사인교가 앞서고 인력거들이 뒤를 좇으며 신혼행렬은 읍으로 향했다.

　　　　　　　　　　　　　　　　　－자전적 소설 『사상의 월야』(을유문화사, 1946년)

위의 글을 보면 누나 결혼식에 하나밖에 없는 남동생이 '옷이 누추해서' 참석치 않았어도 관심을 갖는 문중 어른이 없었다는 점을 반증하고 있다. 그리고 눈여겨봐야 할 것은 당시의 철원 결혼식이다. 우리가 알고 있는 것은 신랑은 말을 타고 신부는 가마를 타는 것이 결혼 풍경이었다. 그러나 일본이 도입한 인력거가 말 대신 등장을 하고 있다. 이태준 아버지가 머리를 삭발한 것을 문제로 삼았던 일에 비교해 보면 일본 문화가 많이 침투한 것을 알 수 있다.

　※ 참고사항 : 사인교와 인력거

사인교

인력거

- 사인교 : 남자 네 명이 메고 이동을 해서 붙여진 이름으로 자동차가 일반화되기 전인 1960년대까지만 해도 마을단위로 두 틀의 가마를 필수적으로 갖추어 두고 공동으로 관리하면서, 혼례 때에 약간의 비용을 지불하고 사용하였다. 신랑 것은 장식이 별로 없으나, 신부 것은 채색이나 술 등에서 신랑 것과는 달리 화려하다. 가마를 메는 네 사람이 서로 발을 맞추어야 하기 때문에 권마성(勸馬聲: 발을 맞추기 위해 부르는 노래) 소리를 하고 간다.
- 권마성 : 원래는 말에 실린 가마에 귀인이 타고 행차할 때, 마부 구마종(駒馬從)이 말을 잘못 몰아 말이 넘어지는 위험을 막기 위해 곁에 수행하는 사령이나 거덜이 그때그때 미리 주의를 시키는 소리를 높은 음으로 길게 메기고 구마종이 이를 받는 소리로 길게 부른다. 이를 '말 모는 소리'라고 하는데 가마꾼들도 부르게 되었다.

작품 속에서 어린 이태준은 누나의 신혼행렬이 까마득히 사라지도록 바라보다(혼례에 참석하고 싶은 마음 표현) 내려왔다. 그리고 여러 날 뒤에 할머니를 따라서 누이네 집에 한번 가보게 되었다. 그 다음부터는 안 가게 되었는데 이유는 아래와 같이 설명하고 있다.

누나가 딴은 속으로는 반가와 하면서도 겉으로 시집 사람들을 부끄러워하는 것을(행색이 초라하고 의복이 낡아서) 눈치 채고는 공일마다 들어오라는 것을 되도록 가지 않았다.

서울 가서 공부 한다는 매부의 금단추 번쩍거리는 교복을 보고는 '나도 서울로 공부 가야 한다!'는 결심만 굳어졌다.

−자전적 소설 『사상의 월야』(을유문화사, 1946년)

마. 어린 이태준과 한내천

여름방학이 되면 당시에도 학교에 가지 않고 집에서 쉬었다. 상허 이태준 선생이 한 것은 한 손이 불편한 웃골 작은아버지가 하는 낚시를 도와주면서 따라 다녔던 것으로 기록하고 있다. 당시의 용담의 모습을 잘 표현하고 있어 소개해 보고자 한다.

용담에는 동네 가운데로 흐르는 개울도 있고, 주막 아래로 내려가면 금학산 깊을 골짜기에 수원(水源)을 둔 '한내천'이 맑고 깊게 흐른다. 미역감기와 고기잡이가 어른 아이 할 것 없이 한철 낙이 된다.
　　　　　　　　　　　　　　　　　　　　　　　　　－『사상의 월야』(을유문화사, 1946년)

(한손이 불편한) 웃골 작은아버지도 낚시질을 즐기셨다. 어린 이태준은 으레 따라가서 미끼를 끼워 드리고, 고기를 낚시에서 떼어드리고 그리고 저도 옆에서 낚시질을 할 수 있었다.　　　　　　　－『사상의 월야』(을유문화사, 1946년)

이와 같은 상허 선생은 어른이 된 뒤에도 낚시를 취미로 즐겼다. 상허 『문학 독본』(서음출판사 1988년 8월 10일 발행)을 보면 '인천에서 배낚시' '동대문 밖 중랑천' '소래 저수지' '망우리 고개 넘어 수택리' 등에서 낚시를 한 것으로 기록되어 있다. 그러나 이런 곳은 조용하지 않아 가보고 싶은 곳으로 '좀 멀더라도 강원도 동주(東州) 땅 어느 산촌으로 용못'이라는 이름을 가진 동리로 용담을 이야기하고 있다.

상허 선생이 쓴 글에는 당시 철원에서 낚싯대를 만드는 요령을 자세히 설명하고 있는데 이 자료는 근대 낚시를 연구하는 자료가 되고 있다고 한다. 몇 년 전에 우리나라 유수의 낚시 잡지에서 원문을 옮겨 싣고 설명을 곁들인 정도로 소중한 지료로 평가를 받고 있다. 이태준 선생이 묘사한 것은 일부 옮겨 보면 다음과 같다.

※ 옛날 철원 낚시대 만드는 방법
- 대설대보다는 배나 굵고 한발은 훨씬 넘어서 자르면 끝이 간필(簡筆) 뚜껑만한 대와, 길이가 그와 거의 비등한 왕대를 쪼갠 죽편을 사온다.
- 통대는 불에 쪼여 굽은 데를 바로 잡고 대설대를 만들 듯 마디를 뚫는다.
- 자루엔 소뿔을 깎고 아로새겨 박고, 끝은 터지지 않게 명주실을 감은 담은 밀을 먹인다.
- 죽편으로는 그 끝에 꽂을 휘추리를 다듬고 굽은 데를 바로 잡고 기름칠을 해서 갈라지지 않고 물을 먹지 않게 한 다음 끝에다 돌을 매달아 몇 달이나 놔둔다.

※ 실을 만드는 법
- 명주실을 세 벌로 드려 가닥나무 물을 들이고 그것을 청석돌에 감아서 기름을 먹인 다음 밥솥에 쪄낸다.
- 목줄은 흰 말총을 뽑아대 매는데 이것은 물속에 들어가면 투명해서 고기 눈에 잘 띄지 않는 장점이 있다.

※낚시 미끼
- 흐린 물에는 지렁이를 잡아서 미끼로 쓴다.
- 맑은 물에는 여울담에서 돌미끼를 잡아서 쓴다.

※ 한내천에 있던 고기 모습

• 싯누런 붕어, 메기의 옛 이름인 미어기, 무지개처럼 영롱한 무당치, 은비늘에
청옥빛이 도는 참마자, 검고 가시가 센 껄지, 은어 비슷하게 등은 검으나 몸은
푸른 바탕에 붉은 빛이 거칠게 죽 그어진 무망치리 등이 있었다.

　　　　　　　　　　　　　　－『상허 문학 독본』(서음출판사, 1988년)

붕어　　　　　　　　　　　메기

참마자　　　　　　　　　　꺽지

10. 철원 간이농립학교를 그만 둔 상허 이태준 선생

가. 이태준 선생의 철원 농업학교 입학

상허 이태준 선생이 고아시절 어렵게 보낸 것은 누구나 아는 사실이다. 그러나 봉명학교를 졸업하고 상급학교로 진학을 한 것에 대해서는 의견이 크게 엇갈린다. 봉명학교를 졸업하고 고향을 떠났다는 주장과 철원농업학교에 입학을 했다가 중도에 포기를 했다는 의견이 대립을 하고 있다.

이렇게 상반된 견해를 작품 속에서 찾아보면 다음과 같다.

그 때 상급학교라고는 으레 농업학교로 갈 줄만 알았다. 동무들은 모두 입학원서를 얻어다 쓰는데 나는 구경만 하는 수밖에 없었다. 그들이 한없이 부러웠다. 그러나 입학금과 책값을 달라는 사람이나 보증인에 도장을 찍어 달랄 사람이 없었다. 그렇다고 나뭇짐이나 지고 다른 아이들이 학교 가는 것을 바라보기만 하기는 싫었다. (생략) 그래서 허턱 잘 돼보려고 고향을 떠났다.

-『무서록』내게는 왜 어머니가 없다? 부분 인용

용담의 오촌댁에 묵게 된 그는 사립 봉명학교에 들어가 1918년 우등으로 졸업한다. 학교를 졸업하고 간이농업학교에 들어간 그는 한 달 만에 그만 두었다.

-「상허 이태준 연보」에서 인용

상허 이태준 선생이 철원에서 상급학교에 진학하지 못했다고 주장하는 근거가 문학에 관심이 있는 사람들에게 가장 인기가 있는『무서록』의 내용이다. 그 내용은 보면 철원농립학교에 입학원서조차 내지 못한 채 고향을 떠난 것으로 기록되어 있다. 즉 당시에는 자기를 위해 책값 월사금을 대 주는 사람이 없었고 보증을 서주는 어른이 없어서 학업을 포기했다고 묘사하고 있다.

이런 기록에 근거를 해서 우리나라 평론가들이 상급학교 진학을 하지 못했다는 이론을 펼치는 것은 연구 노력 부족이다.

실제로 상허 이태준 선생의 연보를 보면 위와 같이 간이농업학교를 입학하고 한 달 만에 그만 두었다고 기록되어 있다. 그것에 대한 해답을 찾기 위해 자전적 소설인『사상의 월야』(을유문화사, 1946년)를 알아보고자 한다.

> 읍에 간이농업학교가 생겨 있었다. 서울로 유학을 가지 못하는 아이들로서는 유일한 상급학교였다. 허턱 읍으로 가서 이 농업학교 원서를 얻어왔다. 용담학교와는 달라 보증인도 있어야 하고, 입학금도 있어야 하고, 교과서도 삼사 원어치 사야 했다. 그러나 우선 보증인도 누구더러 해 달래야 할지 몰랐고, 교과서는커녕 입학금도 없었다.　　　　－자전적 소설『사상의 월야』(을유문화사, 1946년)

※참고
정식명칭: 鐵原公立簡易農業學校,
설립근거: 조선총독부 관보(1912년 05월 25)
　　　　　鐵原公立簡易農業學校附設
폐교 : 1922년 5월 6일

작품 속에서 이태준 선생은 우선 입학금을 마련하기 위해 노력을 했다. 당시 가난한 고아였던 이태준 선생에게 입학금은 아주 큰돈이었는데 궁리 끝에 다음과 같이 마련을 한 것으로 묘사하고 있다.

- 입학금 마련: 이태준 선생이 졸업 때 상으로 받은 옥편과 시문독본과 벼룻집을 동무들에게 마련
- 교과서 대금 마련: 웃골 작은어머니가 눈치를 채고 시어머니 몰래 쌀을 한 말 몰래 퍼줘서 이태준이 철원읍내로 지고 가서 팔아서 마련
- 보증인 도장 날인 문제 발생: 웃골 작은아버지에게 보증인이 되어 달라고 부탁을 했지만 도장 찍는 제도가 생긴 이후 문전옥답을 남의 손에 빼앗긴 것을 많이 본 시어머니가 도장을 갖고 내주지 않음.
- 일주일 늦게 입학 : 보증인이 되어주는 사람이 없어서 애를 태우던 중 봉명학교 교장이던 오촌 참봉이 해주어서 입학 수속기간이 일주일이나 지나서야 입학을 하게 됨.

우여곡절 끝에 입학을 한 이태준 선생에게는 기대보다는 어려움이 기다리고 있었다. 우선 용담에서 철원읍에 있는 농업학교까지는 10리 길이었다. 그것도 멍돌이 깔려 있는 길이었는데 짚신을 신고 다니던 이태준 선생에게는 당해낼 수 없었다. 아침 일찍 조밥을 먹고 도시락을 싸가지고 가는 것도 여의치 않았다. 당시 철원읍에 있던 간이농업학교에는 용담에서 온 5명 빼고는 나머지는 인근 읍에서 모여든 학생들로 교장이 차별을 심하게 했던 것으로 작품으로 묘사되고 있다.

나. 이태준 선생의 철원 간이농업학교 생활

고아인 상허 이태준의 처지를 생각해 보면 간이농업학교에 다니는 것은 현실적으로 불가능했다. 우선 짚신도 문제였지만 점심 도시락을 싸가지고 가는 것도 문제였다. 더 힘들게 했던 것은 사립학교 출신이라는 차별이었다. 당시 사립인 봉명학교는 민족정기를 되찾으려는 의지가 강한 반면 공립보통학교에서는 식민지 교육에 더 관심이 높았다. 그런 내용이 이태준 선생의 작품에 반영되어 있다.

모두가 일어를 잘하는 것을 뽐내었고, 선생한테 고자질을 잘하여 귀염을 받으려는 아이가 많았고, 하루는 교장선생님 시간인데,
"너이는 장래 어떤 목적을 가졌느냐?"
물음에 면서기, 헌병 보조원, 구작 군청 기수가 그들의 소원이었다. 이런 이야기를 들은 교장은 매우 만족해하는 태도에 어린 이태준은 실망을 하게 된다.
-『사상의 월야』(을유문화사, 1946년)

위의 내용에서 당시 우리나라 교육의 실상을 엿볼 수 있다. 나라에서 세운 공립보통학교 출신 학생들이 하급 관리를 희망하고 있는 것은 식민지 교육이 성공을 하고 있다는 것을 여실이 보여주고 있다. 학교에서 일어를 배우고 일본식 교육을 받고 다시 식민지 체제를 유지하는 하급 관리가 되는 것이 소위 엘리트 코스라고 생각을 하고 있다. 특히 사립이었던 용담의 봉명학교에서는 '군사부일체'라는 것을 강조, 우리 전통 사상을 지킴으로써 민족혼을 찾아 주려는 노력을 아끼지 않았다. 이에 반해 상급학교 교장은 일본의 식민지 정책을 충실히 이행하는 부류들로

제자들에게 민족혼을 일깨워주는 것을 기대하기 어려운 존재들이었다는 것을 여실히 보여주고 있다.

　그렇다면 대학 졸업생들에게는 어떤 상황이 기다리고 있었을까. 최고 학부를 졸업한 사람들이 직업을 찾기에는 상당히 어려운 여건이었다. 그런 사실을 작품으로 단편소설『삼월』에서 대학교 졸업반인 주인공 창서를 통해서 형상화한 것을 살펴보면 다음과 같다.

　"뭐, 요즘 새로 군수가 갈려왔다나, 읍에……"

　"그래?"

　"그런데 퍽 젊대… 대학교 마치고 이내 돼서 왔다고들 그러면서…"

　"어머니서껀 저 아래 외삼춘서껀은 당신도 이내 군수가 된다고 그런다우"

　(생략)

　"그리게 말유, 졸업하고 이내 아무데라도 취직이 안 돼우?"

　"그럼…… 더구나 끈이 없는 사람은……"

　　　　　　　　　　　　　　　－단편『삼월』(서음 출판사, 1988년)

　이 소설의 끝 부분에는 '괜히 공부를 했구나!' 하는 생각은 시들푸들하였고 차라리 '삼월이 오기 전에 어머니와 아버진 희망을 안으신 채' 돌아가셨으면 하는 못된 생각을 하는 대학 졸업반 학생의 고뇌를 그리고 있다. 자신을 키우고 최고 학부를 교육 시키고 모든 희망을 걸고 있는 부모가 돌아가셨으면 하는 생각을 가지게 만든 것은 당시 엘리트들이 느꼈던 암담함이라는 생각을 들게 한다.

다. 이태준 선생의 철원 간이농업학교 자퇴 결심

어린 상허 이태준 선생은 간이농업학교에 다니던 길이 지금도 남아 있는데 작품을 통해서 알아보면 용담 윗골 – 율리리 언덕길 – 율리리 언덕 성황당 – 철원시내 간이농업학교를 다닌 것으로 알려지고 있다. 학교를 마치고 멍돌 이십 리 길을 걸어서 성황당 언덕에서 '매봉제를 돌아나와 용담을 지나 한내다리는 건너 아득한 노을에 끝없는 철길과 함께 사라지는 기차'를 보면서 막연하게 서울을 그려 보았다고 작품 속에서 이야기하고 있다.

> 서울! (배기미에서 아버지 유골을 지고 철원 용담으로 오던) 정 서방까지도 서울로 공부 오슈 하던 서울! (일본어를 가르치던) 오 선생도 용담 학교서 일 년만 더 있다가 기어이 서울로 가야겠다던 서울! 상급학교가 얼마든지 있고 예로부터 송아지는 낳으면 시굴로 보내고 사람의 자식은 낳으면 서울로 보냈다는 서울! 그리고…
> —『사상의 월야』(을유문화사, 1946년)

이런 생각을 하면서 어린 상허 선생은 서울에서 공부를 하다가 여름이면 내려왔던 은주를 떠올리면서 더욱 고향을 떠나고 싶은 생각을 갖게 된다.

11. 원산으로 가출하는 이태준 선생

가. 이태준 선생이 철원을 떠나는 과정

간이농업학교를 포기한 어린 이태준은 고향인 용담을 떠나게 된다. 고향을 떠나는 과정은 정확하게 알려진 바가 없다. 작품 속에서조차 크게 2가지로 설명되어 있어서 어느 것이 맞는지 알 수 없다. 특히 자서전 소설이라고 알려진 『사상의 월야』와 지난 삶을 회고한 『무서록』에서 조차 가출 상황이 다르게 기술되어 있다. 이에 대해서 정확한 판단을 내리기 어렵기 때문에 둘 다 소개를 하는 것이 필요하다는 생각으로 본문을 인용해 보고자 한다.

우선 『사상의 월야』에 기술된 내용을 소개해 보고자 한다.

농업학교에 다닌 지 한 달이 될까 말까 하여 하루는 웃골 작은어머니께서 북어 한 쾌를 사오라는 돈 육십 전을 넣고 바로 정거장으로 가버렸다.

그 돈으로 미투리 한 켤레 샀더니 차표는 반표이지만 삼방(三防, 철원과 원산 사이)까지밖에 살 수 없었다.

―『사상의 월야』(을유문화사, 1946년)

이태준이 서울 쪽이 아니라 원산으로 발길을 돌린 것은 할머니께서 소청에서 장사를 할 때 돈을 빌려준 사람 이야기를 하는 것을 듣고 몇 달이라도 걸어서라도 찾아가 그 돈을 받을 생각이었다. 그렇게 돈을 받아서 서울로 공부 갈 밑천을 마련하기 위한 것이었다. 두 번째로 『무서록』에 묘사된 고향을 떠나는 과정은 앞의 내용과 다르다.

설도 지난 때의 어느 일가 어른이 구두 한 켤레를 주었다. 그것은 내 발에는 굉장히 큰 것이었다. 나를 위해 사온 것이 아니요 다른 사람을 위해 사왔다가 죽으니까 나를 신으라고 준 것이다.(일부 생략)
내 자존심에도 차라리 발에 맞는 메투리만 못하였다. 그나마 얼마 안 신다가 발 큰 사람이 그것을 팔라 하여 4원을 받고 팔았다. 그 돈으로 정처 없이 고향을 떠났던 것이다.   ─『무서록』(나의 고아시대, 큰 구두 일부 인용)

위의 내용을 기록한 『무서록』에서는 고향을 떠날 때 큰 구두를 팔아서 노잣돈을 마련한 것으로 기록되어 있다. 따라서 『무서록』과는 내용에서 차이가 있다. 또한 『무서록』에서는 봉명학교를 졸업하고 '으레 농업학교에 갈 줄 알았지만 보증인을 서주는 사람이 없고 입학금과 책값을 달랄 사람이 없어서 포기하고 나뭇짐이나 졌다.'라고 기록되어 있는데 이것은 사실에 근거해서 글쓰기를 주장했던 것과는 달라서 논란이 예상된다.

어린 이태준이 고향을 떠날 때 여러 작품에서 공통으로 한 생각이 있었는데 그것은 어머니에 대한 것이다. 작품 속에서 그는 '비록 어머니가 내게 없지만 어머니의 혼령이 나를 보호해 주시려니 잘되게 해주시려 하는 믿음이 어디선가 들려서 무작정 고향을 떠나게 되었다.'는 점이다. 이런 생각을 갖게 된 것은 어머니에 대한 그리움도 있지만 배기미에서 음식점을 할 때 외상을 준 사람들에게 받을 수 있는 돈에 대한 믿음이었다는 것으로 보여진다.

곡절 끝에 고향을 떠난 이태준을 기다리는 것은 고난의 연속이었다. 『사상의 월야』의 내용을 인용하면 삼방에서 내린 뒤부터는 걸어서 원산으로 향한다. 무작정 길을 걷다가 '작은 마을 아이들에게 텃세로 구타를 당하고' 밤에는 배가 고파서 '소여물을 훔쳐서 그 안에 있는 콩을 골라 먹으면서' 안변 지역 석왕사를 거쳐서 원산에 도착을 하게 된다. 당시 소여물을 훔쳐 먹던 장면을 소개해 보면 다음과 같다.

어느 집 울타리를 돌아서려니까 구수한 냄새가 풍겨 가만히 보니 소가 여물을 먹었다. 가까이 가도록 개 짖는 소리도 나오지 않았고, 소도 뿔이 가는 암소였다. 얼른 여물을 한 움큼 움켜들고 나왔다. 미지근한 여물 속에는 어쩌다 콩이 한 알씩 있었다. 메주콩보다 덜 익은 것이 오히려 고소했다. 여물은 도로 갖다 구유에 넣어주고 다시 한 움큼씩 움켜다 콩을 골라 먹었다.

　　　　　　　　　　　　　　　　　　　　　　　－『사상의 월야』(을유문화사, 1946년)

원산에 도착한 이태준이 감격스러워 내뱉은 첫마디에 아버지에 대한 생각과 당시의 위상이 고스란히 담겨 있는데 그 말은 아래와 같다.

"우리 아버지께서 다스리던 원산개명!"

나. 이태준 선생의 원산 생활

발가락에 물집이 잡히고 미투리도 뒤축이 물러날 정도로 걸어서 원산에 도착한 이태준이 본 것은 '달콤한 냄새가 물큰 솟는 삶은 고구마, 도마에다가 소금까지 쏟아놓고 김이 무럭무럭 나게 썰어 놓은 돼지고기, 떡함지, 엿함지, 삶은 게 함지, 모두 비슷비슷한 노파들이 아이저고리 같은 수건을 쓰고 있는 모습이었다. 돈이 한 푼도 없는 이태준은 거리에 동전이 떨어져 있나 살피면서 거리를 구경하다 먹을 것을 발견하게 된다. 그곳은 용담의 봉명학교 운동장보다 넓어 보이는 곳에서 북어를 잔뜩 널어 말리는 장소였다.

아이들이 꼬챙이를 가지고 이 구석 저 구석에서 북어 눈깔을 빼 먹었다. 어느 결에 그리로 뛰어들었다. 전에 할머니가 읍에서 사다 주신 칼을 꺼냈다. 북어 눈깔을 도려내기는 꼬챙이보다 십상이다. 우선 하나를 입에 넣었다. 굳지도 않고 무르지도 않은 쫄깃거림, 그 간간하고 고소하게 우러나는 맛, 게다가 나중에는 목이 흐뭇하게 삼킬 것이 남기까지 하였다. (일부 생략) 허겁지겁 한참을 빼먹는데 어디서.

"이 간나 새끼들아!"　　　　　　　　　　　　－『사상의 월야』(을유문화사, 1946년)

주인이 나타나자 이태준은 몸을 숨기면서 북어를 사오라고 돈을 주신 웃골 작은어머니가 생각이 났지만 어쩔 수 없었다. 그리고 속으로 '아무튼지 성공을 해야 한다.'고 다짐을 하면서 잠 잘 곳을 찾아보게 된다. 그러던 중 전등이 제일 환한 데를 찾다 정거장 안에 대합실을 발견하게 된다. 3등 대합실에 나무 걸상에서 잠이 들었는데 무엇인가 어깨를 쳐서 깨보니 역에서 일을 하는 사람이 빗자루를 들고 서있었다. 결국 밖으로 쫓겨 나왔는데 비가 내리기 시작해 한뎃잠을 자서 몸이 더 떨려서 더 이상 버틸 수가 없었다. 그래서 이태준이 생각을 한 것이 배에서 내린 사람들에 섞여서 여인숙 잠을 자는 것이었다.

뱃손님 축에 끼었다. 아무도 눈 여겨 보지 않는다. 이 손님들은 이내 어느 '여인숙' 간판이 붙은 집을 두드렸다. 이태준은 이들을 뒤쫓아 방으로 들어갔다. (일부 생략) 윗목에서 덮지는 못해도 차지는 않게 휩쓸려 잘 수가 있었다. 그리고 아침에 조반상도 손님 한 사람과 어엿하게 겸상으로 먹을 수가 있었다. 손님들이 아침 차로 떠나노라고 밥값을 치르게 되어야 이태준이 외톨로 불거졌고 문제가 생겼다.
— 『사상의 월야』(을유문화사, 1946년)

무전취식임이 밝혀지자 주인은 이태준의 몸을 뒤져도 돈이 없는 것을 알게 되자 샛노란 수염을 한쪽으로 몰아 찡그리더니 '요 얌체 없는 자식' 하면서 눈에 불이 번쩍 튀고 귀가 멍멍해지도록 뺨을 두 대나 쳤다. 그런 상황이 벌어지자 사람들이 모여들었고 주인은 사환 아이에게 '지서에 가서 남 순사'를 불러 오게 하라고 시켰다. 그리고 나서 주인은 '문을 걸었는데 몰래 들어와서 잤고' '밥을 먹고 달아나려고 하였다'는 식으로 큰소리 보태서 떠들어댔다. 이런 상황에서 누군가 나타나 구해주는 기적과 같은 일이 벌어지게 된다.
'모두 주인 말을 곧이듣는 눈치인데 그 중에 백립(흰 베로 만든 갓)을 쓴 어른 하나가 나서며 그 주인과 안면이 있는 듯 인사를 했다. 그런 다음 이태준이 고아라는 것을 확인하고 객줏집 사환을 해 볼 생각이 있느냐' 물었다. 이태준이 하겠다고 대답을 하자 밥값으로 이십오 전을 주면서 없던 일로 하자고 한다. 그런 다음 이태준은 백립을 쓴 사람을 따라 나서게 된다.

백립을 쓴 어른을 따라 농공은행(農工銀行) 옆에 있는 '물산 객주 김상훈'이라는 간판이 붙은 집으로 왔다. 이 여관 주인은 점잖아 보였다. 백립을 쓴 어른은 지나가다 똑똑해 보이기에 데려왔노라 하였고, 다른 이야기를 하지 않는 것도 고마웠고, 주인도,

"윤생원이 똑똑하게 보셨음 어련하겠소. 참 그놈 잘생겼는데."

하고, 여러 말이 없이 있으라고 하였다.

—『사상의 월야』(을유문화사, 1946년)

위의 장면은 상허 이태준의 인생을 결정하는 중요한 순간이다. 만약 무전취식을 한 이태준을 백립을 쓴 사람이 구해주지 않았다면 남 순사에게 끌려가서 다른 인생으로 바뀌었을 가능성이 높다. 또 여인숙에 들어가지 않았다면 이태준의 운명이 어떻게 변했을지 모를 정도로 삶의 변곡점이었다. 여기에 등장하는 '물산객주'는 백산상회 원산 지점으로 다음과 같은 역사를 가지고 있다.

※ **참조** : 1909년 대동청년단을 조직해 구국운동을 전개했던 안희제는 독립운동에도 경제문제가 중요하다는 것을 느껴 부산에 백산상회를 설립했다. 일본 관헌의 감시를 피하기 위해 표면상으로는 무역업을 하는 영리기관으로 위장했으나, 실제는 독립운동의 연락과 자금지원에 목적이 있었다. 1916년에 서울·대구·원산 안동·봉천 등지에 지점과 연락사무소를 설치했다.

원산 전경

원산역

다. 원산에서 객주 생활

이태준이 일을 하게 된 물산 객주는 앞에서 이야기한 것과 같이 독립 운동을 조달하는 백산상회 소속이었다. 그래서 여관만 하는 것이 아니라 '원산에 없는 것을 사고팔고 하는 일종의 무역 중개상'으로 밥을 파는 것은 편의를 보아 주는데 불과했다. 당시 이 객주에는 열 명이 넘는 사람들이 묶고 있어서 할 일이 많았는데 소개하면 다음과 같다.

- 손님들을 위해 밥하기
- 식사를 위해 상차리기
- 손님들 세숫물을 놓기
- 손님들 상치우기
- 차 시간이 되면 낮이면 '객주 김상훈'이라고 쓴 상표를 메고 나가기
- 밤이면 그런 등을 들고 정거장에 나가 단골손님의 짐을 들고 오기
- 배가 들어오는 고동소리가 나면 십리나 되는 부두로 나가 손님을 맞아 오기
- 손님이 떠날 때는 짐이나 물건을 들고 정거장이나 항구까지 들어다 주기

이렇게 많은 일을 혼자 하면서 이태준 선생은 '사람도 여러 가지!'라는 것을 알게 된다. 하루에도 수십 명씩 다른 사람들을 만나고 또 말투와 생활 방식이 다른 사람들과의 접촉은 작가에게는 큰 재산이 되는 것이다. 그런 의미에서 상허 이태준 선생이 가장 예민했던 사춘기 소년시절에 물산객주에서 맞이했던 손님들이 작품 속에서 정확히 묘사되었다는

것을 알 수 있다. 어린 상허 이태준이 물산 객주 집에서 만났던 사람들의 군상을 소개해 보면 아래와 같다.

원산 객줏집 사환 시절 이태준(왼쪽)

야박한 손님

손님들 짐을 들어다 주면 5전 또는 10전씩 돈을 주었다. 처음에는 받기가 부끄럽더니 나중에는 도리어 주기를 바랐다. 어떤 손님은 한 팔로는 들 수 없는 육중한 짐이면서 고맙다는 말조차 없었다.

자신을 구해준 윤생원

이태준 구해준 윤생원은 거간꾼으로 자주 물산집에 왔다. 대신 물어준 밥값 이십오 전을 드리려 했지만 받지 않았다. 이 윤생원은 지난봄에 이태준만큼 큰아들을 돌림병으로 잃었다. 그런 아픔을 갖고 있었기 때문에 자신을 구해 준 것을 알게 되었다.

배은망덕한 손님

남쪽에서 목선들이 낡으면 물이 새지 못하게 틀어막는 대나무 수세미

일제 시대의 경제화

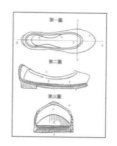

를 가지고 온 손님은 달포가 지나도 팔리지 않았다. 그래서 밥값 외상이 늘어서 물건을 다 팔아도 안 되었다. 그런 손님을 불쌍히 여겨 몰래 밥을 넣어주고 오전짜리 담배 한 갑을 매일 사서 주었다. 또 신이 낡아서 이태준이 손님들에게 십 전 이십 전 모아서 산 가죽 경제화까지 빌려 주었는데 고향으로 갈 때 아무 말도 없이 신발까지 가지고 갔다.

후덕한 물산 객주 주인

앞에서 이야기한 손님의 외상이 늘어나자 물산 객주 주인이 불렀다. 이태준은 자신이 밥값 때문에 곤욕을 치렀던 생각에 마음을 졸이면서 문틈으로 훔쳐보았다. 객주 주인은 도리어 십 원을 꺼내 놓으며 '노자를 해 가지고 어서 오늘로 떠나시오.' 하는 후덕함을 보인다.

이런 과정을 경험하면서 상허 이태준 선생은 사람에 대한 믿음을 생각하게 된다. 특히 여기서 노자를 마련해서 배기미로 가 외상값을 받으려고 했던 생각을 '사람은 모두 착하거니 믿을 수 없다. 내가 여기서 노자를 벌어 가지고 소청(배기미)으로 간들 정말 내가 믿고 간 것처럼 거기 사람들이 돈을 낼 것인가?'라고 반문하면서 포기를 하고 다음과 같은 생각으로 서울로 공부하러 갈 결심을 굳히게 된다.

이 집에서는 이태준을 먹이고 입히고 손님 밥 한상에 일 전씩 떼어 월급으로 준다. 손님은 평균 열 명씩 하루 조석으로 스무 상씩 팔리니까 하루 이십 전씩 월급으로 치면 육 원 정도 된다. '일 년만 견디면 칠십 원이다. 칠십 원이면 서울 가 학교에 드는 비용을 쓰더라도 한 달 밥은 사먹을 수 있을 것이다!' 견디자. 손님들도 얼마씩 주고 가니까 잘하면 백 원 하나는 잡을 수 있다.

―『사상의 월야』(을유문화사, 1946년)

라. 원산까지 찾아 온 할머니

어린 이태준은 할머니에 대해서 한시도 잊는 적도 없었다. 이태준 선생은 '여북 궁금해 허실까!' 하면서도 이등박문의 시 첫 구절인 '남아입지출향관'을 떠올리면서 배워 이루는 날이 오기 전에는 고향에 돌아가지 않겠다는 생각'을 하고 또 객줏집 사환이 된 자신의 현실 때문에 소식을 알리지 못하게 된다. 그러면서도 할머니의 지고지순한 사랑을 알고 있는 이태준은 '일을 하다가 말고도 문득 가슴이 빠지지 하며 불덩이가 걸리는 것 같았다.'라고 표현으로 안타까움을 묘사하고 있다.

그런 그리움을 가진 이태준은 평소처럼 일을 하고 저녁 설거지를 끝내고 밝은 달밤에 항구로 나갔다. 자신의 여관으로 사람을 불러오기 위해 여러 사람들을 살피다가 배에서 '비척거리며 기어 나오다시피 하는 한 노파'를 만나가 되는데 그게 바로 꿈에 그리던 할머니였다. 그때의 정경을 작품에서는 이렇게 그려내고 있다.

"할머니!"
"오!"
후둘후둘 떠는 노인은 뜻밖에도 할머니에 틀리지 않았다.
"할머니?"
"너구나! 이 몹쓸…"
할머니는 실신한 어른처럼 한참을 꿈인지 생시인지 구별하지 못하시는 것이었
다.   ─『사상의 월야』(을유문화사, 1946년)

할머니는 이태준이 없어지자 사력을 다해서 찾았다. 특히 이태준이

없어졌다는 소식을 듣고 바로 찾아 왔다. 샘말로 시집을 간 이태준 누나에게 가서 알아봤으나 소식을 알 수 없었다. 이에 할머니는 점쟁이를 찾아가 보니 '북쪽으로 갔다.'는 이야기에 '북쪽이면 소청으로 가겠지!' 생각을 하게 된다. 그러나 소청까지 가는 노자 십여 원이 없어서 발만 동동 구르다가 다음과 같은 과정으로 이태준을 찾아서 나서고 우연히 만나게 된다.

- 이태준 누나가 시집 식구 몰래 소청까지 가는 노자를 마련해 줌
- 열흘이나 걸려서 평안도 소청에 도착 이태준 찾지 못함
- 딸의 무덤에 들러서 하소연
- 옛날에 외상이 있는 사람들이 돈을 모아 노자를 마련해 줌
- 누이에게 무슨 소식이 있을까 하고 돌아옴
- 배에서 내려 용담으로 가려다가 이태준을 기적적으로 만남

할머니를 모시고 여관으로 돌아 왔는데 주인은 얼마든지 머물라고 허락을 하고 할머니는 이태준 일을 도와준다. 또 낮에는 솥뚜껑을 길거리에 걸고 녹두 빈자떡을 부쳐서 '한 푼이라도 벌어 이태준 공부 갈 밑천을 보태자!'라고 장사를 하게 된다. 비가 오는 날에는 할머니는 빈자떡장수를 못하는 대신 이태준 일을 대신해 주었다. 그러면 이태준 기차역에 일찍 나와서 차시간이 될 때까지 대합실에서 책을 읽는 시간을 갖게 된다. 작품에서 이태준 선생은 『시문독본』과 여러 문학 작품을 보았는데 소개해 보면 아래와 같다.

- 『시문독본』 – 최남선이 당대 최고의 문장들만 가려 엮은 책

- 『추월색』 – 최찬식이 1912년 발간한 애정소설
- 『옥중가화』 – 춘향전을 각색한 소설
- 『해당화』 – 최남선이 1918년 톨스토이의 『부활』을 번역한 소설

위의 책들이 이태준 선생이 작가가 되는데 큰 밑거름이 된 것으로 보인다. 특히 해당화에 나오는 주인공 카츄사에 대한 동경심이 '비 뒤에 꽃봉오리 트듯 가슴이 벅차기 시작'했으며 정거장이나 부두로 가는 길에서는 원산에도 유행하기 시작한 '카츄사 내 사랑아, 이별하기 서러워…'라는 노래를 이태준도 흥얼거렸다고 묘사되고 있다.

마. 원산을 떠나는 이태준

이런 이태준 선생이 원산을 떠나는 과정은 크게 두 가지인데 어떤 것이 정확한 것인지 확인된 바가 없다. 그러나 상허 이태준 선생의 생애를 파악하는데 중요하가 때문에 알아보면 다음과 같다.

그러나 어진 (객줏집) 주인은 반년 후부터는 진일을 시키지 않았다. 그리고 돈 심부름도 시키고 쉬운 치부 같은 것은 서사와 분담시키어 나를 시키었다. …생략… 집안 식구들과 정도 들게 하고 나중에는 사위를 삼는 눈치를 보이었다… 나는 할 수 없이 주인이 다른 지방에 간 새 서사에게 양해를 얻고 내가 찾을 돈을 한목 찾아 가지고 서울로 온 것이다.　　　　－『무서록』(깊은샘, 1994년)

위의 글을 보면 이태준 선생은 객줏집에서 잔심부름에서 벗어나 주인 집에서 데릴사위로 삼으려고 해서 할 수 없이 서사에게 일을 한 돈을 찾아서 서울로 올라온 것으로 설명되어 있다. 그런 내용은 많은 평론이나 작가를 설명할 때 인용이 되는 부분이다.

그러나 이것은 근거가 없는 사실일 가능성이 높다. 상허 이태준 선생이 원산에서 서울로 바로 올라오지 않았다. 그런 사실은 작품 여러 곳에서 밝히고 있다. 그럼에도 계속 언급이 되는 것은 작가를 분석할 때 연구 부족에서 오는 오류라는 생각이다. 상허 이태준 선생은 원산을 떠나는 과정은 여러 사연이 있으며 서울로 가지 않고 중국의 만주 안동현으로 향했다. 그렇게 된 이유는 다음과 같다.

팔월 말에 서울 유학생들이 2학기 개학이 되어서 서울로 올라가는 길이었다. 당시 이태준 선생이 일을 하는 객줏집에는 남쪽 학교로 가는 학생들이 많이 머물렀다. 이태준 선생이 학생들이 세수를 하러 나간 사이에 방을 쓸다가 금줄이 두른 모자를 써 보았다. 그런 사이에 학생들이 들어오다가 이것을 보고 모자 주인인 학생이 엉덩이를 차고 뺨을 때렸다. 그런 수모를 당하고 나서 학생들의 짐 보따리를 들고 정거장까지 나가야 했다. 모자 주인인 학생이 눈을 흘기고 있는 상태에서 같이 가는 여학생이 지갑에서 5전짜리 지폐를 꺼내서 주려 하는데 이태준은 받기 싫어서 돌아섰다. 그런데 여학생이 '얘? 얼른… 받어, 게다가…' 하면서 아니꼽게 굴지 말라는 투로 경멸하는 소리를 듣게 된다. 부끄러운 돈을 처음 받게 된 이태준은 '복수허자! 돈으로! 명예로!'라는 결심을 하게 된다.

이렇게 마음에 상처를 입는 상태에서 이태준에게는 뜻밖에 중국의 안동현(安東縣)에서 편지가 온다. 용담에서 부잣집으로 사는 윤수 아저씨라는 사람으로 다음과 같은 내용이 담겨 있었다.

- 이태준 선생의 주소는 용담에 여동생에게 들음
- 자신의 부인이 사망을 해서 상처(喪妻)를 함
- 돈을 어른들 몰래 마련해서 중국 상해로 가는 길
- 미국으로 유학을 할 생각이라고 함
- 이태준에게 중국 상해나 미국으로 유학을 같이 가자고 함
- 윤수 아저씨는 용담에서 부잣집이고 이태준보다 6년 나이가 많음

이 소식을 들은 이태준은 '그까짓 서울 유학이 뭐냐? 미국 유학을 십 년만 하고 나와 바라!' 하면서 재떨이와 타구를 부시던 것을 집어 던지고 길에서 빈자떡을 부치고 있던 할머니에게 달려가서 상황을 이야기한다.

윤수 아저씨의 편지를 꺼내 침을 발라 설명하였다.

"할머니는 진맹이로 도로 가셔서 다섯 해만 꾹 참고 계슈."
"다섯 해!"
할머니는 빈자떡이 눗는 것도 모르고 털썩 주저앉으며 한숨을 쉬셨다. 그러나 흐릿한 두 눈엔 갑자기 광채가 일며 이렇게 말씀하셨다.

"다섯 해 아냐 십 년이문 어떠냐! 너만 잘된다면 나야 어느 밭머리에 묻히기

루……"   　 −『사상의 월야』(을유문화사, 1946년)

　이런 결정을 내린 이태준은 윤수 아저씨에게 전보를 치고 그 이튿날로
원산 객줏집에서 나와 할머니를 용담으로 보내고 자신은 안동현으로 가
는 기차에 올랐다. 당시 이태준 주머니에는 2−3원만 갖고 있었는데 안
동현에서는 전혀 다른 상황이 기다리고 있었다.

중국 안동현 모습

12. 만주에서 길을 잃은 상허 이태준 선생

가. 만주 안동현으로 간 이태준

상허 이태준 선생은 할머니는 철원에다 모셔다 드리고 부푼 기대감으로. 안동현으로 갔다. 이 부분에서 눈여겨보아야 할 곳이 많은 작가들이 이태준 평전에서 '원산 객주 집에서 바로 공부를 하러 서울로 갔다.'는 내용은 오류라는 점이다. 작품을 연구하다 보면 상허 이태준 선생은 다시 원산 객줏집으로 돌아오지 않고 바로 서울로 가서 휘문고보에 입학을 하는 것을 알 수 있기 때문에 수정이 필요해 보인다.

그런 사실을 증명하는 것이 『사상의 월야』『무서록』 등의 다양한 작품 곳곳에서 나타나 있다. 그것을 알아보면 다음과 같다.

평양 이북은 이십여 년 만이요. 안동현 이북은 생후 처음이다. 소년 때 안동현 으로 갔다 돈이 떨어져 도보로 나오던 안주, 정주, 선천, 의주…'

－『무서록』(깊은샘, 1994년)

열여섯 살 때 상해로 갈 생각으로 안동현까지 갔다가 더 전진하지 못하고 돌쳐서 오던 길이다.

－『무서록』(깊은샘, 1994년)

긴 여정 끝에 안동현에 도착한 이태준 선생은 윤수 아저씨가 묵는다는 여관을 찾아 갔다. 그러나 다음과 같은 날벼락 같은 이야기를 듣고 난관에 빠진다.

"어제 떠났는데"
"떠나다니?"
"어제 붙들려 갔는데…"
"도망꾼이드군 그래? 몰래 빚을 내가지고 도망 왔드군 그래."

─『사상의 월야』(을유문화사, 1946년)

윤수 아저씨는 상해나 미국으로 유학을 가기 위해서는 돈이 필요했었을 것이다. 그 자금을 마련하기 위해 여기저기 빚을 내서 가지고 중국 안동현으로 도망을 한 상태였다. 미국에 혼자 가기 싫어서 이태준 선생에게 동행하자는 전보를 치고 기다리다가 순사들에게 잡혀간 것으로 보인다. 이런 사실을 모르고 꿈에 부풀어서 원산을 떠난 이태준 선생에게는 '돈도 없이 이국땅에 버려지는 곤란한 상황'에 놓이게 된다. 당시 이태준 선생이 직면한 상황을 요약하면 다음과 같다.

- 이태준 선생 주머니 남은 돈은 일원 오륙십 전
- 당시 중국 여관의 밥 한 상 가격이 오십 전
- 할머니에게 전보를 쳐서 송금을 하게 하려고 사흘만 묵게 해달라고 요청
- 중국 여관 주인은 돈을 받고 '내일 아침 꺼정만 먹고 그 다음은 몰라'라고 태도를 돌변
- 이태준은 윤수 아저씨에게 전보를 띄우고 할머니에게는 '도착했다'는 엽서를 보냄

• 결국 이태준 선생은 돈 한 푼 없이 중국 땅에 남겨지게 됨

윤수 아저씨에게서 전보가 올 것을 기다리면서 이태준은 중국거리를 돌아보게 된다. 그곳에서 많은 장사꾼과 사람 구경하게 된다. 그중에서 가장 인상적으로 기록을 한 것은 배장수 이야기로 내용은 아래와 같다.

양복쟁이가 하나 와서 값도 묻지 않고 집어 먹더니 반도 안 먹어 퉤퉤 뱉으며 버린다. 속이 조금도 상하지 않은 것을 버린다. 이태준은 얼른 집었다… 양복쟁이는 또 다른 것을 집더니 반만 먹고 퉤퉤 뱉으며 버린다. 그러나 이태준이 다시는 못 먹게 발로 꽉 밟아 버린다.'

—『사상의 월야』(을유문화사, 1946년)

이때 경험은 어른이 된 뒤에 단편『점경』에서 묘사되고 있다. 작품 무대가 중국 화룡현에서 서울로 바뀌었지만 다음과 같이 그려내고 있다.

"쟤처럼 껍질이라도 먹었으면!"

(생략)

아이는 배 깎는 사람을 쳐다보았다. '저이가 내가 이렇게 배가 고픈 걸 알아줬으면! 그래 껍질이라도 먹으라고 주었으면!' … 그 두껍게 벗겨진 배 껍질을 그 사람은 구둣발로 짓이겼고, 작은 두 눈을 해끗거리며 '요걸 바라고 섰어'하는 듯한 멸시를 아이게 던지는 것이었다.

—『점경』(가람기획, 2005년)

나. 안동현에서 돌아오는 이태준

중국 사람들의 야박한 인심을 체험한 이태준에게 유일한 희망은 윤수 아저씨에게 소식이 오는 것이었다. 밖에서 돌아와서 여관에 들러 보았으나 무소식이었다. 여관 주인이 다른 손님이 먹다 남은 음식을 그러모아 저녁밥으로 먹고 이태준은 잠자리를 청하지 못하고 주변 진강산 공원에서 '서릿발에 옷이 눅눅해져 잠이 들 수 없는' 상황에서 밤을 지샌다. 그리고 아침에 다시 여관으로 와서 체전부(우체부)를 기다려 자신에게 온 전보가 없는 것을 확인하고 '떠나자! 서울을 향해 걷자!'를 결심하고 안동현을 떠나, 압록강 철교를 건너서 서울 쪽으로 발길을 향한다. 당시 빈털터리였던 이태준은 먹는 것이 문제였는데 당시 정황을 작품에서는 이렇게 묘사를 하고 있다.

길가에는 조밭, 수수밭, 콩밭, 그리고 따기는 했으나 옥수수 밭도 있었다. 옥수수 밭이 반가워서 뛰어 들어가 찾아보면 어쩌다 죄끄만 것이 한두 자루씩 붙어 있었다. 따서 까보면 듬성듬성하게나마 알이 붙었다. 성냥이 없으니 불을 놓아 구워 먹을 수가 없다. 그냥 날것 채 먹으면서 걷는다.

－『사상의 월야』(을유문화사, 1946년)

이렇게 겨우 먹을 것을 구해 먹으면서 이태준 선생은 '천리인지 천리가 넘는지 모르는 길을 찾아' 무작정 남쪽으로 향하고 있었다. 조선 한쪽에서부터 조선 한가운데로 가는 길, 생각하면 펄썩 주저앉고 싶었지만 포기하지 않고 걸으면서 또, 길이나 평탄한 데를 만나면 자신도 모르게 당시에 유행하던 '카츄사 내 사랑/ 이별하기 서러워…' 노래를 부르면서 걸었는데 이동 경로는 다음과 같다.

백마→ 비현→ 차련관→선천→정주→고읍→ 영미→안주→ 순천

이태준 선생이 걸어서 온 길

이와 관련해 상허 이태준 선생은 잡지에 다음과 같은 글을 남기게 되는데 소개해 보면 다음과 같다.

나는 열다섯 살 때 여름에 안동현으로부터 문자 그대로 무일푼으로 백마 −순천까지 걸어오다가 발목이 상하여 그만 둔 일이 있습니다. 그때 풀밭에서 강변에서 또는 대장간에서 자던 일이며 날옥수수 선참외로 배를 채우고 길가는 영감님과

집 지키는 할머니 혹은 큰애기와 이야기해 보던 것은 지금도 잊혀지지 않는 아름다운 추억들이요 여러 가지 지식으로 남아 있는 것입니다.

-『학생』(1929년 7월) 도보 삼천리 중에서 인용

열다섯 살 때 상해로 갈 생각으로 더 전진하지 못하고 돌쳐서 오던 길이다. 두 동무와 함께(서울로 오던 길에서 만난 동행으로 추정됨) 삼복지경에 끝없는 길을 걸을 때다. 평남 숙천을 지나 순천으로 가는 도중… 노파 한 분이 우리의 정경을 보고 들어오라 하였다. 그리고 주먹만한 범버떡 세 개를 들고 나와 한 개씩 주었다. 집안사람들은 밭에 나가 없을뿐더러 어미 없는 손자를 두고 먹이느라 해둔 떡인데 얼마 남지 않아서 더는 못 주겠다고 하였다. (생략) 그 때 우리 일행에는 조선 안에서는 쓰지 못해서 지니고 있던 청국 동전 다섯 닢이 있었다. 그것을 내어들고 "당신 손주는 이 돈으로 엿을 사주라" 하고 나서 나머지 떡을 모두 훑어먹고 떠난 것이다. 그 돈이 못 쓰는 돈일 것을 알 때 얼마나 우리를 괘씸히 여겼으리.

-『백악』(1932년 1월) 「나의 고아 시대」 중에서 인용

위의 글을 보면 안동현에서 돌아오던 이태준 선생의 행적이 그려진다. 무일푼으로 오르지 살기 위해 짐승처럼 한뎃잠을 자야 했고 길동무들을 만나서 '선의를 베푼 노파를 속이는 행동'을 하는 인간적 모습을 엿볼 수 있다.

이런 경험은 작가로 성장한 뒤에 작품 속에 반영되었으며 인물 묘사에 특별한 재능으로 부각되었다는 생각이다.

다. 착한 사람을 만나 보낸 겨울

무작정 걷는 이태준을 곤란하게 만든 것은 강을 건너는 나루터였다. 선가(뱃삯)를 내야 하는데 무일푼인 이태준은 '여러 사람들 앞에서 망신을 당하거나, 볼퉁이를 쥐어박히는 수모'를 당해서 강이 '큰 뱀' 같아 보였다. 이런 생각으로 순천 고을을 지나자 대동강의 상류가 나오고 뱃새(나루)에는 너부기(마소와 자동차를 싣는 널찍한 배)가 있었다. 이태준이 배를 타고 대동강 건너편에 이르고 나서 다음과 같은 대화가 이어졌다.

"미안 합니다만 선가가 없습니다."
"뭐가 어드래?"
사공은 때리지 않았다.
"흥, 공으루 탈려건 한번만 타서 되나."
하더니 이태준을 도루 이쪽에다 건네다 놓는다. 그리고 잡담을 제하고 배주인 한테 끌고 왔다.　　　　　　　　　　　　　　　　　ー『사상의 월야』(을유문화사, 1946년)

상허 이태준 선생에게 위의 상황은 하늘이 도와준 일이었다. 만약 사공이 그냥 한 대 쥐어박고 보내주었다면 이태준 선생은 험난한 여정을 해야 했다. 그러나 '구렛나루 끝을 배배 꼬은 새까만 상투쟁이 눈이 바늘구멍만한 영감'(작품 속에서 묘사된 모습)이 다시 강 건너편으로 태우고 와서 주인에게 고자질한 것이 도리어 몸을 쉴 수 있는 곳을 만들어주는 계기가 되었는데 그 내용을 아래와 같다.

• 주인은 '향당(鄕長)'이라고 불리는 점잖은 사람

- 주인 아들이 5-6년 전에 노서아로 가서 아직 돌아오지 않아 이태준을 보고 아들 처지를 생각함
- 이태준의 발을 보고 나을 때까지 쉬어서 가라고 함
- 조밥과 구수한 팥밥을 그릇 반이나 먹으면서 열흘 동안 먹고 자기만 하도록 내버려 둠으로써 그동안의 피로를 해소하도록 도와 줌
- 어진 주인은 다친 발을 침으로 치료를 해줘서 빨리 낫도록 함

　상허 이태준에게 도움을 준 주인집은 단순한 농사꾼이 아니라 수상선(짐을 싣는 큰 배) 몇 척을 가지고 평양까지 내왕하는 운송업이 본업이었다. 이태준은 집안일을 도와주었는데 달포가 지나자 없어서는 안 될 손포(일할 사람)가 되었다.

　그런 가운데 주인 영감이 겨울이 지나서 나가라는 말에 머물 수밖에 없었다. 이태준 입장에서도 은혜를 베푼 사람들이 농사일로 바쁜 구시월에 슬쩍 빠져 나올 수는 없었다. 그래서 이태준은 농사 뒤치개에 한몫 들었다. 콩도 꺾고 조이삭도 자르고 도리깨질이며 물지게도 졌다. 그러나 저녁이면 한가하였다. 그런 시간이면 강가에 나와 달구경을 하면서 자신의 처지를 생각하고는 하였다. 그런 생각에 등장하는 것을 작품 속에서는 이렇게 묘사를 하고 있다.

　　"할머니도 누나도 여동생도 저 달을 보겠지!"
　　"저 달은 엄마 산소에도 비치겠지!"
　　"서분녜는 지금……?"
　　"은주는……?"

-『사상의 월야』(을유문화사, 1946년)

위에 나오는 인물 중에서 서분네는 배기미에서 이태준과 혼담이 오고 가던 누나뻘의 여자이다. 마지막으로 이별을 할 때 '이태준과 놀던 자리로 와서 혼자 달을 쳐다보겠다.'면서 속내를 보이던 여자였다. 은주는 용담에서 꽃을 꺾어 주고, 한내천에서 물고기를 같이 잡던 소녀였다. 작품에서 이태준은 '서울로 가서 훌륭한 사람이 되면 은주가 나타나 주어 반갑게 맞아 줄 것 같다는 생각으로 어서 서울로 가야 한다.'는 결심을 굳히게 된다. 그러나 추수가 끝나자마자 물이 얼기 시작하면서 더 머물 수밖에 없었다.

"서울 인심이 박하다는데, 돈 없이 견디려면 겨울이 제일 곤란하지 않을까?"
주인이 말리기도 하여 산동이나 나서 봄에나 떠나기로 하였다. 그리고 강까지 얼어 배들이 움직이지 못하니 주인집에는 할 일이 없었다.

—『사상의 월야』(을유문화사, 1946년)

라. 엿 장사로 서울 갈 비용을 마련한 이태준

주인 말을 들은 이태준은 봄에 떠나기로 하였다. 그런데 강이 얼고 나서부터는 별로 할 일이 없었다. 주변을 살펴보니 서너 집만 있어도 엿 가게들이 있었는데 이유는 사람들이 밥 다음으로 엿을 많이 먹기 때문이었다. 다행히도 이태준 주인집이 운영하는 나루에는 읍에서 가까워서 그런지 엿 가게가 없었다. 그래서 이런 이태준을 엿을 팔기로 결정을 하고 나서게 되었다.

주인에게서 밑천 일 원을 얻어 읍에 가서 엿을 받아다 팔았다. 자산(慈山) 은산
(殷山)으로 가는 큰길목이라 달구지(우마차)꾼 패한테만 팔아도 일원어치는 당
일에 나가곤 했다. 일원을 팔면 30전이 남았다. 이 날마다 삼십 전들은 겨우내
이십여 원의 목돈이 되었다.'　　　　　　　　-『사상의 월야』(을유문화사, 1946년)

위의 내용처럼 이태준은 겨울동안 엿 장사를 해서 서울로 갈 수 있는
비용을 마련해 놓고 '이제 강만 풀리면 수상선 편으로 평양으로 내려가
서울로 갈 작정이었는데' 가지 못하는 사태가 벌어진다. 그것은 아래 연
보에서 보면 알 수 있는 것처럼 1919년 3·1만세 운동이었다.

※ 상허 이태준 연보
• 1918년(15세) - 사립봉명학교 졸업. 철원 읍내 간이농업학교에 입학하나 한
　달 후 가출. 원산 객줏집에서 사환으로 일을 하다가 친척을 찾아 중국 안동현
　으로 갔다가 뜻을 이루지 못함, 이후 평남·북 지방을 방황하다 다시 서울로
　올라옴.
• 1920년(17세) - 배재학당에 합격하나 등록하지 못함. 낮에는 상점 점원으로
　일하며 밤에는 야학에 나가 공부함.

위에 제시된 연보를 보면 1919년 자리가 비어 있다. 이 시기에는 이태
준이 평안도 선천에서 3·1만세 운동을 겪었던 시기이다. 상허 이태준
선생은 만세 운동에 대한 이야기가 작품에서 거의 등장을 하지 않고 있
다. 이것은 순수문학을 추구하는 문학 세계와 맥락을 같이 하는 면도
있다. 그러나 '현장 경험을 중요시하는 작품 태도'와 '부친이 꿈꾸었던
조선 독립'을 생각해 보면 문학적으로 침묵을 한 것은 이해할 수 없는

부분이기도 하다. 상허 이태준 선생을 당시의 3·1만세 운동을 이렇게 적고 있는데 이용해 보면 아래와 같다.

서울서는 야단이 나서 가지 못한다는 소문이 났고, 과연 이 순천 고을서도 서울 가 있던 유학생들이 도로 내려온 것이다. 며칠 안 있어 순천 고을도 물 끓듯 하였다. 여름이 거의 지나니까 서울서는 좀 뜸해졌다는 소문이 났다. 그제서야 이태준은 만 1년 만에 순천고을 나루터를 떠나게 되었다. 마침 늦장마가 져서 물이 늘어 수상선이 꼼짝하지 못한다. 이태준은 밤길 칠십 리를 체전부(우체부)를 따라 숙천(肅川)으로 나와 가지고 여기서 비로소 일 년 전부터 벼르던 서울로 가는 차를 탄 것이다. ―『사상의 월야』(을유문화사, 1946년)

그동안 이태준의 여정은 소년으로서는 감당하기 힘든 것이었다. 무일 푼으로 중국 안동현에서 걸어서 조선으로 오는 과정은 '굶는 것을 밥 먹듯이 했고 밖에서 노숙을 함은 물론 다리까지 다치는 고난의 연속'이 었다. 다행히도 순천에서 어진 사람을 만나 다리를 치료 받고 또 충분히 쉬는 행운을 만난 것은 우리 문단에게는 축복이었다는 생각이다. 만약 그런 행운이 벌어지지 않았다면 이태준 선생의 미래가 어찌 되었을지는 아무도 모르는 일이었다는 점은 분명하다.

이런 과정은 상허 이태준 선생이 경험한 사람들의 모습은 작품에서 반영되는 기회가 되었다는 점에 주목할 필요가 있다. 겸재 정선이 화방 을 박차고 나와서 실제 명승고적을 찾아보며 「진경산수도」를 그린 이유와 일맥상통하는 것으로 어려운 경험이 작품 속에서 다시 살아 나고 있다는 생각이다. 상허 이태준에게는 어쩌면 중국 안동현―순천의 경험은 마음의 고향이 되었는지 다음과 같이 묘사를 하고 있다.

나는 시골 갈 여비로 경성역에 가 차표를 사는 대신 …(생략)… 값도 싼 우리 잡지를 한 권 사고 정밀한 지도 한 장과 일기 쓸 공책 하나와 소화제로 약간 약품을 준비하겠습니다… 옥수가 굽이치는 비탈길을 걸으며 구름도 자는 고개도 넘어 녹수 청산 관북일대를 답사하겠습니다.

                          –『무서록』(도보 삼천리, 깊은샘, 1994년) 일부 인용

13. 휘문고보에 입학을 하다

가. 배재학당에 보결생 시험에 합격한 이태준

상허 이태준 선생이 휘문고보에 처음 입학한 것으로 알려져 있지만 실제로는 배재학당에 먼저 합격을 했었다. 그 이야기를 알아보면 다음과 같다. 평양에서 기차를 타고 '차창 밖은 전깃불이 바다처럼 핑핑도는' 서울 남대문역에 내린 이태준에게는 이십 원이 있었다. 인객꾼(수박업소를 안내하는 사람)을 따라 '열여섯인 이태준의 키로도 다리가 뻗으면 아랫목이 닿을 듯한' 허름한 1일 2식을 제공하는 여인숙에 십 원을 맡기고 숙소를 정했다. 그 다음날 이태준은 아침을 먹고 거리에 나와서 학교를 알아보는데 소개를 해 보면 다음과 같다.

우편국에 들어가서 할머니께 공부 왔노라 써 부치고 나니 어서 학교를 구경하고 싶다. 길을 물어 휘문의숙, 중앙학교, 보성중학교, 그리고 배재학당까지…(생략) 봄에 소요사건으로 학생 이동이 많았는지라, 학교마다 학년마다 보결생 모집 광고가 붙은 것이다. 일학년 시험과목은 일어와 영어와 산술과 조선어 작문이었다.
　　　　　　　　　　　　　　　　　　　－『사상의 월야』(을유문화사, 1946년)

이 시험 과목 중에서 영어는 이태준 선생이 배운 적이 없다. 그래서 고민을 하다가 관련 책을 사러 가서 학생들이 배우는 '내셔널' 첫 번째

권을 사서 공부하기로 마음을 먹었다. 책 주인에게 '학생들이 얼마나 배웠느냐' 묻자 3·1만세 운동 때문에 공부를 거의 하지 않았다면서 '알파베트'나 알아 두라고 했다. 이에 이태준이 그것이 무엇이냐 묻자 다음과 같이 가르쳐 준다.

> "알파베트가 뭐야요?"
> 책사(서점) 주인은 첫 장을 펼치고 활자모양의 대정 소정(大正小正:인쇄체 대문자 소문자)과 철필체 모양의 대초소초(大草小草:필기체 대문자 소문자)를
> "여기서 여기까지를 알파베트라는 거야, 이것만 잘 외 써두."
> ─『사상의 월야』(을유문화사, 1946년)

위의 글을 보면 이태준 선생이 영어에 대해서 아는 것이 없다는 것을 보여주고 있다. 이태준은 여인숙에 돌아와 공부를 하면서 '배재학당'에 시험을 치기로 결정을 하였다. 그리고 마음속으로는 영어와 일어에 자신이 없었을 뿐만 아니라 주머니에 돈이 없어서 합격을 하더라도 입학금조차 없었다. 그럼에도 이태준은 '어떻게든지 들기만 하면 쫓아간다'는 생각으로 열심히 준비를 하고 아래와 같이 시험을 쳤다.

> 산술과 작문은 생각던 것처럼 쉽게 쳤다. 일어도 다섯 문제 중에서 네 문제는 썼다. 영어는 영어로 세 구절이나 쓰고 조선말로 새기라 했고, 칼, 연필, 공책, 학교, 선생, 이것들을 영어로 쓰라고 했다. 이태준은 할 수 없어서… (생략) 사흘 저녁 밤늦도록 연습한 알파베트를 단정하게 그려서 내놓았다. 그랬는데 오십여 명이 보아 열두 명만 뽑히는 속에 당당하게 발표된 것이다.
> ─『사상의 월야』(을유문화사, 1946년)

배재학당에 합격한 감격을 이태준 선생은 작품에서 '아! 나도 배재학당 학생' '세상에 나와 처음 경험해 보는 성공감이요 희망의 감격이었다.'라고 생각을 하면서 눈물을 주르르 흘렸다. 그런 기쁨도 잠시 다시 절망의 눈물을 흘려야 했다. 왜냐하면 학교 입학수속과 교과서와 교모(校帽)를 사는 비용이 삼십여 원이 들었지만 이태준 수중에는 돈이 없었다. 서울에 올 때 20원을 가지고 와서 여인숙에 10원을 맡기고 수건과 양말, 비누를 사는데 5원 이상이 들어갔다. 결국 주머니에는 5원 남짓이 전부였다. 이런 절망적 마음을 가지고 집으로 돌아오던 중에 설상가상으로 사기 내기에 걸려들게 된다. 그 과정을 이태준 선생은 다음과 같은 내용으로 설명을 하고 있다.

　무슨 돈내기였다. 큰 장기쪽 같은 마분지 속에는 아라비아 숫자를 쓴 것인데 한 장씩 들쳐 보인다. 그 밑에는 아무 것도 없다. 다시 그 중의 한 장을 들치고 누구나 자세히 볼 수 있게 동그라미를 그린 종이를 그 밑에 넣고 덮는다. 이태준도 그 동그라미표가 분명히 삼(3)자 밑에 든 것을 알았다. 웬 사람 하나가 이내,
　"그 삼자 밑에 들었소" 한다.
　"그러면 돈을 대시오, 배(倍)를 줄 테니 돈을 대시오" 한다.
　그 사람이 나앉으며 돈을 꺼내 일 원을 걸고 그 삼자를 들쳤다. (생략) 이 사람이 담박 이 원을 탄다.
　　　　　　　　　　　　　　　　　－『사상의 월야』(을유문화사, 1946년)

　이것을 보고 순진한 이태준은 주머니에 있는 돈 사 원 팔십 전을 다 잃고 빈털터리가 되지만 자책을 하기에는 너무 늦은 상황이 되고 말았다.

나. 돈이 없어 배재학당에 입학을 못한 이태준

야바위꾼들에게 주머니의 돈을 다 털린 이태준은 여관으로 돌아왔다. 자신이 어리석었다는 점은 반성하면서도 배제학당 입학을 포기해야만 상황을 자꾸만 생각하게 된다. 그리고 밤에는 '남들은 오늘로 다 입학 수속을 하고, 교과서 모자도 사 쓰고, 내일을 학교에 가겠구나!' 하면서 뜬눈으로 밤을 새운다. 아침에 깔깔한 눈으로 깔깔한 조반을 먹고 나서 자신도 모르게 마음이 끌려 슬금슬금 배재학당으로 발길을 옮겼다.

오늘은 보결생만 오라는 날이다. 두루마기에 미투리 혹은 경제화로, 모자만 새 교포가 번쩍거리는 교모를 쓴 아이들이 진작부터 웃마당에 모여 있었다. 이태준은 시험을 치는 동안 얼굴 익어진 아 몇이 보이자, 가까이 가지 못하고 먼발치로 숨어 버렸다. 이윽고 종이 울린다…(생략) 일학년 따로, 이학년 따로, 삼학년 따로 줄을 세우더니 일학년 보결생부터 이름을 부른다. 일곱째로,

"이태준"

하마터면 딴 데서 대답 소리를 낼 뻔했다.

　　　　　　　　　　　　　　　－『사상의 월야』(을유문화사, 1946년)

이렇게 이름을 부르고 난 뒤에 학생들을 일렬로 세워서 대강당으로 들어가고 난 뒤에 이태준은 교정에 홀로 남게 되었다. 당시의 울고 싶었던 마음을 작품에서는 '마당에서는 여름방학 동안 마구 자란 구석구석 풀숲에서 벌레 우는 소리만 일어났다.'라는 표현으로 대신하고 있다. 돈이 없어서 입학을 포기했지만 현장을 찾았던 이태준은 마지막으로 다음과 같은 행동을 하고 쓸쓸히 교정을 떠나게 된다.

이태준은 게시판에 아직도 붙어있는 제 이름을 한 번 더 쳐다보았다.

"게시판에 이름이 한 번 붙어보는 것!"

그뿐인가? 생각하니 너무나 안타깝다. 남들은 이젠 이 학교의 당당한 학생들로서 이 학교 선생들에게 훈사를 받고 있는데, 이태준은 부르는 이름에 대답도 못한 채 배재학당을 하직하고 말았다.

-『사상의 월야』(을유문화사, 1946년)

상심한 마음으로 여관으로 돌아왔지만 여관에 맡긴 돈 십 원도(식비, 잠자는 비용으로 선불) 이틀만 지나면 다 없어지는 절박한 상황이었다. 그래서 생각을 한 것이 '돈을 벌면서 야학을 다녀서라도 따라가다 다시 보결생으로 입학을 하자'였다.

그래서 서울 시내에 일자리를 찾아서 돌아 다녔지만 열여섯 소년에게는 자리가 없었고 여관 종업원이 알려준 '요 옆에 산을 허무는 일'을 찾아 갔지만 십장이 이태준의 손과 팔의 가냘픔을 보더니, 대뜸 등을 떠밀어 버렸다. 결국 일자리를 찾아서 서울을 또다시 돌아다니다 기적과 같은 구원의 손길을 만나게 되는데 그 과정을 소개해 보면 다음과 같다.

이태준은 이리저리 쏘다니다 파고다공원에 들어섰다. 거북비를 구경하고, 팔각정을 구경하고, 탑 있는 데로 가까이 와보니, 웬 갓 쓴 노인이 사진을 찍는데 유심히 바라보니 아는 어른이다. 바로 '서호줸님'이라고 불리는 사람으로 서호진(西湖津)에서 서호 상회라는 큰 해산물 무역상을 하는 분으로, 한 달에 열흘 정도는 원산 객줏집에 머무르던 분이다. 한 번은 이태준이 영리하다고 저희 상회 종업원으로 데리고 가겠다고 하던 사람이었다.

"너 이태준 앙이야?"

이태준도 마주 나가며 인사를 하였다.

"너 여기서 무스길 하구 있니?"

하고 물었다.

"아무 것도 못하고 있어 걱정입니다."

"그러믄 잘 되었다. 이번에는 너 우리 집으로 가자." (생략)

그러나 이태준은 죽어도 서울서 죽겠다는 결심을 말했다. 서호진님은 고개를 끄덕이며

"그놈아 제법이다!"

하면서, 돈 십 원을 꺼내 주었고, 또,

"야 내일 야적에(아침) 우리 쥔집으로 찾아오너라. 낮에만 일을 하고 밤엔 야학 댕길만한 자리를 물어봐 주마."

―『사상의 월야』(을유문화사, 1946년)

이렇게 해서 이태준은 만주에서 좁쌀을 무역해다 조선에 파는 공영상회(共榮商會)라는 데를 들어가게 되었다. 당시 했던 일은 정거장으로 나가 좁쌀을 부리는 일, 어디로 보내는 일, 인부들을 맡아 보는 일이었고 월급은 이십오 원이었다. 상회 숙직실에서 혼자 밥을 해먹으면서 잠을 잘 수 있었고 오후 여섯 시가 넘으면 자유라 청년회관 야학과 고등과에 입학하게 되었다.

다. 청년회관 연사로 나선 이태준

상허 이태준의 인물 연구를 보면 조용하고 내성적이라는 평가가 많다. 그 이유는 술을 잘 마시지 못할 뿐만 아니라 혼자 있는 것을 좋아했기 때문이다. 또한 작품 속에서 묘사되는 인물들도 대중적인 인물이 아니었다는 점이 그렇게 평가되도록 만든 것 같다. 그러나 상허 이태준 선생에게는 내재적으로 영웅 심리가 깔려 있기도 했다. 그런 정서는 우리 민족이 해방이 된 이후 본격적으로 드러나게 된다. 9인회를 통해서 굳어진 이미지 '순수문학 기수'에서 민족작가동맹의 부위원장으로 변신을 하면서 많은 사람들을 놀라게 만든다. 그런 행동이 갑자기 나온 것이 아니라 이태준 선생의 내면에 잠재되어 있던 것이 폭발하게 된 것으로 보아야 한다.

그것을 보여주는 사례가 소년 이태준이 1920년대 유행하던 청중을 대상으로 하던 연설에 참여를 한 것이다. 듣는 청중이 아니라 토론 연사로 나섰던 것으로 그 과정을 소개해 보면 다음과 같다.

청년 회관은 야학뿐이 아니었다. 서울서는 제일 큰 강당이 있어 거의 저녁마다 유명한 어른의 강연회가 있었다. (생략) 얼른 하학이 되기를 기다려 대강당으로 뛰어가면, 문이 메워지게 막아서서 연사의 얼굴은커녕 목소리도 제대로 가려들을 수가 없었다. (생략) 이러기를 몇 번 하다가 몇 번하다가 꾀가 생겼다. 광고를 보고 유명한 연사일 때는 그날 저녁 배울 학과를 미리 집에서 예습을 해버리고 학교 대신 강연회로 들어갔다.　　─『사상의 월야』(을유문화사, 1946년)

강연을 들은 이태준은 위엄 있게 조리 있게 이야기를 해서 칠팔백 명의 군중들이 손아귀에 들은 듯 하는 모습을 보고 '웅변이란 위대한 것이다! 무엇보다 남자의 기상답다!'는 생각을 하게 된다. 또 토론회가 예정된 연사만 하는 것이 아니라 속론(續論)이라고 일정한 주제를 놓고 자유롭게 토론하는 경우도 있었다. 이런 토론에는 어른뿐만 아니라 중학생들도 당당히 뛰어나가 열변을 토해 뜨거운 박수를 받는 경우를 보면서 자신도 참여를 하고 싶다는 생각을 갖게 된다.

그런 생각을 갖고 있던 중에 새 토론회 광고가 붙었는데 주제가 '사업을 성취하는 데는 금전이냐? 의지냐?'였다. 이에 이태준은 '의지' 편에 가담하기로 하고 아래와 같은 방법으로 참여할 생각을 한다.

> 정신일도하사불성(精神一到何事不成)이란 말이 생각났고, 알프스를 넘은 나폴레옹이 사전에서 어렵다는 단어를 뺐다는 말도 생각났다. 또 금전 그것을 위해서라도 먼저 의지만 강하면 얼마든지 벌 수 있다는 것을 골자로 이야기를 꾸며 가지고 며칠을 날을 밝기 전에 남산으로 뛰어 올라가 북으로는 삼각산 재봉을 바라보며, 남으로는 한강을 일대를 내려 보면서 연설을 연습했다.
>
> —『사상의 월야』(을유문화사, 1946년)

위의 글에는 상허 이태준 선생의 잠재된 욕망을 엿볼 수 있다. 많은 청중들에게 인기를 끄는 자리를 경이롭게 보는 눈이 있다. 또 보는 것에 만족하지 않고 직접 참여를 하는 행동에 옮긴다. 이런 성향은 작가들에게는 찾아 볼 수 없는 것이다. 실제 문학가들은 사람들이 모이는 것을 싫어하며 또 다른 사람 앞에 나서는 것을 꺼린다. 그런데 이태준 선생은 적극 나서는 잠재적 성향이 있었는데 이것은 해방 이후 벌어지는 자유롭고 혼란한 공간에서는 직접 나서서 민중들을 구제하겠다는 생각으로 표현된 것으로 봐야 한다.

이렇게 준비를 한 청년회관 첫 무대에 나서는 저녁에는 제일 먼저 앞자리에 가 앉아 기다리고 있었다. 당시 상황을 작품에서는 다음과 같이 묘사를 하고 있다.

토론회는 어느 전문학교 학생회 주최여서 연사들이 대부분 전문학교 학생이 대부분이요, 중학생도 둘이나 끼어 있었는데 그 중에서는 배재학당 학생도 있었다. 그는 마침 '금전' 편이었다.

"옳지… 내가 돈 없어 못 다닌 배재학당이다! 돈과 배재학당에 복수를 하자!"

이태준은 속론이 시작되기를 기다려 누구보다 빨리 손을 들고 일어섰다. 이태준이 연단에 나서자 선뜻 기가 꺾인 것은 사람들 눈이다.(생략) 때때로 박수소리가 일어났다. 목이 갈해질 만하자 준비했던 모든 이야기가 끝이 났다. 박수가 어느때보다 더 우렁차게 계속 되었다.　　　　─『사상의 월야』(을유문화사, 1946년)

이 날 이태준의 연설로 인하여 토론회는 '의지' 편이 이겼다. 연설회가 끝나고 들뜬 기분에 사람들 틈에 끼어서 다리를 후들거리며 나오는데 누군가 어깨를 친다. 돌아보니 뜻밖에 인물이었다.

라. 윤수 아저씨를 만나다

"아!"

"잘했다! 너 서울 있었구나, 그간?"

"아! 아저씨……."

그는 윤수 아저씨였다.　　　　　　　－『사상의 월야』(을유문화사, 1946년)

　윤수 아저씨는 원산에서 객줏집에서 일을 하면서 돈을 모아 서울에 가서 공부를 하려고 마음먹었던 이태준에게 '미국이나 상해에 가서 공부를 하는데 같이 가자'는 제안을 했었다. 만주 안동현에서 만나기로 했지만 나오지 않아 빈손으로 귀국을 하면서 갖은 고생을 시킨 사람이었다. 당시 순사에게 잡혀갔다고 한 윤수 아저씨를 서울에서 뜻밖에 만나게 되었다.

　윤수 아저씨 말을 들으면 그때 안동현에서 삼촌되는 이에게 붙들려 와서는 일 년 동안 문밖에 잘 나가지 못하는 감시를 받았고, 편지 같은 게 와도 하나도 전해주기는커녕 알리지도 않아서 이태준 소식을 전혀 모르는 상태였다. 이번에 서울에 올라오게 된 것도 '강제로 두 번째 결혼 당한' 상태에서 온 것이었다.

　이에 이태준은 다음과 같은 것을 물어 보았다.

　"아저씬 그럼 지금 어느 학교에 다니슈?"

　"전에 다니든 덴 구만두구, 이번엔 영얼 전공해 볼려구 청년회관 영어과에 들었다."

　"나허구 한 학교 셈이구랴!"

　하고 이태준도 오랜만에 유쾌하게 웃어 보았다.

　"우리 매부는 지금도 여기서 공부 허나요?"

　"몰라, 아마 아직두 세상이 뒤숭숭하니까, 집에 있기 쉽지…. 나두 여기 누님 댁이 있으니까 집에서 보냈지."

　　　　　　　　　　　　　　　　－『사상의 월야』(을유문화사, 1946년)

위의 내용 중에 이태준이 물어본 매부는 철원에 영월군수집으로 시집을 간 누나의 남편을 이야기하는 것이다. 또 세상이 뒤숭숭하다는 이야기는 1919년 3월 1일 시작된 만세 운동을 이야기하는 것으로 위의 대화내용에서 아주 별일이 아니라는 듯이 가볍게 처리를 하고 있다.

이것은 당시의 지식층에서 바라본 3·1만세 운동의 모습이라 할 수 있다. 뒤숭숭한 일 정도로 생각한 이태준 선생은 작품에서 이 만세 운동을 묘사한 내용이 없다. 이런 작품 성향은 앞으로 친일문학 쪽으로 공격당할 여지를 남겨 두었다는 생각이다.

이태준은 윤수 아저씨에게 안동현 이후 고생한 이야기를 듣고 더욱 책임감을 느껴서였는지 끝으로 다음과 같은 이야기를 한다.

"아뭏든 내년 봄에는 어느 학교구 이학년 보결을 치던지, 다시 일학년에든지, 완전한 중학교에 들어가기만 해라. 누님집에 내가 혼자 방 하나를 쓰구 있으니 같이 있도록 주선허마."

이태준은 은주의 생각이 났다.

"아저씨 있는덴 여기서 멀우."

"다옥정(茶屋町)이라구 얼마 안 돼."

청요리집을 나와서는 둘이서 같이 걸어 다옥정으로 왔다. (생략) 열한 시나 된 때라, 윤수 아저씨는,

"집을 알었으니 인전 놀러 오너라."

하고, 혼자 들어가 버렸다. — 『사상의 월야』(을유문화사, 1946년)

※ 참고 : 다옥정

현 중구 다동의 일제강점기 명칭이다. 1914년 4월 1일 경기도령 제3호와 경기

도고시 제7호로 남부 중다방과 모교 상다동·하다동 각 일부를 합쳐 다옥정으로 하였으며, 1943년 6월 10일 조선총독부령 제163호로 區制度가 실시되면서 중구의 관할구역으로 되었다. 1946년 10월 1일 일제식 동명을 우리 동명으로 바꿀 때 다동으로 하였다.

마. 다시 만난 은주

상허 이태준 선생의 작품 속에는 수많은 여성들이 등장을 한다. 그런 여성들을 중심으로 이야기를 전재하면서 수많은 독자들을 웃게 만들고 또 울게 만들었다. 그런 여성의 모습들은 크게 3가지로 분류할 수 있다. 그 세부적인 내용을 기회가 있을 때 자세히 묘사를 하겠지만 간략하게 나누어 보면 다음과 같다.

(1) 작품 오몽녀에 등장하는 여인상으로 사회 하류층
(2) 첫사랑의 느낌을 갖게 해주는 은주 같은 여인상
(3) 이태준 선생의 부인과 같이 '자신의 꿈을 포기하고 결혼을 하는 여인상

윤수 아저씨와 헤어진 지 이틀 만에 이태준은 다옥정을 찾아간다. 이태준 보고 들어오라고 하는데 '미닫이 한쪽이 마저 열리더니 꽤 큰 계집애가 내다보는' 은주를 볼 수 있었다. 이렇게 이태준은 항상 마음속으로 그리워하던 은주와 처음 만나게 된다. 그리고 은주와 같이 있을 기회가 다음과 같이 주어지게 된다.

'은주 어머니'는 친히 손을 끌어다 잡아 보신다.

"그래 너 올해 몇 살이냐?"

"열여섯 살입니다."

"열여섯… 전 같음 호팰(호패) 찰 나이가 지났구나! 아무튼 천량은 없어졌어도 아들이 좋기는 허다. 딸자식 같으면 남의 문중에 시집이나 갔지 빈주먹으로 서울루 공부 올 맘이나 먹겠니! 인젠 어디가든 이 아무개의 아들이구…."

하시며, 은주 어머니는 윤수 아저씨더러 이태준을 우미관 구경이나 시켜 주라고 하셨다. 구경이라는 말에 은주가 먼저 나서며 앞을 섰다.

－『사상의 월야』(을유문화사, 1946년)

※참고: 우미관

　1910년 종각 부근 서울 종로구 관철동에 '고등연예관'이라는 이름으로 세워져 15년 '우미관'으로 개칭되었다. 개관 당시 극장은 2층 벽돌 건물에 1,000명가량이 관람할 수 있는 긴 나무 의자가 마련되어 있었으나, 항상 2000명이 넘는 관람객으로 들어차 '우미관 구경 안하고 서울 다녀왔다는 말은 거짓말'이라는 말이 생길 정도로 전국에 알려졌다.

　당시 우미관에서는 서커스, 연극, 연사 등이 나와서 각종 공연이 되었다. 그것을 보고 나오면서 서로 대화를 주고받는데 아주 중요한 이야기가 등장을 한다. 그것은 은주가 산술과목에 아주 약하다는 것이었다. 여고보(女高普) 시험에 합격하기 위해서는 산술과목 공부가 필요한 상황이었다. 이에 반해 이태준은 산술에는 자신이 있었다. 집에 돌아온 은주는 엄마에게 다음과 같은 이야기를 주고받는다.

"엄마? 태준인 책엣건 모두 풀 줄 안다는데…."

"그럼 좀 와서 풀어 달래렴."

"걘 낮엔 못 오구 밤엔 야학 다니구, 언제?"

이리하여 은주 어머니는 윤수와 은주의 의견대로 이태준이를 윤수와 함께 사랑에 와 있게 하였다.   -『사상의 월야』(을유문화사, 1946년)

은주 어머니는 남편을 일찍 여의었다. 상속된 재산이 삼사백 석지기나 되었고 서울 다옥정 집은 식모 하나만 두고 살아서 조카뻘이 되는 이태준을 데려다 두는 것은 쓸쓸함을 벗어나는데 도움이 되기도 하여 승낙을 하게 되었다. 그렇게 둘이서 같이 공부를 하면서 친하게 지내면서 무심코 하는 이야기 중에 상허 이태준 선생이 무엇을 꿈꾸고 있었는지 드러나는 대목이 있다.

"오빤 졸업을 하면 뭘 허우?"

"대학."

"뭘 배러?"

"정치."

"넌?"

"음악가."   -『사상의 월야』(을유문화사, 1946년)

위의 글은 사상의 월야라는 작품에서 이태준이 은주와 주고받은 이야기이다. 이태준 선생은 원래 작가보다는 정치를 하고 싶었던 것으로 추후 좌익 계열에서 활동을 한 것은 우연한 일이 아니라는 것을 증명하고 있다.

바. 휘문고보에 입학한 이태준

다옥정에서 기거를 하게 된 이태준은 은주를 열심히 가르쳤다. 야학을 그만 둔 이태준은 은주에게는 일어, 조선어와 한문, 산술을 가르쳤다. 또 자신에게 부족한 영어는 윤수 아저씨에게 배우고 다른 모든 것은 혼자서 공부하면서 시험을 준비했다.

"들지 못험 어떡허나?"
은주는 어려운 산술 문제를 혼자 풀지 못할 때마다 눈살을 찌푸렸다.
"왜 못 들긴!"
"이번에 떨어짐 또 담 해라도 쳐야 허나?"
"그럼! 여자두 인전 적어두 중학교까진 마쳐야…."
은주는 이태준 말에 격려되어 졸음이 덮는 눈을 부벼가며 다시 연필을 집어들곤 하였다.   −『사상의 월야』(을유문화사, 1946년)

위의 글을 보면 이태준과 은주는 보이지 않는 정이 쌓여가고 있는 것을 알 수 있다. 나이 차이가 있지만 같은 또래로 서로 좋아하는 마음이 생길 수 있는 여건이 마련되고 있었다. 이런 사이는 나중에 서로를 좋아하는 마음을 확인하고 사랑으로 싹이 트는 상황으로 전개되고 있다. 그런 이야기는 나중에 자세히 설명을 하기로 하고 당시의 교육열이 지금보다 더 치열했는데 그 상황을 소개해 보고자 한다.

당시에는 사당 교육에서 학교로 교육이 바뀌는 과도기였다. 또 3·1만세 운동이 벌어진 뒤에는 조선인도 배워야 한다는 인식이 바뀌었다. 상투를 못 자르겠다고 버티던 조선 선비들의 옹고집에서 배워서 출세를 해야겠다는 인식으로 변화가 시작되는 시기였다. 이런 상황에서 입학시험이 있는 봄에는 서울이 들끓고 있다는 표현이 적당할 정도로 치열했다. 그런 상황 묘사를 인용하면 다음과 같다.

총각은 땋은 머리를 깎고, 어른은 상투를 자르고 면서기 군서기 다니는 사람, 헌병 보조원, 순사, 그리고 장사하던 사람들까지 '신학문'에로 대진군이 되어 서울로 끓어올랐다. 매년 정원이 차거나 말거나 하던 중학교에를 오륙 배는 보통이요 십이삼 배까지 응모자가 폭증을 하였다. 은주는 숙명여보고에, 이태준은 휘문고보 이학년 보결에 난관을 돌파하고 가지런히 한날에 합격이 발표되었다.

                                        -『사상의 월야』(을유문화사, 1946년)

위의 글을 보면 1919년 3·1만세 운동이 사람들 인식을 바꾸어 놓은 것을 잘 묘사하고 있다. 매년 정원이 차거나 말거나 하던 중학교 입학시험에 5~6배, 12~3배의 경쟁률을 보이는 것과 많은 사람들이 직업을 버리고 신학문에 뛰어들게 되는 것을 설명하고 있다. 그러나 이것은 조선의 취업난을 촉발하고 대부분의 직장 상사들이 일본인들이 차지해서 졸업한 조선인들이 그 아래서 근무를 해야 하는 종속 관계를 만들어내는 상황으로 변질 시켰다고 봐야 한다.

이태준 선생은 중앙고보와 휘문고보 두 군데 보결시험 원서를 냈었다. 이것은 그만큼 자신이 있었다는 의미이다. 그런데 늦잠을 자서 중앙고보에 갈 시간이 안 되어 휘문고보를 선택한 것으로 『무서록』에서 밝히고 있는데 그 내용을 소개하면 아래와 같다.

입학시험 보러 갈 친구(이태준) 전날 밤 활동사진 구경으로 여덟시 반까지 자고 나서 그래도 밥 한 그릇을 다 부시고 나서야 가깝지 않은 다옥정을 나서니 일은 벌써 어그러진 지 오래다.

그래도 전장에 나가는 창끝처럼 서슬 퍼런 연필 몇 개에 고무 한 개로 부랴부랴 재동 네거리에 올라섰다. 그러나 동일 동시에 시작하는 휘문에서 벌써 난타하는 종소리가 울려나왔다. 에라 중앙은 벌써 틀렸다. 늦잠을 원망할 것 없이 휘문으로 가버리자.
                                      ─『무서록』(깊은샘, 1999년)

이태준 선생은 영화에 관심이 많았다. 자신이 직접 대본을 쓰기도 했고 작품을 영화로 만드는 것을 좋아했다. 대표적인 사례가 이태준 등단 작인 「오몽녀」를 아리랑으로 유명한 나운규 감독이 생전에 마지막 작품으로 촬영했을 정도였다. 그러나 아이러니하게도 이태준 선생은 그 영화에 대해서 다음과 같이 혹평을 한다.

오몽녀가 영화화되었는데 고인 나운규 씨에 대해서는 미안한 말이지만 감독이란 머리가 작가보다 치밀해야겠더군요. 또 애욕장면도 감독이 작가와 동등한 교양이 없을 때는 추하게 표현되는 것을 보았습니다.
                ─이태준, 박기판 대담, 「문학과 영화의 교류」(동아일보, 1938년 12월 14일)

사. 교장 선생님 배려로 월사금을 해결하다

이태준은 여름방학동안 열심히 약을 팔았다. 그런 노력으로 월사금도 내고 미리 동복(겨울 교복)을 미리 맞추었다. 그러나 매달 초엿새 날은 월사금을 납부하라는 이야기가 나오는 날로 항상 무서워졌다. 또 어떻게 월사금을 마련하나 걱정을 해야 하기 때문이다. 그런데 휘문의숙 설립 초기부터 있었으면서 수업 시간에는 엄격했지만 개인적으로 만나면 자상하신 교장 선생님이 이태준을 불렀다. 그리고 다음과 같은 제안을 한다.

"너 번번이 월사금 늦었지?"
"고학입니다."
교장께서는 책상 위에 갖다 놓으신 학적부에서, 호적을 잠깐 살피더니
"너 집에 아무도 안 계시는구나!"
그리고 집안 사정을 몇 가지 물으시고는 월사금을 면제해 줄 터이니 그 대신 교장실과 교원실과 귀빈실의 유리창을 맡아 가지고 닦을 테냐 물으셨다. 이태준은 얼른
"그럭하겠습니다."　　　　　　　　　　　　－『사상의 월야』(을유문화사, 1946년)

이태준은 당시 심정을 월사금이라는 큰 짐을 벗었으나 '힘든 건 아니지만 부끄러 어떡허나!'라는 생각을 하였다. 그렇지만 선택의 여지가 없어서 그 다음 날 수업을 마치고 교장실로 갔다. 교장은 소사를 시켜서 유리창을 닦는 것을 가져 오라해서 이태준은 유리창에 올라가서 일을 하였다. 그런 일을 하는 이태준에게 친구들이 놀리기 위해 일부러 공을 던져 시비가 붙었다. 이 상황에서 이태준을 운동장으로 달려가서 한 아이 멱살을 잡고 유리창을 닦는 비눗가루가 묻은 손으로 귀쌈을 철컥 올려붙였다. 그 때 교장 선생님은 '그 녀석들 싸느니라'라고 하면서 이태준 편을 들어 줄 정도로 마음이 넉넉한 사람이었다. 그리고 나서 이태준보다 더 열심히 유리창을 닦는 것을 도와주시는 것이었다. 이런 교장선

생님의 행동에 대해서 작품에서 다음과 같이 묘사를 하고 있다.

'이날뿐만 아니라 틈만 나면 도와주셨다. 그만 두시라고 하면
"노동은 신성한 거야."
하시며, 그 노인께서 그예 걸레를 드셨다. 이태준은 이 모습을 보고 '이 교장
선생님의 은혜를 생각해서라도 나는 내 한 몸 부귀에나 이상(理想)을 두지 않으
리라!' 몇 번이나 결심하였다.

—『사상의 월야』(을유문화사, 1946년)

위의 글을 보면 당시 휘문의숙 교장선생님은 이태준 선생의 재능을
보고 아끼는 모습을 볼 수 있다. 당시의 고학생이 한두 명이 아니었을
것이다. 서울에 고학생 갈톱회라는 단체가 구성될 정도로 무작정 유학길
에 나서던 시기였다. 그렇게 어려운 학생이 많음에도 불구하고 이태준
선생에게 큰 도움을 준 것은 인재를 보는 혜안이 있었던 것 같다. 더
의미가 컸던 일은 유리창 청소는 첫날에만 어려웠지만 그 다음부터는
일주일에 이틀만 한 시간씩 닦으면 되는 아주 쉬운 일이었다. 그렇게
여유를 얻은 이태준은 도서실로 책을 보러 가게 된다. 거기 분위기를
보면서 다음과 같은 탄식을 한다.

도서실에는 늦게 가면 자리가 없을 만큼 가득 차 있었다. 상급생은 물론이요,
같은 반 굵은 패들은 모두 여기 와 앉아서 술이(페이지) 두꺼운 책을 읽고 있었다.
"아! 나는 이런 중대한 세계를 몰랐구나!"
이태준은 남에게 뒤진 생각을 하니 분하였다.

—『사상의 월야』(을유문화사, 1946년)

이태준 선생이 본격적으로 문학을 공부하게 된 시기에 대해서 많은 학자들이 원산 객주 점원이었을 때라고 하는 주장은 오류이다. 이태준 선생의 자서전 성격의 글을 보면 휘문의숙에서 도서관에 가서 '새로운 중대한 세계'를 발견하는 순간이었다는 판단이다. 이태준이 도서관에서 처음 고른 책이 빅토르 위고의 『희무정』(장발장, 1922년 홍난파가 번안해서 발간한 책 이름)이었다.

그 책을 여러 날 읽으면서 '장발장이 아홉 식구의 굶주림을 보고 견디지 못해 유리창을 깨트리는 것과 사생아 코셋드가 남의 집에서 구박 받고 자라는 상황에서 자신의 옛날이 생각나서 눈물 자극으로 콧날을 저리곤 했던 것으로 묘사되고 있다.

그렇게 책을 읽으면서
"문필의 힘이란 위대 하고나!" 하는 자각을 하게 된다.

아. 문학의 길로 안내 한 학교 도서관

상허 이태준 선생에게 이 시기는 문학의 기초를 쌓게 되는 중요한 시기였다. 만약, 교장 선생님이 월사금은 면제 시켜주는 유리창 닦기 자리를 만들어주지 않았다면 소설가 이태준이 태어나게 되었을까? 하는 의문이 든다. 월사금을 마련하기 위해 동분서주했다면 도서관에서 독서를 할 기회를 갖지 못했을 것이라는 점을 생각해 보면 교장선생님이 남다른 혜안이 우리 문학에 큰 자리를 만들었다는 판단이다.

이태준은 원산 객줏집에서 생활을 할 때 할머니가 찾아와서 시간적 여유가 있어서 『해당화』(원작: 톨스토이 『부활』) 초역을 읽은 것이 문학 공부의 전부였다. 당시 이태준은 주인공인 캬츄사를 주제로 만든 노래가 유행을 해서 혼자서 불렀다고 할 정도로 심취되어 있었다. 이 기억 때문에 이태준은 학교 도서관에 가서 『부활』 전역을 다시 읽었다. 투르게네프의 『전날 밤』과 괴테의 『베르테르의 설움』도 읽고 나서 다음과 같은 느낌을 표현하고 있다.

네프류우도프가 귀족 딸과 파혼해 버리고 누거만의 재산을 농노들에게 흩어줘 버리고 시베리아로 죄수 캬츄샤를 따라 나선 것은 무슨 때문인가? 사랑! 캬츄샤를 진정으로 사랑한 때문이다! 편안한 조국을 버리고 파란 많은 망명 청년의 뒤를 따라 끝까지 사랑과 정의의 편이 되는 에레나의 숭고한 사랑! 아아! 위대한 사랑의 힘…
　　　　　　　　　　　　　　　　　－『사상의 월야』(을유문화사, 1946년)

위의 내용을 보면 이태준 선생은 문학을 통해 크게 두 가지를 생각하고 있는 것으로 보인다. 하나는 위대한 사랑이다. 이런 생각은 열여섯 사춘기 소년에게는 새로운 세계로 다가오고 현실에서 대상을 찾게 되는데 그 주인공이 '은주'였다. 이태준 선생은 소설에서 '캬츄사와 에레나와 롯데를 뭉친 듯한 은주에 대한 연민의 정만' 불붙어 오르기 시작한 것으로 묘사하고 있다. 또 다른 생각 하나는 '진정한 사랑을 위해서는 조국도 버리고 파란 많은 망명'을 할 수 있다는 발상이었다. 이런 생각을 해방 이후 혼란한 시기에 모든 것을 버리고 월북을 하는데 영향을 미쳤다는 것을 유추할 수 있다.

이태준 선생이 책을 읽고 난 후에 삶에 변화가 일어났다. 정신적으로는 '책을 읽고 날 때마다 며칠 동안 밥맛도 잊어버릴' 정도로 심취해 있었다. 또 다른 것은 일기책을 사서 저녁마다 아무리 졸려도 몇 줄이고 쓰고 자는 습관을 가졌는데 이것이 작품 메모의 과정으로 발전했다는 판단이다. 문학서적을 탐독하면서 학교 공부 같은 것은 눈에 차지 않았다고 할 정도로 문학이라는 신천지를 발견, 이런 감정은 현실에 비판적 사고를 갖게 만들면서 비판의식이 다음과 같이 생기게 된다.

> 오늘도 조회 시간에 교장선생님께서 똥 누는 이야기로 삼십 분이나 보냈다. 똥 하나 깨끗이 눌 줄 모르는 것이 중학생인가. 팔백 명 학생이 한 뜰에 서서 교장선생님 훈시를 듣는 것이 하루 한 번밖에 없는 그 귀한 시간을 똥 누는 이야기로 보내다니! 우리는 좀 더 의의 있는 훈시가 얼마나 듣고 싶은 것인가!

> 우리 학교는 운동열이 심하다. 운동선수면 남의 학교 학생이라도 몰래 꾀여 사오다시피 한다. 시험에 빠져도 끗수를 준다. 담배를 먹어도 처벌하지 않는다. 운동정신의 타락이다.
>
> —『사상의 월야』(을유문화사, 1946년)

이태준 선생이 쓴 메모를 보면 자신을 어려움에서 도와준 교장선생님에게 반항적인 내용을 쓰고 있다. 이것을 학교운영방침에 대한 불만으로 번지는 결과를 낳았다. 또 당시 도를 넘어 선 학교 체육에 대해서도 날이 선 시각을 보이고 있다. 이것보다 더 문제가 있었던 것은 아래의 내용으로 차후에 이태준 선생이 학교를 떠나는 원인이 된다.

> 학교에 차츰 보기 싫은 자식들이 늘어난다. 사학년에 세루 바지[참고: 프랑스어 serge, 양모(羊毛)를 원료로 하여 만든 바지] 입고 오는 자식, 교주 손자라나

뻔쩍하면 교복을 안 입고 오고, 교복을 입은 날도 각반은 으레 안 차는 자식,
—『사상의 월야』(을유문화사, 1946년)

　인용된 글 중에서 교주는 휘문고보 운영자로 자기 멋대로 학교를 좌지
우지하는데도 교장 이하 선생님들이 어쩌지 못해서 학생들이 비꼬기 위
해 붙인 이름이다. 이렇게 절대적 운영권을 가진 사람의 손자가 제멋대
로 행동하는 것을 본 이태준은 항상 불만을 갖게 된다. 이런 생각은 나중
에 '돈이 없어서 교복 안에 러닝을 안 입은 사건'이 발생하고 처벌을 받는
과정에서 다시 교주 손자에게 주먹질을 하는 상황으로 번지게 되는데
그 내용을 다른 지면에서 이야기하고자 한다.

자. 학창 시절 이태준의 문학적 생각

　도서관에서 문학이라는 신세계를 접한 이태준에게는 막막한 삶에서
보였던 한줄기 서광이었다. 당시 이태준은 은주라는 대상을 통해서 연정
을 품는 사춘기였다. 따라서 소설 속에 등장하는 연인들의 이야기는 마
치 자기가 꿈꾸던 이상향을 대신해 준다는 느낌이었을 것이다. 이런 생
각을 가지고 있었던 이태준 선생에게 소설은 무엇이었을까? 자신의 출
세를 위한 도구였을까? 아니면 직업으로 택한 것이었을까? 이런 물음에
대해서 명확하게 알게 해준 것이 『무서록』에 등장을 하고 있다. 그것의
제목은 「신도(信徒)」로 일부를 아래와 같이 인용해 보고자 한다.

　'예술의 신도(信徒)가 되자.

'소설의 한 개 신도가 되자.'

'나는 인제부터 소설학(小說學) 공부해야 할까!'

'그러나 나는 소설을 학문으로 공부하기 싫다. 소설을 학문으로 졸업을 해야만 소설을 쓴다면 나는 차라리 소설을 단념하고 말리라.'

'가가와 도요히코는 자기는 신은 믿되 신학처럼 싫은 것은 없노라 했다. 나는 그의 말이 여간 반갑지 않다. 나도 소설을 좋아하고 소설학 예술학은 싫다. 소설의 우매한 신도로만 살고 또 쓰고 싶은 것이다.   ─『무서록』(깊은샘, 1994년)

위의 글은 이태준 선생의 소설관이다. 당시 유행하던 이론을 앞세운 소설을 배격하면서 '소설다운 소설'을 쓰겠다는 각오이다. 특히 문학을 전공하지 않았던 이태준 선생이 문학의 길에서 고민했던 부분을 글로 요약한 것이라는 판단이다. 이런 작가관은 소설학을 공부했던 사람들이 이미지나 미학에 집착을 하고 있을 때 '서민들의 이야기' '조선의 옛 정신을 묘사한 상고주의' 등을 소재로 삼아 차별성을 얻게 되는 결정적인 역할을 하게 된다. 만에 하나 이태준 선생이 일본 유학을 무사히 마치고 귀국을 했다면 다른 작품 성향을 보였을 가능성도 있다.

이태준 선생이 휘문고보 시절 자신의 정신세계를 지배했던 것을 '롯데 연인시대'라면서 다음과 같이 소개를 하고 있다.

중학교 때처럼 남부끄러운 줄 모르던 때는 없었던 것 같다. 나는 괴테의 『베르테르의 슬픔』을 읽고 베르테르의 슬픔을 동정하여 어찌 울었는지 모른다. 그리고 내 머리 속에도 롯데와 같은 부자유스러운 사랑의 대상을 하나 그려놓고 내 자신이 베르테르인 듯싶어 돌연히 아! 오!! ∼이여!!! 하고 슬퍼하고 탄식하기를 자랑 삼아 하였다.'
          ─『학생』(1935년, 1월)

당시에서는 식민지의 암담함을 달래주는 도구로 새로 유입된 자유연애사상 풍조의 만연으로 조선 반도에는 '롯데와 베르테르' 열풍이 불었다. 이런 시대적 조류에 이태준 선생도 휩쓸려 있던 것으로 보여진다. 이태준 선생은 여기에 머물지 않고 '남자 동무끼리였지만 동호회를 만들어 일주일에도 두세 번씩 비만 오면 무슨 은실 같은 빗발이 늘어졌다는 내용의 편지를 주고받았던 것'으로 기록하고 있다. 이런 과정은 문학의 시작이 '인간의 감성을 표현하는 말랑말랑한 부드러운 빵과 같은 서정적 이미지'라는 점에서 이상한 것은 아니다. 분명한 것은 이 센티멘털한 감정을 표현 과정을 거쳐 자신의 문학 세계를 구축하는 발전 여정이었다는 점이다.

이태준 선생은 그 시절부터 문학 동호회를 만들어 자발적인 문학 활동을 했는데 이런 방식으로 했다고 자술하고 있다.

스스로 문학청년을 연하여 학교에서는 양지쪽에만 모이는 골동(骨董, 오래되고 희귀한 세간이나 예술품 : 문학청년이라고 독특한 옷차림이나 행동을 비꼰 말)짜리들만 모아가지고 동인잡지를 한답시고 밤중에 남의 학교 등사판을 집어내다가 바들바들 떨면서 골필(骨筆, 초를 먹인 등사 용지에 글을 쓰기 위해 유리로 만든 펜)을 밤을 샜던 것이다.　　　　　　　　　　　－『학생』(1935년, 1월)

문학청년을 모아 학교 등사기를 몰래 사용해서 동인지를 만들기 위해 밤을 새워 노력을 했다는 것은 문학에 대한 간절함이 깊었다는 것을 보여주는 일이라 할 수 있다. 이런 작업을 하면서 '북으로 시베리아 남으로 사바라'라는 유랑가를 부르면서 현실을 탈피하고 싶은 마음으로 '보헤미안 라이프'를 동경하기도 했다고 한다. 세상 어느 곳에도 소속되지 않고 자유롭게 떠돌고 싶은 것은 식민지 시대 청년 특히 감수성이 예민한 문학청년에게는 꿈꾸던 이상향이었다는 생각이다. 이것에다가 이태준 선생은 '소학교 다닐 때 뜯어진 책장에서 나폴레옹 사진을 보고 호주머니에 넣고 다니면서 무조건 숭배'할 정도로 영웅심리가 내면에 숨겨져 있기도 했었다.

휘문고보 모습

휘문고보 설립자 민영휘

14. 은주와 사랑에 빠지다

가. 다시 만난 은주

어린 이태준은 추석날 만난 '은주'라는 소녀가 서울에 산다는 이야기를 듣고 '공부만 잘하면 서울 갈 수 있다.'는 생각으로 주먹을 꼭 쥐었다. 그런 다짐으로 공부를 해서 이 학기 시험에는 우등에다 일등을 하였다. 이후부터는 일등 자리는 다른 학생들에게 내어 주지 않을 정도로 열심히 공부를 했다. 이야기는 상허 이태준의 자전적 소설에 등장을 하고 있는데 고아라는 온갖 구박 속에서 자기 자신을 찾아내는 것을 은주라는 소녀를 통해서였다는 시사하고 있다.

이태준과 은주는 그해 여름방학에 다시 만나게 된다. 그런 상황을 작품을 통해서 알아보면 다음과 같다.

삼학년 여름방학에 웃골 작은아버지를 따라서 한내천 상류인 선비소에 낚시를 갔는데 윤수 아저씨를 따라 온 은주가 있었다. 은주가 아는 척하고 다시 낚시를 하는데 그날따라 고기가 안 잡혔다. 작은 아버지는 논에 물을 보러 가신다고 가버리고 이태준은 낚시를 걷고 여울로 내려와 손 뒤짐으로 고기를 잡았다. 돌 밑에서는 꽤나 큰 고기가 붙잡혀 나와서 두 마리나 입에 물고 계속 잡고 있었다. 그때 은주가 이태준에게 다가와 자연스럽게 대화가 시작되었다.

"비리지 않니?"

은주가 물어 보아 준다.

"아니."

하고 대답하다가, 그만 입에 물었던 고기를 떨궜다. 은주는 날쌔게 흘러가는 고기를 집으려다 미끄러졌다. 이태준이 얼른 안아 일으켰지만 팔꿈치가 돌에 스쳐 벗겨지고 옷이 반이나 적셨다. 그러면서도 은주는 벌써 보이지 않게 떠내려간 고기만,

"어떻허니?"

(생략)

이태준은 은주만 옆에 있어 주기만 하면 얼마든지 잡을 것 같았다.

　　　　　　　　　　　　　　　　－자전적 소설 『사상의 월야』(을유문화사, 1946년)

이렇게 이야기가 통한 은주와 어린 이태준은 같이 고기를 잡게 된다. 이태준이 손으로 바위를 뒤져 비늘 하나 다칠세라 곱게 고기를 잡아서 은주가 가져온 그릇에 담았다. 작가는 작품의 묘사에서 자신의 내면을 외부 사물을 빌려 표현을 한다. 그런 눈으로 작품을 보면 '비늘 하나 다칠세라 곱게 고기를 잡아서'라는 구절에 주목을 해야 한다. 이것은 은주를 바라보는 이태준 선생의 시각이다. 즉 귀한 만남이라는 간절함이 감추어져 있다. 이런 간절함은 상허 이태준의 작품에 등장하는 여성상과 직결되어 있는데 앞으로 설명을 할 기회가 있으면 더 깊이 접근을 하고자 한다.

이렇게 한참 재미있게 잡는데 날이 갑자기 캄캄해졌다. 금학산과 하늘빛이 똑같이 새까맣다. (생략) 윤수 아저씨와 은주는 이내 보송보송하게 마른 옷으로

갈아 입고나왔다. 그것을 보니 이태준은 더 덜덜 떨렸고, 적삼을 벗어서 짜서 입었더니 풀내에 파리가 자꾸 꾀여들었다. 은주는 이태준에게 파리가 시꺼멓게 달라붙는 것을 보고는,

"애 저리 좀 물러나."

하고 이마를 찌푸렸다.

　　　　　　　　　　　－자전적 소설 『사상의 월야』(을유문화사, 1946년)

위의 내용을 신분상 차이 때문에 거리감이 있다는 것을 묘사하며 서울에서 다시 만나지만 결국 이 두 사람은 자신들이 운명을 따라 가게 된다. 이태준 작품은 후배 문학인들에게 큰 영향을 미쳤다. 특히 우리나라 국민들이 좋아하는 단편 중에 하나인 황순원의 「소나기」와 유사점이 많다. 소나기와 논란이 될 수 있는 부분을 소개하면 아래와 같다.

- 주인공이 소년과 소녀
- 가난한 소년과 귀한 집 소녀
- 작품무대가 냇가라는 공통점
- 작품 속에서 소나기가 내린다는 점
- 이루어질 수 없는 사랑

나. 월사금 4원을 못 마련한 이태준

휘문고보에 합격한 이태준은 공영상회에서 번 것과 은주 어머니와 윤수 아저씨가 도와주어서 입학을 할 수 있었다. 교과서와 교복과 교모를

사서 버젓한 휘문고보 학생이 되었다. 그런 기쁨도 잠시 이태준은 매달 4원씩 내야 하는 월사금이 문제였다. 이런 당시 상황을 작품에서는 이렇게 묘사를 하고 있다.

　　월사금 사 원이 제일 급했다. 매달 초엿샛날 아침 조례 시간에 월사금 미납자들이 불려나가는데, 이태준은 번번이 끼었고, 이축에 끼면 월사금을 가져갈 때까지는 교실에 못 들어가는 법이었다.

－『사상의 월야』(을유문화사, 1946년)

이렇게 못낸 월사금은 돈이 있는 윤수 아저씨에게 빌리면 되지만 자존심이 강한 이태준은 직접 마련하기 위해 먼저 영신환(靈神丸, 위를 튼튼하게 하는 소화제로, 입맛이 없고 소화가 되지 않거나 헛배가 부르고 아픈 데 쓰이는 한약) 장사에 나선다. 잘 팔리는 날에는 하루에 열 봉은 파는데 그 때 남는 돈이 삼십 전이었다. 특히 주말에는 잘하면 1원의 이익을 보는 경우도 있어서 이태준과 같은 고학생들이 적극 나서서 백여 명의 회원을 가진 '고학생 갈톱회'도 만들어져 있을 정도로 치열했다. 이런 상황을 이태준은 다음과 같이 적고 있다.

　　책보 대신에 약봉지를 뭉텅이로 끼고 이틀이고 사흘 나흘이고 4원돈을 채우러 나서야 한다. 한 봉지에 삼 전씩 남으니까 일백사십 봉지는 팔아야 한다. 열 명 중에 한 사람이 사준다면 일천 사백 명을 만나야 한다.(생략) 어떤 때는 월사금 때문에 일주일을 꼬박 빠지기도 했다.

－『사상의 월야』(을유문화사, 1946년)

이렇게 매월 초엿새 날부터 사오 일은 정해 놓고 빠졌고 복습 시간도 없었던 이태준의 평균 성적은 팔할을 넘기지 못했다. 그럼에도 불구하고 1학기를 보낸 석차는 이백 명에서 삼십 등 정도의 성적을 보이고 있었다. 우수한 성적은 아니었던 것으로 판단되는데 일부 평론서에서 '2등정도 한 것으로 기록된 것은 용담학교에서의 성적을 착각한 결과'로 보여진 다. 당시 은주 어머니 집에서 윤수 아저씨와 같은 방을 쓰면서 자존심에 상처를 입었는데 그 상황을 다음과 같이 서술하고 있다.

(윤수 아저씨는) 한방에 있는 것도 처음에는 자청하였으나 차츰 기색이 좋지 못해갔다. 자기는 사층 책장에 테이블에 등의자를 놓았는데, 이태준은 석유 궤짝 을 가로놓고 책상으로 쓰는 것도 대조가 너무 심하여 남이 와 보더라도 자기편이 미안스러웠고, 이부자리도 깨끗하지 못하고 속옷도 단벌치기여서 이태준에게서 는 땀내가 났다.　　　　　　　　　　　　－『사상의 월야』(을유문화사, 1946년)

이럭저럭 어렵게 1학기를 보내고 경성 유학에서의 첫 여름방학을 맞 이하게 되었다. 다른 학생들은 고향 갈 기차 할인권 타가지고 부모님께 동생들에게 선물을 사가지고 개선장군처럼 집으로 돌아가는데 이태준 은 갈 곳이 없었다. 철원 용담으로 간다고 해도 반겨 줄 사람이 없다. 할머니가 있기는 하지만 남의 집에 얹혀사는 상황이고 누나가 시집을 간 곳도 이태준이 머물기에는 불편하다. 이런 상황을 이태준은 『사상의 월야』에서 '어느 때보다도 자기의 고독을 또렷이 맛보게 되었다.'라고 이야기하고 있다. 이 상황에서 같은 방에 있던 윤수 아저씨가 고향 철원 을 가는 것을 배웅하게 된다.

윤수 아저씨도 방학이 되자, 그 이튿날로 떠나게 되었다. 짐이 많아서 이태준은 짐을 들어주러, 은주는 외삼촌이라 배웅하러 청량리까지 함께 나왔다. 청량리서 철원은 학생 할인으로 인원도 못다 들었다. 이태준도 곧 차표를 사가지고 윤수 아저씨와 같이 철원으로 가고 싶었다.

–『사상의 월야』(을유문화사, 1946년)

윤수 아저씨가 떠나는 뒷모습을 보고 '나는 방학이라고 돌아가는 그런 호사스러운 유학생으로 고향을 떠났던 것은 아니다! 나에겐, 좀 더 큰, 좀 더 찬란한 환향이 있어야 한다!'라고 다짐으로 위안을 삼는다. 이런 생각을 하고 있는데 '차가 떠난 뒤 갑자기 호젓해지는 정거장에서 이태준과 은주만 남게 되면서' 두 사람이 우정을 넘어서 사랑으로 변하는 일들이 벌어지게 된다.

다. 은주와 연인 사이로 발전한 이태준

여름방학을 맞아 철원으로 내려가는 윤수 아저씨를 배웅하고 난 뒤에 은주와 이태준만 남게 되었다. 둘은 바로 집으로 가지 않았는데 그때 은주의 마음이 다음과 같이 드러난다.

"우리도 어디 좀 갔으문!"
은주가 북한산 쪽 맑게 트인 하늘을 들여다보며 말했다. (생략)
콧날이 상긋해 돌아보며, 눈을 흘기는 은주에게서는 석류꽃 같은 당기가 제법 꿈틀거리며 나부낀다.
–『사상의 월야』(을유문화사, 1946년)

은주가 이렇게 말을 하는 이면에는 이태준하고 같이 있고 싶다는 생각을 표현한 것이고 그 은주를 바라 볼 때 '석류꽃 같은 당기(달콤한 향기)'를 느끼는 것은 연모의 정이 생긴 것을 표현한 것이라 할 수 있다. 그리고 전차가 오자 은주는 '여기 전찬 맨 파리야! 오빠?'라고 이야기를 해서 기차를 기다리는데 약 2시간 정도 있어야 와서 시간이 남게 된다. 그래서 둘은 주변지역을 돌아보게 된다.

"그새 우리 산보나 허까?"
"차암!"
은주는 무엇이나 감탄하고 싶은 기분이다.
―『사상의 월야』(을유문화사, 1946년)

이렇게 둘이서 첫 장마가 든 지 며칠 되지 않아 맑게 씻긴 모래가 있는 길을 걷게 된다. 이태준은 길 가운데 모래를 밟고 가고 은주는 길 한녘에서 풀을 밟으며, 지나가는 것은 나비뿐인 홍릉 가는 길을 걸었다. 그렇게 걸으면서 '쉽게 변하는 구름도 보고' '뱀딸기도 따고' '호랑나비를 만나고' '청새(물총새)를 보고' 그리고 '새빨간 들백합 한 송이를 꺾고' 하다보니 물이 흐르는 작은 냇가가 나왔다.

"나 좀 거기 건너갔음."
이태준은 얼른 돌아보았으나 돌이라고는 하나 보이지 않는다. 이태준은 발을 뽑았다. 성큼성큼 두어 걸음에 건넜다.
"나두 좀!"
"업힐 테야?" (생략)

"내 매달리기만 허깨?"

"떨어짐 난 몰라?"

은주는 이태준의 목을 끌어안고 매달리기만 해서 냇물을 건넜다.

―『사상의 월야』(을유문화사, 1946년)

위의 글을 읽으면 국민 단편 소설이라고 불리는 황순원의 「소나기」가 생각나게 한다. 시냇가에서 소년 소녀가 사춘기 시절의 아름아름한 연정을 표현한 것은 당시에 많은 독자들에게 소나기 뒤에 무지개처럼 영롱한 이미지로 다가섰을 것이다. 우연인지 몰라도 황순원의 소나기에서는 유사점이 너무 많다.

냇가를 건넌 이태준과 은주는 그곳에서 들백합이 여러 군데 피어 있는 것을 발견하고 열심히 꺾었다. 그것을 은주가 들고 한참을 가다가 갑자기 '이리다 차 놓침?' 하고 이야기를 해서 다시 냇가로 왔다. 그곳에서 은주는 '이번에는 억지로 매달리지 않고 편안히 업혔다.'라는 묘사를 하고 있다. 이것을 두 사람 사이에 경계심이 없어지고 점점 정이 붙어 가는 과정으로 분석되고 있다.

기차역으로 돌아온 두 사람은 집으로 가는 도중에 용산에서 다시 내린다. 둘은 한강으로 나가서 여러 사람을 구경하면서 시간을 보내다 오포가(시계가 없던 시정 정오가 되면 포를 쏨) 들려서 부리나케 집으로 발걸음을 돌리게 된다.

이태준은 저녁에도 잠이 잘 오지 않았다. 눈을 감아도 은주가 자꾸 보였다.

"이런 게 사랑이란 건가?"

아무도 보는 이가 없건만 전신이 화끈해진다.

"나 같은 일개 고학생이 부잣집 무남독녀를 사랑할 수 있을까?"
—『사상의 월야』(을유문화사, 1946년)

위에 나오는 신분상 차이에서 오는 갈등과 연민은 소설가로 성장한 이태준 선생이 작품에서 끊임없이 등장하는 주제가 된다.

라. 사랑의 열정에 빠진 상허 이태준 선생

작가에게 그리움과 사랑은 중요하다. 아니 절대적이라는 표현이 더 정확해 보인다. 인류의 명작을 보면 대부분의 주제가 사랑이다. 인간의 가장 원초적인 감정을 기초로 수많은 작품이 만들어졌으며 지금도 끊임 없이 확대 재생산 되고 있는 중이다. 그렇게 작가에게 사랑의 감정은 소중하고 문학세계를 구축하는 과정이 된다. 이태준 선생도 예외 없이 사랑의 열정에 빠진 시기가 있었다.

은주는 귀한 집 고명딸로 대궐 같은 집에서 살고 있었는데 반해 이태 준은 첩의 자식이고 고아 출신이면서 당장 학비를 걱정해야 하는 고학생 이라는 신분상 차이 때문에 감히 쳐다볼 수 있는 대상이 아니었다. 그런 현실을 인정하면서도 이태준 선생은 은주에 대한 연정을 다음과 같이 품고 있었다. 일기장에 은주라고 쓰지 않고 '카레데'라고 썼다. '카레데' 란 카츄사(톨스토이『부활』의 주인공), 에레나(트루게네프의『그 전날 밤』주인공), 롯데(괴테의『젊은 베르테르의 슬픔』주인공)에서 한 글자 씩 따온 것이었다. 그런 다음 일기에 자신의 감정을 이렇게 표현하고 있었다.

"카레데! 네 이름을 너도 모르는 카레데야? 이 세상에 나 하나밖에 모르는 카레데야? 너는 영원한 나 한 사람만의 카레데가 되어 다오!"

오늘 아침에는 카레데와 같이 대문을 나섰다. 우리는 눈이 부딪치자 순간에 같이 웃었다. 이런 순간이 벌써 여러 번째다! 그리고 남이 보면 안 될 것처럼 그도 나도 주위를 둘러보았다. 그것은 벌써 우리끼리만 비밀을 품은 표다!

　　　　　　　　　　　　　　　　　　－『사상의 월야』(을유문화사, 1946년)

위의 내용을 보면 사춘기에 접어든 학생들이 경험한 비밀스러운 감정을 표현하고 있다. 상허 이태준 선생의 경우 자기가 읽은 소설의 여주인공의 이름을 따서 이니셜을 만들어 놓을 정도로 열정에 빠져 있었다. 이 감정은 작가가 되었을 때 신문에 연재를 했던 연애소설의 중요한 소재가 되었고 수많은 독자들의 심금을 울려 대중성을 획득하는데 결정적인 역할을 한 것으로 보여진다. 또 아침에 은주와 눈길이 마주치면서 같이 웃고 혹시 다른 사람 눈에 띨까봐 주변을 살피는 모습은 비밀연애를 하는 사람들이 전형적인 태도이다. 이렇게 은주와 번개같이 눈길이 마주친 날에는 '나는 종일 기쁘다! 대수도 잘 풀리고 폿뿔(정구)도 이날은 썩 잘 맞는다.'라고 술회할 정도로 삶의 전부가 되었다.

그러나 둘이 만날 수 있는 시간은 많지 않았다. 서로 학교가 다르고 남녀가 유별한 유교 풍습이 남아 있을 뿐만 아니라 은주 어머니가 일찍 남편을 여의고 혼자 살아서 엄격한 가풍이었기 때문이었다. 그렇지만 시험 기간에는 은주가 문제를 풀어 달라는 핑계로 윤수 아저씨와 같이 사용하고 있는 이태준이 있는 방으로 올 수 있었다. 어떤 날 윤수 아저씨가 외출을 하고 둘이서 공부를 하는 기회가 있었는데 그 상황을 작품에서 이렇게 묘사를 하고 있다.

단둘이 등불을 내리고, 한 책 위에 머리를 모으고 숨내를 서로 마실 수가 있었다. 서로의 숨내가 달기나 한 술처럼 아무리 마셔도 싫지 않으면서, 한편으로는 모르는 새에 취하는 것 같았다. 이태준은 뻔히 알던 단자(單字)가 아물거렸다. 혼자면 일분 동안도 걸리지 않을 산술 문제가 오 분이 넘어 걸렸다. 은주도 한 가지를 몇 번이고 물었다.

"졸리워?"

"아아니"

은주는 아이처럼 연필을 입에 물며 고개를 흔들었다.

"그럼 왜 자꾸 똑같은 걸 되물어?"

은주는 소리를 빽 질러

"몰라!"

하면서 날쌔게 책을 걷어들고 안으로 뛰어 들어가는 것이었다.

　　　　　　　　　　　　　　　　－『사상의 월야』(을유문화사, 1946년)

위의 상황이 은주와 이태준의 미묘한 사랑의 감정이 잘 표현되어 있다. 같은 책을 보며 소년과 소녀가 마주 앉은 밤, 자신들도 모르게 빨라지는 숨결, 서로의 마음을 느끼기에 공부가 마음에 안 들어오는 순간을 표현한 것이다. 은주도 같은 감정이 되어서 같은 문제를 물어 보다가 눈치 없는 이태준이 면박을 주자 쌩 하고 일어서는 모습이 바로 사랑싸움이었다는 것을 금방 알 수 있다.

마. 점점 깊어가는 사랑

상허 이태준 선생에게 첫사랑은 인생의 큰 획으로 작용하게 된다. 적어도 대중적인 인기 작가가 되기 위해서는 '이성 간의 묘한 감정'을 어떻게 묘사하느냐가 결정이 된다. 그런 경험을 은주를 통해서 얻고 있었던 것으로 보여진다. 그런데 다시 생각해 보면 신분과 재산 등에서 차이가 나는 은주와의 관계는 남자와 여자 간의 우정쯤으로 인식되기 쉽다. 감히 쳐다볼 수 없는 차이가 있어서 사랑의 감정으로 변하기는 쉽지 않아 보이기도 한다.

그렇다면 이태준 선생은 여자와 남자 사이에 우정에 대해서 어떤 생각을 갖고 있는지 알아보는 것이 선행 되어야 할 것이다. 그 문제에 대해서 다음과 같이 정리하고 있다.

다른 것들끼리가 늘 즐겁다. 다른 것들끼리는 어느 모서리에서든지 마찰이 된다. 마찰에서 열이 생기고 불이 일고 타고 하는 것은 물리학으로만 진리가 아니다. 이성끼리는 쉽사리 열이 생길 수 있다. 쉽사리 탄다. 동성끼리는 돌이던 것이 이성끼리는 쉽사리 석탄이 될 수 있다. (생략) 그는 내 누이야요, 그는 내 오빠로 정한 이야요 하고 곧장 우정인 것을 공인 얻으려고 노력하다가도 어느 틈엔가 실화(失火)를 해서 우애는 화재를 당하고…'

―『무서록』(깊은샘, 1999년)

이 글을 보면 상허 이태준 선생은 남자와 여자 간에는 우정이라는 것이 존재할 수 없다는 고정관념을 가지고 있는 것을 알 수 있다. 『무서록』은 자신의 경험을 형식 없이 쓴 것이라는 점에 비추어 보면 확실한 이성관이라고 할 수 있다. 특히 '은주가 이태준 선생을 보고 오빠'라고 불렀다는 것을 생각해 보면 자신의 경험을 고백해 놓은 것임을 시사하고 있다. 이런 이성관을 가진 이태준은 은주에게 향한 열정을 '하늘엔 별이 있고 바다에는 진주가 있고 내 가슴속엔(은주)……'라고 일기장에 표현하면서 다음과 같은 이유로 '오! 하나님 감사합니다.'라고 외치고 있다.

저에게서 아버지를 일찍 다려 가시고, 어머니를 일찍 다려 가시고, 외할머님마저 누이동생마저 흩어져 있게 하심은 다못 오늘의 카레데(카츄샤: 톨스토이 부활의 주인공, 에레나: 트루게네프의 그 전날 밤 주인공, 롯데: 괴테의 젊은 베르테르의 슬픔 주인공에서 한 글자씩 따온 것) 주시려는 은근하신 은총이었음을 이제 깨닫습니다. 카레데는 저의 모오든 것이올시다. 카레데의 모든 것도 역시 저일 수 있게 인도하소서!　　　　　　　　　　　　　　―『사상의 월야』(을유문화사, 1946년)

인용된 글을 보면 상허 이태준이 은주에게 얼마나 영혼을 빼앗겼는지 알 수 있다. 부모를 잃게 하신 것과 자신의 가족들이 뿔뿔이 흩어지게 한 것도 은주를 만나게 하기 위한 은총으로 생각할 정도로 열정의 사춘기 시절을 보내고 있었다. 이렇게 짝사랑을 하면서 자신의 마음을 전하지 못하고 '은주가 만일 거절한다면?'하는 안타까움과 초조함을 달래기 위해 '사랑하자! 열렬히 사랑하자! 은주도 나를 사랑한다! 확실히 나를 사랑할 거다!'라는 자기 최면을 걸고 있는 내용이 『사상의 월야』에 진솔하게 고백되어 있다. 그리고 위에 제시된 내용처럼 은주도 역시 자신이 전부였으면 하는 간절함 바람을 표현해 놓고 있다.

상허 이태준 선생은 은주가 자신을 좋아하고 있는지 확인할 수 없어 때로는 '무슨 표가 있는가? 은주도 나를 사랑한다는 무슨 표가 있는가?'

라고 회의감을 들 때가 있었다. 그런 때의 심정을 '삼킨 불덩어리가 속에서도 꺼지지 않는 것처럼 견딜 수가 없었다.'라고 묘사해 작가 특유의 감성을 드러내고 있다.

상대방에게 사랑을 확인 받고 싶어 하는 감정은 연인이나 짝사랑에서는 반드시 일어나는 것이다. 이태준 선생은 우연한 기회에 은주의 마음을 알게 되는 일이 벌어지는데 그 사건의 전말은 이렇다.

당시 서울에서 유학을 하던 학생들은 지역별로 유학생회를 조직했었다. 그리고 여름방학이 되면 자기 집으로 돌아가 고향 청년회와 협력해 순회 강연회와 정구, 축구 대회를 개최하려는 준비를 했었다. 이태준도 임원 중 한 사람이었는데 하루는 임원인 여학생에게서 강연을 할 주제를 알려달라는 편지가 왔다. 사연은 사무적이었지만 장미꽃이 도드록하게 찍은 양봉투에 물망초가 그려진 편지지였다.

공교롭게도 이 편지를 은주가 받아서 이틀 동안 가지고 있다가 이태준이 혼자 있는 틈을 타서 들고 와서 집어던졌다.

바. 사랑을 확인하는 과정

이태준 선생과 은주와의 사랑의 감정을 자세히 설명을 하는 이유는 '작가에게 사랑의 감정은 작품의 소재로 변형'되고 또 '이태준 선생에게는 다시 오지 못할 순수한 열정의 시간'이었기 때문이다. 특히 부모를 일찍 여의고 공부를 하기 위해 단신으로 상경을 한 고학생과 부잣집 외동딸과의 만남은 바보 온달과 평강공주 사이에서 일어난 '온달 콤플렉스'라고 생각할 정도로 각별했을 것으로 보인다.

이런 상황에서 이태준은 은주가 자신과 같은 연인의 감정인지 확인하려고 고심초사한다. 은주의 감정은 다름 사건에서 드러나게 되는데 소개해 보면 다음과 같다.

- 이태준에게 강연할 내용을 알려 달라는 꽃 편지가 도착 은주가 받음
- 은주는 며칠 동안 갖고 있다가 이태준이 혼자 있을 때 편지를 던져 줌
- 그러고 나서 은주는 테이블에 가서 울고 있음
- 이태준은 편지 내용이 강연 부탁임을 확인하고 은주 앞에 놓음
- 은주는 눈물이 그렁그렁한 눈으로 재빨리 읽음
- 은주가 다 읽은 편지를 찢어서 버림
- 은주가 쑥스러운 듯 볼에 미소를 살짝 띠고 자기 방으로 감

위의 과정을 통해서 이태준은 은주도 자기와 같은 감정임을 확인하고 이렇게 표현을 하고 있다.

"아! 은주도 확실히 나는 사랑한다! 이게 사랑하는 표가 아니고 무어냐! 아! 은주도 나를… 은주도 확실히 나를……"
벽을 걷어차고 뛰어나가고 싶었다. 팔이 날개가 된 듯 문만 열리면 날을 것 같았다.

—『사상의 월야』(을유문화사, 1946년)

드디어 은주의 속마음을 확인한 두 사람의 사이는 더 깊어지기 시작을 했다. 그리고 같은 방을 쓰던 윤수 아저씨가 다니던 청년회관이 일찍

방학을 해서 용담으로 내려갔다. 또 기말시험이 끝나자 은주 어머니가 두 사람에게 활동사진 구경을 가라고 하는 기회가 생겼다. 둘은 영화관으로 가지 않고 조선호텔 '로오즈 가든'으로 왔다. 50전만 내면 호텔 후원에서 장미밭을 볼 수 있고 이곳에서 이왕직 악대(일제강점기에 전통음악의 연주·보존에 관한 일을 맡았던 음악기관 현대에 국립 국악원) 연주, 아이스크림을 주고 금강산 활동사진 구경을 할 수 있었다. 그런 구경을 하면서 연인들 사이에서 벌어지는 다음과 같은 일이 생긴다.

같이 의자에 앉았고, 같이 음악을 돋고, 같이 아이스크림을 먹고, 같이 금강산 절경을 바라보고 … 그러다 은주의 손을 덥석 잡아보았다. 부드러운 은주의 손도 잡히지만 않고 꼭 잡아 주기도 하는 것이었다. 둘이서 종이 한 겹의 간격도 없어 보기는 처음이었다.(두 어깨를 마주 대고 앉았다는 의미)'

― 『사상의 월야』(을유문화사, 1946년)

당시 조선호텔의 모습

당시의 상황을 이태준 선생은 작품에서 '둘의 눈은 정열에 불에 타서 폭포가 쏟아지는 금강산이 오히려 답답한 듯' 했고 '가끔 올려다보는 하늘에서 반짝이는 별들이 자신들을 축복해주는 것 같았다.'라고 이야기를 하고 있다. 또 로오즈 가든을 나온 둘이는 집으로 바로 오지 않고 서울 시내를 빙빙 돌아 다녔다. 그리고 나서 집에 돌아와서는 다음과 같이 정을 확인했다.

집으로 들어 올 때 둘이는 다시 한 번 캄캄한 대문간에서 서로 손을 찾아 힘주어 잡아 보았다. ―『사상의 월야』(을유문화사, 1946년)

이렇게 집으로 돌아 온 이태준은 그날 밤 피 끓는 연정을 다음과 같이 표현을 하고 있는데 이런 감정의 표현을 그의 단편 및 장편에서 자주 등장을 하며 독자들의 마음을 사로잡는 이미지로 자리 잡을 수 있는 경험으로 보인다.

이날 밤 이태준은 병이 난 것처럼 몸에서 열이 나면서 한잠도 자지 못했다. 눈이 깔끄럽고 입이 쓰나, 병처럼 괴롭지 않았다.
―『사상의 월야』(을유문화사, 1946년)

사. 용담으로 은주와 금의환향한 이태준

여름방학을 맞아 이태준과 은주는 같이 용담으로 순회강연을 내려갈 수 있었다. 그렇게 된 사연을 다음과 같은 사연으로 진행되었다.

이태준의 누나가 이번 방학에도 오지 않으면 할머니께서 올라가신다고 하니, 할머니께서 올라가시면 그 댁에 폐를 크게 끼칠 것이니 네가 내려왔다 가라 하면서 차비까지 넣어 보낸 것이었다.

이 편지를 받은 이태준은 순회강연을 하면서 용담에 내려가기로 결정을 하고 은주는 어머니에게 '외갓집을 간다.'고 해서 승낙을 받아서 호젓하게 '경원선을 단 둘이 타보는 재미'를 얻을 수 있었다. (철원역) 정거장에는 외삼촌들이 마중을 나와 있어서 은주는 용담으로 향했다. 이태준은 읍에 있는 누나 집으로 가서 할머니, 누나, 누이동생 등을 오랜만에 만나보게 되었다. 북어를 사오라는 돈을 들고 무작정 원산으로 향했던 이태준이 어엿한 학생이 되어서 말 그대로 금의환향을 한 셈으로 '추석날에도 낡은 옷을 입고 배추 밭고랑에 앉아 달구경을 하던 고아들이' 세월이 흘러 아래와 같이 변해있었다.

- 누나: 첫 딸을 낳고 며느리로 틀이 잡혀있었음
- 누이동생: 한 달이면 보름은 언니 집에 와 있어서 살결도 희어졌고 머리에 기름기가 돌았음
- 할머니: 폭삭 늙으시어 앞날이 암담함. 그런 할머니의 모습과 이태준 선생이 느끼는 감정을 작품에서는 다음과 같이 묘사를 하고 있다.

"할머니? 십 년만 더 앉아 계슈?"
"뭐어래는지?"
할머니는 귀도 어두워지셨다. 다른 것은 다 그만 두고라도 원산 객줏집에서 같이 고생살이하던 생각을 하면 '할머니'라기 보다 일평생 잊을 수 없는 한 인생의

'불쌍한 동무'셨다.

이런 모습을 보고 이태준은 저만 빛나는 장래와 행복감에 울렁거리는 가슴이 그만 돌뎅일(돌멩이) 맞는 것처럼 아프다는 표현을 하고 있다. 이태준 선생에게 할머니는 어린 시절 어머니와 같은 역할을 하면서 절대적인 영향을 미친 것으로 파악 되는 데 정리를 해보면 아래와 같다.

- 배기미 서당 환경에 적응을 하지 못해 천자문은 2년이나 배우고 있을 때도 '이태준의 재능을 믿고 격려'를 해서 용기를 갖게 함.
- 함경도 배기미에서 어머니마저 부모가 돌아가셨을 때 대신 음식점을 운영
- 배기미에 윤선이 들어오면서 음식점 운영이 어려워지고 이태준 장가를 보내는 문제가 발생했을 때 서당 선생님께 부탁을 해서 용담 친척들에게 편지를 보내서 귀향을 할 수 있게 함.
- 이태준이 오촌 댁에 양자로 가서 갖은 구박을 받을 때 목숨을 걸고 70리를 걸어와 힘이 되어 주었고 오촌이 사망을 하자 다시 용담으로 데려와서 봉명학교에 다닐 수 있는 기회를 줌
- 이태준 선생이 원산으로 무작정 가출을 해서 객줏집 점원 노릇을 할 때 찾아와서 생활에 안정을 주고 또 문학을 접하는 결정적인 기회를 제공

위의 내용을 보면 이태준에게 할머니는 '콩쥐가 어려움에 처했을 때 나타나서 도와주는 검은 소와 같은 존재' 요즘 말로는 '수호천사'로 만약

없었다면 '함경도 배기미에서 먹고 살기 위해 배를 타는 어촌 젊은이' '용담 모시울에서 나뭇짐이나 지는 산골 청년'이 되었을 것 같다는 생각을 하게 된다.

또 이태준 누나가 영향을 미친 부분도 많다. 우선 마을에서 행세를 하는 집안으로 시집을 갔을 때 '이태준의 매부의 금빛 모자와 제복을 보고 서울로 공부하러 가는 꿈'을 키웠고 당시 환경을 바탕으로 아래 참고 사항으로 정리한 작품으로 변모를 하게 된다.

※ 참고

① 이태준의 누나가 시집을 간 집은 영월군수를 지낸 가문으로 훗날 작품 「영월영감」의 소재가 되었다.

② 누나가 시집을 간 지역은 지금 샘통이 있는 샘말로 작품 「돌다리」의 배경으로 등장을 한다.

15. 사랑하던 은주와 이별

가. 이별의 서막

상허 이태준에게 은주는 절대적인 여인상이었다. 상허 선생이 쓴 거의 모든 작품에 등장하는 스토리는 '사랑하는 남녀의 엇갈린 만남' '부모의 강제 혼담 성사' '둘이 야반도주를 하려다 포기하는 설정' 등으로 전개되고 있다. 특히 신문 연재소설에는 이런 내용이 많아서 독자들의 심금을 사로잡았다. 그런데 이런 설정은 꾸며 낸 것이 아니라 자신이 철저하게 겪었던 경험이라는 점에 주목을 해야 한다. 즉 자신이 젊은 날에 겪었던 아픔을 묘사하다 보니 현실감이 높아서 독자들이 상상하던 이야기로 변하게 되는 매력을 얻게 된다는 생각이다.

그렇다면 서로 각별하게 사랑하는 사이였던 은주와 이태준 사이에서 어떤 일이 벌어졌는지 그 과정을 알아보고자 한다.

당시에는 남자가 중학생이 된 나이라면 거의 혼인을 한 상태였다. 자유연애를 통해서 배우자를 선택한 것이 아니라 부모들이 강제로 정한 경우가 대부분이었다. 이런 청년들이 서울로 와서 유학을 하면서 신문명 속에 사는 여자들을 만나면서 문제가 발생할 수 있었다. 그래서 나이가 들은 사람들은 '연애는 죄악이다.'를 주장했고 젊은 세대들은 '연애는 신성하다!'는 논리가 대립을 하게 된다.

이런 대립은 모든 분야에서 갈등을 빚게 되는데 원동에 사는 한 여학

생이 자켓을 입고 다닌다고 '원동 자켓', 신여성이 머리를 단발했다고
신문기자가 방문기를 쓰는 등 지금의 시각에서 보면 논란이 거리도 안
되는 일이 사회적 이슈가 됐다. 이런 상황에서 보수적인 사람들은 딸자
식을 공부 시키지 않고 일찍 혼인을 시키는 일이 벌어지게 되는데 그
대상이 은주가 되어 버렸다.

은주는 아버지가 일찍 돌아 가셔서 어머니와 단둘이 사는 무남독녀였
다. 은주의 모든 재산과 실권은 큰아버지가 갖고 있었다. 문제는 은주의
큰아버지가 혼인문제에 나선 것이었다. 당시의 상황의 전개과정은 이렇
다.

> "딸자식 고등학교까지 보낼 것은 아니야!"
> "연애니, 실연이니, 이혼이니, 자살이니, 집안 망신은 계집애들이 다 시켜!"
> 딸자식에 한해서 교육열이 한풀 꺾이게 된 것이다.
> "얘? 너이 큰아버지께서 인전 널 듸려 앉치라고 그러신다."
> 은주에게도 이 음험한 물결이 미쳐오고 말았다.
> ―『사상의 월야』(을유문화사, 1946년)

이 말을 들은 은주는 '싫구랴!'라고 단호하게 대답을 했지만 어머니는
쉽게 포기하지 않았다. 결국 큰집에 다니시더니 은주에게 전문학교 공부
시키는 것을 반대하는 입장이 되고 말았다. 그리고는 '여자가 공부만 너
무 함 팔자가 사나운 거야, 자고로'라는 말로 은주의 미래를 이미 결정한
상황이었다. 그렇다면 은주는 어떤 생각을 갖고 있었을까? 그 내용을
정리하면 아래와 같다.

- 시집을 가라는 것은 불안했지만 화려한 비단을 아래 웃방에 펼쳐 놓고 옷을 지어주는 것이 싫지 않았음
- 이태준이 학비를 마련하기 위해 열심히 일을 하는 것을 생각하다가 대학을 졸업해봤자 돈이 없고 집 한간 없어서 굽신거리고 살아야 한다는 현실감
- 외삼촌 방에 놓여 있는 이태준의 신문지로 싸 바른 석유궤 책상을 보면서 현실에 대한 두려움

이렇게 은주는 이태준 선생의 어려운 현실에 눈을 뜨면서 '돈 있는 그 사람 만친 못살 것이 아닌가?' 하는 생각을 하면서 다른 한편으로는 다음과 같은 감정을 느끼게 된다. 그렇게 감정이 변하고 있다는 것을 이태준은 작품에서 다음과 같이 묘사를 하고 있다.

자기 방으로 돌아와서 그득 펼쳐진 꽃빛보다 더 고운 비단을 밟을 때는 저 한번 마음먹으면 여왕이라도 될 것 같은 오롯한 자존심이 가슴속 한 구석에서 확실히 간질거리며 올려 솟는 것이었다.

마음으로는 이태준을 사랑하면서 현실적인 상황과 물질문명에 흔들리는 은주는 갈등은 1년 정도 지속되었고 새 학기를 맞이하고 나서 며칠이 지나도 은주가 보이지 않는 사태가 발생한다. 이태준이 학교를 마치고 집에 와서 보니 책상 위에 은주가 급히 연필로 흘려 쓴 편지가 있었다. 그 내용은 '큰아버지께서 자기가 보호인이랍시고 강제로 학교에 퇴학원서를 내었어요. 이유는 혼인'이라고 적혀있었다.

나. 서둘러 진행된 은주의 혼인

이태준 좋아하던 은주가 갑자기 '혼인'을 하게 되는 이유가 무엇일까? 학교 졸업도 하지 않은 은주를 큰아버지가 자퇴서를 내고 혼인을 서둘렀던 것에는 특별한 사연이 있다는 생각을 하지 않을 수 없다.

그것은 『사상의 월야』에서 「깊은데 숨은 꽃」 부분에 나오는 것처럼 은주 어머니가 '자기 고명딸과 이태준과의 관계'를 알아버린 것이었다. 아무리 똑똑하다고 해도 첩의 자식이고 아무 것도 가진 것이 없는 빈털터리 고아에게 자신의 딸을 보내기를 싫어하는 것은 어쩔 수 없는 선택이었다. 결국 문제를 해결하기 위해서는 은주를 발 빠르게 혼인 시키는 방법을 선택한 것으로 보여진다. 이런 사실도 모르는 은주는 큰아버지 집으로 가서 감금되는 신세가 되었던 것이다. 그리고 서울 세도가 집안의 아들과 정혼을 하고 나서야 집으로 돌아와서 이태준을 만나게 된다. 그리고 은주가 같이 도망을 가지고 하는데 이태준은 결정을 내리지 못하는 과정을 작품을 인용해 소개해 보고자 한다.

> 은주는 방에 들어서자 딴 사람이 되었나 싶게 핼쑥해진 얼굴로 뚫어지게 이태준을 쳐다본다.(생략) 은주가 정혼이 되었다는 것이었다. 어머니께는 이태준과의 비밀도 눈치 채졌다는 것이었다. 혼인날까지만 큰댁에만 가 있게 하는 것도 이태준과 만나지 못하게 하는 어머니의 계책이라는 것이었다. 며칠 동안 기회를 엿보아 돈을 팔십 원 주선했으니 그것으로 달아나자는 것이었다.
>
> ─『사상의 월야』(을유문화사, 1946년)

위에서 설명한 대로 은주와 이태준이 서로 좋아하는 사이를 갈라놓기 위해 어머니가 추진한 일이었다. 여기서 중요한 것은 은주가 자기 사랑을 지키기 위해 이태준과 도망을 가기 위해 마지막 카드를 꺼낸 것이었다. 은주는 '내가 없어져야 … 어머닌 후횔 한번 해 보세야…'라고 하면서 이태준과 사랑의 도피를 하겠다는 결심을 보여주고 있다. 그런 반응에 이태준은 은주와는 다르게 '엎질러진 물을 보는 것처럼 어쩔 줄 몰랐다.'고 할 정도로 마음의 동요가 심했다. 그리고 더 이어지는 행동에서 은주와의 마지막 기회를 놓치고 만다.

> "얼른요?"(팔십 원을 가지고 지금 당장 도망을 가자는 소리)
>
> "……."
>
> "뒤쫓아 누가 올는지 몰라요."
>
> (생략)
>
> "은주가 정말 결심한 거지? 결심헌 거지?"
>
> 은주는 고개를 푹 숙이며 끄덕였다.
>
> "그럼 뭐 걱정이야? 달아나야만 헐게 뭐야?"
>
> —『사상의 월야』(을유문화사, 1946년)

인용한 내용을 보면 은주는 당장 도망을 하자고 요구하지만 이태준은 달아날 이유가 뭐가 있냐는 식으로 소극적인 태도를 보인다. 사랑하는 사람을 위해 정혼을 깨고 야반도주를 하자는데 상대방이 한가하게 도망갈 이유가 없다는 대답을 한다면 이미 상황은 끝이 난 것이다. 그리고 이어지는 대화에서 이태준이 '은주 하나 맘 변허지 않음 고만 아냐?'라는 이야기는 사랑에서 만큼은 비겁했다는 지적을 받을 것 같다. 그런데 이태준이 은주와 도망을 하지 않고 미적미적 댔던 이유는 작품에서 현실적인 판단으로 설명을 하고 있다.

> 은주가 돈 팔십 원을 가지고 달아나자고 한다고 선뜻 앞장을 서 나서기에는
> 세상을 그만 너무 일찍부터 알고 있었다.
> —『사상의 월야』(을유문화사, 1946년)

이런 생각을 전제로 다음과 같은 걱정을 바탕으로 하고 있었는데 정리해 보면 다음과 같다.

- 팔십 원의 돈이 은주와 이태준의 정열을 며칠이나 지켜줄지 계산하기 어렵다.
- 학교를 퇴학당하면 중학교도 졸업 못한 신세로 사회에서 받을 대우나 생활이 곤란하다.
- 이태준 자신이 청운의 뜻을 아직 펼치지도 못했다.
- 결국 은주 어머니에게 손을 벌려야 하는데 자존심이 허락하지 않는다.

만약 은주의 제안대로 같이 도망을 쳤다면 이태준의 운명이 어떻게 바뀌었을지는 모르는 일일 것이다. 그러나 이태준이 '얼른 달아날 용기가 생기지 않고' 우물쭈물 하고 있는데 은주 어머니 목소리가 들렸다. 다행히도 은주가 오면서 대문 고리를 걸어 놓아서 사람을 찾는 '어머엄?' 소리에 아무런 결정도 내리지 못하고 은주는 '어머니보다 한 걸음이라도 앞서려고 뒤도 돌아볼 새도 없이 안으로 들어가서' 자기 방으로 돌아가게 된다.

이태준이 벌떡 일어서서 은주가 뛰어간 방향으로 귀를 기울이고 있는데 은주 어머니 신발 소리가 자신의 방 쪽으로 들리고 부르는 소리가 들렸다.

다. 사랑의 도피를 거절한 이태준 선생

은주가 어렵게 만든 돈 80원을 가지고 야반도주를 하자고 했지만 이태준은 이것저것 망설이다가 아무런 결정을 내리지 못하고 만다. 당시 이태준은 어렵게 입학한 학교에서 퇴학을 당하고 난 뒤에 일어날 일에 더 걱정을 하는 '현실주의자'였던 것이다. 그리고 돈 80원으로 아무 것도 할 수 없다는 경험을 가지고 있었기 때문이기도 하다. 돈과 작품과 연관한 글이 많은데 대표적인 사례를 들어 보자면 아래와 같다.

그는 생각하였다. 단돈 삼십 원으로도 다라날 수 있는 그 양복 조끼에게는 세상이 얼마나 넓으랴! 싶었다.
-1942년 2월 『청춘』에 발표된 「사냥」 끝부분

꼭 이백 원! 아버지 말씀대로 하면 알톨 같은 이천 냥이로구나!
-1936년 1월 『사해공론』에 발표된 『삼월』 일부분

사람을 지배하는 것은 잠재의식이다. 이 관념은 이성보다 더 앞서는 것은 분명하다. 그렇다면 위에 인용한 내용을 보면 이태준 선생은 금전적인 부분에 예민하게 반응을 하고 있었다. 금전적으로 복잡한 이해타산

에 관한 문제를 문학적 소재로 잡고 많은 작품을 써내게 되는 것이 '80전을 가지고 고향을 떠나는 과정' '원산에서 돈이 떨어져 무전취식을 하다 순사에게 잡혀 갈 뻔한 사연' '월사금을 마련하기 위해 약이나 책을 팔았던 경험' 등이 바탕이 된 것으로 보여진다.

다시 이야기로 돌아가서 은주와 아무런 결론은 내리지 못한 누군가 오는 인기척 때문에 은주는 자기 방으로 돌아간다. 이어서 들어 온 것이 은주 어머니였다. 자기 딸과 연인 사이라는 것을 알게 된 이 여인은 다음과 같은 이야기로 이태준을 집에서 내보낼 생각을 하게 된다.

"(은주 결혼식 때문에) 시굴서들도 인제 손님들이 오실게구, 얘 큰아버지께서두 자주 오심. 이 사랑을 채 내드려야 헐 거구⋯(생략) 그러니 내 돈을 줄 테니 낼부터 한 달 동안만 어느 동무한테라도 가서 하숙을 허다 오너라."

– 『사상의 월야』(을유문화사, 1946년)

이렇게 이야기를 하고 '곤헌데 어서 자거라.' 하면서 돈 오십 원을 책상 위에 놓아주고 들어가 버렸다. 결국 이태준은 혼인을 준비하는 과정에서 시끄럽고, 친척들이 방을 사용해야 하니 나가라는 이야기였다. 은주 어머니의 속내는 우리 딸을 좋아하는 이태준을 내보내야 혼인이 문제없이 진행될 것이고 식을 올린 뒤에는 은주도 어쩌지 못할 것이라는 계산이 깔려 있었던 것이었다.

은주 모친에게 집에서 나가라는 이야기를 들은 이태준은 '은주가 도망을 가자고 했을 때 선뜻 응하지 못한 것을 후회하면서 다음과 같은 생각을 하게 된다.

"어디루든지 가요, 우리!" 확실히 은주의 입이 내귀에 말했다! 아! 얼마나 남김 없이 내 가슴에 안겨 버리는 말이냐! 얼마나 아름다운 인생의 노래냐? 이런 불타는 구절을 나는 일찍 어느 시집에서 읽어 본 적이 있는가?

―『사상의 월야』(을유문화사, 1946년)

이런 생각을 하면서 은주가 제안을 한 대로 둘이 도망을 가자는 판단을 내리고 다음과 같이 행동에 나서게 된다.

- 은주 방 앞에 놓여 있던 목구두 한 짝을 들고 나와 공책을 찢어 '좋은 생각이 났으니 빨리 만나 주기를'이라 써서 넣었다, 그리고 은주가 나오면 같이 도망 갈 준비를 마쳤다. 그러나 은주에게서는 아무런 기척이 없었다.

- 다시 이태준은 기하 책에다 뚜껑을 들치고 연필로 크게 "기다리고 있다"라고 써서 은주 시중을 드는 침모에게 부탁해서 전달했다. 그러나 아무리 기다려도 은주에게서는 아무런 행동이 없었다.

- 이에 몸이 달은 이태준은 은주 어머니가 눈치를 못 채게 '숙'이라는 가명을 써서 '혼인을 축하하는 의미로 파고다 공원에서 친구들끼리 모여 기념사진을 찍으려고 하니 오후 4시에서 5시까지 나와 달라는 내용으로 편지를 보냈다. 그러나 2시간 전에 나가서 기다려봤지만 나오지 않았다, 그리고 다음날도 한시부터 기다렸지만 결국 은주를 만날 수 없었다.

라. 되돌릴 수 없는 이별

은주에게 편지를 보냈지만 어떤 응답의 기미가 보이지 않으면서 이태준은 혼돈에 빠진다. 그리고 '은주가 같이 도망을 가자고 할 때 바로 결정을 못한 것'을 후회한다. 그러면서도 '어쩔 수 없는 상황이라서 나오지 못하는 것'이라 믿으면서 다음과 같은 다짐을 한다.

전에 버언즈(에즈라 파운드:Ezra Pound, 1885년 10월 30일~1972년 11월 1일, 미국의 시인·문예비평가)라는 시인은 안나를 위해서라면 나는 지옥에라도 간다 하였다. 오! 은주를 위해서라면 지옥보다 더한 고통이라도 달게 받으리라! 이것이 은주의 진정한 사랑을 맛보기 위한 시련이라면 달게 받으리라!

−사상의 월야』(을유문화사, 1946년)

이렇게 낭만적인 사랑은 겉으로 보기에는 멋있어 보이지만 실제로 이루어질 수 없는 것이 대부분이다. 또 이태준이 은주를 좋아하던 나이는 질풍노도의 감정을 보이는 사춘기로 누구나 그런 생각을 하는 시기이다. 또한 주목해야 할 것은 이태준처럼 고아 신분인 남자가 명문가의 고명딸을 좋아하는 관계인 '온달 콤플렉스'를 주제로 하는 작품을 많이 쓰게 된다는 점이다. 그 대표적인 작품 중에 하나가 1936년 10월『女性』에 발표된「철로」이다.

이 작품의 구조를 보면 다음과 같다.

작품의 무대는 강원도 통천군 송전역으로 주인공 철수는 근처 바다에서 작은배를 타고 고기를 잡는 가난한 소년으로 이야기 전개는 아래와 같다.

- 잡은 고기를 팔고 있는데 눈에 띄게 예쁜 소녀가 다가와서 가격을 물어보고 한 두름을 사서 들고 달라고 함.
- 그 소녀를 따라가서 보니 송전 바닷가에 새로 지은 별장집의 딸로 여름 방학에 놀러온 것이었음.
- 그 후부터 소녀는 철수에게만 생선을 사서 가지고 가면서 철수는 바다 이야기를 많이 해주었고 그때마다 "어쩌문!"하고 감탄을 함.
- 여름이 지나가고 소녀는 서울로 돌아가고 다시 1년이 지난 뒤에 성숙한 모습으로 나타나 다시 생선을 샀고 철수는 들어다 줌
- 그 다음 해에도 소녀는 찾아왔고 철수에게 생선을 사서 들어다 줌.
- 또 1년이 지나자 처녀가 된 소녀가 철수에게서 생선을 샀지만 옆에 혼인 약속한 하이칼라 청년이 붙어 있어서 들어다 줄 기회를 갖지 못함
- 여름이 갈 무렵 청년과 소녀가 철수에게 섭을 한 초롱 사서 송전 철도역까지 들어다 달라고 함.
- 서운한 마음으로 섭 초롱을 들고 기차에 까지 들어다 주었고 내리다가 걸려서 넘어질 뻔함.
- 기차 자리에 앉아있던 소녀가 철수 모습을 보고 깔깔대며 웃음.

위의 내용을 보면 이태준 선생과 은주와의 관계가 압축되어 있다는 생각이다. 이야기가 약간 바뀌었지만 주인공 소녀를 철수는 연민의 대상으로 보았지만 넘볼 수 없는 신분이었다. 또 소녀도 자기와 같은 감정이었을 것이라는 생각을 했지만 자신이 넘어져서 다칠 뻔한 상황이 되자

깔깔 웃는 모습으로 묘사를 함으로써 내 감정 밖의 사람이라는 것을 의미하고 있다. 이태준 선생의 작품에 등장하는 전개 방식은 「철로」와 유사한 구조를 갖고 있다. 이렇게 작품을 비정하게 전개를 하는 이유는 은주에게서 받았던 배신감의 반영이라고 할 수 있다. 은주가 이태준에게 보인 행동은 다음과 같다.

그렇게 애타게 기다리던 은주에게서 혼인 전날 다음과 같은 내용의 편지가 도착을 한다,

나는 할 수 없이 막다른 길을 취합니다. 너무 낙망허지 말고 끝까지 분투하여 모든 이상을 이루어 주십시오. 그러면 오늘 이 암흑 속으로 끌려가는 은주의 영혼도 한 번은 즐거운 날이 있겠습니다.

-『사상의 월야』(을유문화사, 1946년)

이태준은 이 편지를 보고 은주가 자살을 하는 것이라고 생각을 한다. 그리고 '은주만 죽었어 봐라. 원술 갚고 나는 죽는 날이다!' 결심을 하고 부리나케 집으로 찾아 간다. 그리고 집 앞에 있는 인력거를 보고 의사가 급히 온 것이라 착각을 하고 집안으로 들어가니 모두 즐거운 얼굴로 있었다. 그리고 아무 일도 일어나지 않았고 은주는 혼인 준비를 하고 있는 중이었다. 결국 은주는 현실적으로 부유함을 택한 것이었고 이태준만 자기감정에 휘둘려서 노심초사를 한 것이었다. 이때 느꼈던 허망함은 지속적으로 소설에서 전개 방식으로 도입이 되고 있다는 점에서 작품 분석에 큰 줄기가 될 것으로 보인다.

마. 현실을 택한 은주

은주의 편지를 보고 자살을 할 것이라 믿은 이태준은 복수를 하기 위해 나선다. 사랑하는 사람을 죽게 만든 대상에게 원수를 갚는 것이 사랑을 지키는 일쯤으로 여기고 찾아 갔지만 상황은 전혀 다른 방향으로 흐르고 있다. 우선 초상집이어야 하는데 '마당에 서성거리는 여자들의 표정이 슬프지 않다.' 그리고 더 기가 막힌 것은 자살을 했다고 단정했던 은주가 '대청 한 가운데 평상에 있는 은주는 방글거리며 걸터앉아 비단 신을 고르고 있는 것'이었다. 결국 은주는 사랑보다는 돈과 명예를 택한 것이었다. 그렇다면 은주는 왜 이런 것을 택하게 되었을까?

그 원인은 신분의 차이에 있었고 은주는 언제라도 안락하고 좋은 것을 택한 준비가 되어 있었다. 그리고 이태준 선생에 대해서는 약간 깔보는 듯한 태도를 갖고 있었다. 작품 속에 등장한 은주의 태도를 찾아보면 다음과 같다.

이야기를 용담의 어린 시절로 돌아가서 이태준이 은주를 위해서 한내천에서 고기를 잡아 주었다, 그러다가 갑자기 소나기가 내려서 이태준의 옷이 다 젖어버렸다. 옷이 한 벌밖에 없는 이태준에게서는 냄새가 나고 파리가 붙을 수밖에 없었다. 그런 모습을 보고 은주는 다음과 같이 행동을 한다.

은주는 마루 끝으로 와 고기를 들여다보고 좋아하다가도 이태준한테 파리가 시꺼멓게 달라붙은 것을 보고는.
"얘 저리 좀 물러나"
하고, 이마를 찌푸렸다.'

'정말 어머니 말씀 마따나 돈이 제일 아닌가? 고생을 해서 대학까지 나온댔자, 집 한간 없는 남자 역시 돈 있는 사람 밑에 매어 굽신거려야 살 것 아닌가? 굽신거린댔자 돈 있는 그 사람만친 으레 못살 것 아닌가?'

—『사상의 월야』(을유문화사, 1946년)

위의 글이 은주의 솔직한 속마음이었다. 첫 번째 것은 '너는 나와 다른 분류' 잠재의식으로 언제라도 이태준을 버릴 수 있는 마음 자세였고, 두 번째 것은 가난한 이태준보다는 부자인 사람이 더 좋다는 현실인식을 바탕으로 하고 있는 것이었다. 은주가 보낸 편지 중에서 '나는 할 수 없이 막다른 길을 취합니다.'라는 이야기는 순수한 마음에서 좋아했던 이태준을 버리고 현실적으로 도움이 되는 돈과 명예를 택한다는 자기 변병에 불과했던 것으로 판단된다.

그런 판단을 내린 것도 모르고 은주네 집으로 달려왔던 이태준은 '은주가 무슨 해코지를 할 줄 몰라서' 새파랗게 질려 서있다 어머니가 '저리 들어가 솜보선두 신어봐라.' 하는 말에 얼른 안방으로 들어가게 된다. 이런 상황을 이태준은 작품에서 이렇게 묘사를 하고 있다.

그 말에 얼른 일어서 진다홍 운혜를 신은 채로 스란치마를 끌며… 안방으로 들어가 버리는 것이다. 땋아 늘이기는 오늘이 마지막인 그 치렁치렁한 머리태, 큰 독사(毒蛇)를 보는 것처럼 가슴이 섬찍하였다.

"유서로만 안 내가 어리석었나 보다!"

은주 어머니는 사랑으로 들어가 점심을 먹고 가라고 하였다. 네네 대답만 하고 몰래 빠져 나오고 말았다.

—『사상의 월야』(을유문화사, 1946년)

이태준은 낙망한 마음으로 돌아오면서 '세상에 이런 허무한 일두 있을 수 있는 건가?' 하는 생각을 하게 된다. 그러면서 많은 생각 끝에 은주가 자신을 사랑하는 마음을 갖고 있을 것이라는 미련 때문에 '은주가 내일 혼인하는 것이지 죽는 것은 아니다.' '끝까지 믿을 테다.'라는 생각을 하게 된다. 이런 생각을 하면서 친구와 격렬한 논쟁을 하면서 은주에 대한 자기 생각을 털어 놓는다.

"(은주는) 난 사랑 이상이다."
"난 아직 아버지가 그리울 때요 어머니도 그리울 때요 형제도 그리울 때다! 내 모든 그리운 걸 한데 뭉쳤던 게 은주더랬다!"
"오직 사랑하리라!"
"믿으리라!"
"기다리리라!"

바. 은주의 불행한 결혼

은주는 자기 자신의 행복을 찾아서 떠났지만 이태준은 포기하지 않고 '기다릴 것이다!'라는 말로 희망을 버리지 않았다. 그런데 문제는 은주가 혼인을 한 신랑이 성실한 남자가 아니라 난봉꾼이었다는 점이다. 혼인을 한 남자가 기생집을 전전하는 한량이었고 더 기묘한 인연은 이태준이 그 집과 연관이 된다는 점이다.

은주 어머니가 한 달만 나가 있으라고 했지만 이태준은 다시 돌아가기 싫었다. 그런 곤란한 상황에서 담임선생님이 어떤 부잣집의 가정교사를 추천해줘서 들어가게 된다. 그 부잣집은 다음과 같다.

- 할아버지가 예전에 병부에서 고관대작을 지낸 구식 대갓집으로 '김 대감 집'으로 불렸다.
- 손자가 둘이 있는데 공부에는 관심이 없다.
- 둘 중에 한 명인 형은 장가를 가서 색시가 있는데 공부를 하다가 몰래 빠져 나간다.
- 형이 몰래 빠져 나간 뒤에 누군가 창문을 긁는다.
- 방안에까지 들어와 손전등을 비춰 사람을 놀라게 한다.
- 그 사람은 형의 친구이고 별명이 '백작'으로 한성은행 전무 아들이다
- 한성은행 전무는 이태준이 가정교사를 하는 집의 고모부이다.
- '백작'은 한 달 전에 장가를 갔는데 그 부인이 바로 은주이다.

이런 사실을 안 이태준은 이렇게 한탄을 한다.

"배제서 이태나 낙제를 허구, 명금대회(영화상영) 땐 우미관에 가서 살구… 회중전등을 켜대던 꼴, 그런 백작! 그래 은주가 무엇에 부족해서 그 따위 아내가 되었다는 말인가?"

이태준은 은주에게 저절로 복수가 된 듯 일종의 쾌감이 없지 않으나 다시 생각하면 그따위에게나 은주 운명이 좌우되어 나간다는 것은 고운 나비가 거미줄에 걸린 것처럼… 의분이 솟기도 했다.

— 『사상의 월야』(을유문화사, 1946년)

이태준은 밤새 잠을 못 자면서 자책과 세상에 대한 원망을 한다. 밥도

제대로 못 먹고 학교에서도 공부를 할 수 없는 지경이 되었다. 그런 마음을 다스려 준 것은 성당의 종소리였다. 종소리를 듣고 마음이 편안해짐은 느끼면서 새벽에는 산 위에 있는 성당으로 향한다. 거기서 산 아래 서울 시내를 바라보면서 다음과 같은 결심을 한다.

'지금 차서 넘치는 이 서울 장안도 고려 땐 한낱 보잘 것 없는 산촌에 불과했을 것이다! 사람의 힘이란 얼마나 큰 것이냐! … 그 중에서도 사내의 힘일 것이다. 그 중에서 청년의 힘일 것이다. 한낱 계집애를 원망함으로써 입맛을 잃고 학문을 게을리 하고 청운의 뜻을 져버리고, 아! 내 아버지의 망명고혼을 생각해선들!'
　　　　　　　　　　　　　　　　　　　　　　　　　－『사상의 월야』(을유문화사, 1946년)

이런 생각을 하고 집으로 돌아오면서 '지금은 첫째도 공부요, 둘째도, 셋째 넷째도 공부다!'라고 굳은 결심을 한다. 그런 다짐을 하고 난 뒤의 이틀이 지난 뒤에 은주와 백작이 인력거를 타고 이태준이 가정교사로 있는 집을 방문한다. 이태준과 눈이 마주친 은주는 '깜짝 놀라는 눈치였으나, 순간 입술을 움츠리며 눈초리를 슬쩍 딴 데로 돌려'버리고 나중에 신랑인 백작이 이태준이 공부를 가르치는 방을 찾아온다. 그리고 자신이 가르치는 형제들과 대화를 하는 모습을 보고 다음과 같은 생각을 한다.

- 은주 신랑인 백작은 못난이가 아니었고 둔하기는커녕 너무 지나쳐 발가진 편임.
- 가정에서 보살피지 않아서 제멋대로 삐끄러져 가는 중으로 학생 신분이지만 담배와 술은 아주 잘했고 허튼 소리를 잘했고 영화배우 이름을 줄줄이 꿰고 있음.

• 변사들 흉내와 노래 가락은 제법 할 정도이지만 공부에는 흥미가
없어서 이태나 낙제를 함.

　이태준과 안면을 튼 백작은 그 이후로 자주 들러서 형제들과 농담을
주고받았다. 그들의 이야기 속에는 이태준이 사랑했던 은주 이야기도
섞여 있었다. 백작이 아내 자랑을 하면서 '애교가 어떠니, 살결이 어떠니
따위가' 나올 때는 잠을 못 이루는 경우도 있었다. 그때마다 이태준은
'나 봐! 다신 생각 않기루 허군!' 하면서 자신을 자책했다. 문제는 대감집
에는 일주일이 멀다하고 제사가 있어서 백작이 나타났고 새로 두세 시까
지 떠들고 간다는 것이었다. 이때마다 이태준의 신경은 날카로워져 '모
든 것이 귀찮고 모든 것이 원망스럽고 세상 사람들 하는 것이 밉살머리
스럽게만 느껴졌다. 이런 과정을 통해서 은주와의 인연은 끝이 났다. 그
러나 작가에게는 사랑의 감정은 추억 속에 묻히는 것이 아니라 자신의
작품 속에서 다양한 모습으로 변형을 시키는데 다음 호에서는 구체적인
내용을 알아보고자 한다.

사. 은주와 이별이 반영된 작품, 『온실 화초』

　한때 상허 이태준 선생의 전부였던 은주는 자신의 안락을 위해 혼인을
선택했다. 돈이 많은 은행 간부집의 아들을 반 강제적으로 선택했지만
상대는 기대 이하의 남자였다. 학생의 신분이지만 영화관에서 살고 기생
집을 전전하는 불량청년의 전형이었다. 이런 상황을 알게 된 이태준은
'자신을 버리고 간 은주에게 통쾌한 복수심 같은 것'이 생기기도 했지만

세월이 흐르면서 진한 연민의 정을 느끼고 있었던 것 같다. 그 구체적인 증거로 여러 작품에서 은주를 모델로 등장시키고 있기 때문이다.

우선 가장 먼저 주목을 해야 할 것이 1929년 발표한 『온실 화초』이다. 이 작품에서는 잘 사는 집에서 가장교사를 하는 가난한 고학생 주인공 나와 또래 학생 A, 동생 B가 등장을 한다. A는 나를 좋아하는 감정을 갖고 있다. 주인공 나의 입장에서는 부러울 것이 없는 A는 공주요 아무 것도 없는 나는 상노라는 생각을 갖고 있었다. 그러던 어느 날 다음과 같은 일이 벌어지는데 자전적 소설인 『사상의 월야』와 비교를 해보면 다음과 같다.

하루는 사교부 임원인 여학생에게서 강연할 연제를 미리 알려 달라는 편지가 왔었다. 은주가 미리 받아서 갖고 있다가 이태준을 찾아와 던졌다. 그리고 울고 있었다. 이태준이 편지 내용을 읽고 은주가 볼 수 있도록 놓자 다 보고 나서 편지를 찢어서 쓰레기통에 던졌다.

—『사상의 월야』(을유문화사, 1946년)

한번은 나에게 학우회 관계로 같은 시골 여학생에게서 편지 한 장이 오게 되었다. 이것을 A가 알고, 이것이 단서가 되어 A와 나 사이에는 말다툼이 일어났고, 또 A가 처음으로 나에게 눈물을 보여주게 되었고…

—『온실 화초』 1929년

위에서 인용된 두 작품에서는 '은주 = A'가 똑같이 부모님의 강요에 의해 신분이 높은 집의 아들과 혼인을 하는 상황으로 설정되어 있다. 그리고 여자 주인공의 반응은 같은 내용으로 사랑을 위하여 도피를 제안

하고 있다.

> "어딜루든지 가요, 우리."
> (생략)
> "은주가 정말 결심헌 거지? 결심헌 거지?"
> (생략)
> 은주가 돈 팔십 원을 가지고 달아나자고 한다고 선뜻 앞장을 서 나서기에는
> 그만 세상을 너무 일찍 알고 있었던 것이다.
> —『사상의 월야』(을유문화사, 1946년)

A는 나에게 편지를 하였다. 어디로 달아나자는 편지였다. 자기가 무슨 핑계로든지 시골집에 내려가 돈을 만들어 올 것이니 기다리라는 편지였다.(생략) A가 시골에서 무슨 일을 꾸미다가 어찌 되었는지 아무튼 우리는 발각되고 말았던 것이다. 유리로 지은 온실 지붕에는 그만 커다란 덩어리 돌멩이가 떨어지고 만 것이다.
                    —『온실 화초』, 1929년

이런 야간도주에 대해 이태준은 언제나 부정적인 반응이었다. 『사상의 월야』에서는 자신이 공부를 못할 것에 대한 두려움, 돈 80원으로는 세상을 살아 갈 수 없다는 현실적 문제점 때문에 '은주가 같이 달아 날 결심을 했으면 뭐가 걱정이냐? 마음 하나면 변하지 않으면 그만 아냐?' 라고 소극적인 반응을 보인다.

또 『온실의 화초』에서도 '에라 되는 대로 바라보리라.' 'A를 원망할 새도 없이 그 집을 나와서, 될 수 있으면 모든 것을 잊으려고 애를 썼다.' 는 표현으로 수동적인 마음으로 사태를 바라보고 있다. 또한 은주 결혼

생활도 두 작품에서 거의 비슷하게 전개되고 있는데 소개를 해보면 다음과 같다.

작품 『사상의 월야』에서는 앞에서 이야기했던 바와 같이 백작이라는 신랑이 학업을 소홀히 하는 한량으로 결혼 생활에 충실하지 않는 사람으로 묘사하면서 은주의 실패한 결혼을 설명하고 있다.

이런 맥락은 『온실 화초』에서도 같은 흐름인데 동생 B의 이야기에 의하면 A가 시집가서 무사히 살았다고 하지만 직접 만나본 A는 '선풍기 소리에 울음을 감추고 울고 있었고 같이 사는 할머니(은주 어머니)가 달래려고 했지만 A는 기둥을 끌어안으며 그냥 울고 있었다.'라는 표현으로 순탄치 못한 결혼생활을 말하고 있다. 다음 호에서는 다른 시각으로 은주를 소재로 한 작품을 소개해 보고자 한다.

아. 은주와 이별이 반영된 작품, 『코스모스 피는 정원』

은주가 잘못된 선택이 된 혼인을 하고 난 뒤에 그것을 지켜보는 이태준은 '복수심' '안타까움'이 공존을 하게 된다. 그러면서도 잊지 못하고 많은 작품에서 남녀 간의 사랑 특히 '가난한 남자가 신분이 좋은 여자와 만남'을 주제로 하는 소위 '온달 콤플렉스'가 많이 등장을 하고 있다.

그런데 작품은 작가의 경험을 바탕으로 한 상상력의 결정체이다. 그렇다면 상허 이태준 선생은 은주와의 이별(마지막 이별은 나중에 설명 됨) 후에 일어날 일에 대해서 어떻게 상상을 하고 있었는지가 궁금해지지 않을 수 없다. 독자들의 그런 궁금증을 대신해 주는 것이 1937년 잡지 『여성』에 발표한 『코스모스 피는 정원』이라고 할 수 있다. 우선 제목부터 보면 상허 이태준 선생이 수많은 꽃들 중에 코스모스를 택한 이유에 대해서 살펴 볼 필요가 있다. 그것은 아래와 같은 감정을 갖고 있기 때문이었다.

　감상이긴 코스모스가 더하다. 외래화여서 그런지 그는 늘 먼 곳을 발돋움하며 그리움에 피고 진다. 그의 앞에 서면 언제든지 영녀취미(令女趣味 : 여성들이 즐겨 음미함)의 슬픈 로맨스가 쓰고 싶어진다.

-『무서록』의 「가을꽃」 중에서

위의 글을 보면 그리움으로 피고 지는 꽃을 코스모스라는 생각을 갖고 있으며 자신이 은주에 대한 그리움을 잊지 못하고 있음을 보여주고 있다. 이 작품의 내용을 보면 이태준 선생이 은주를 얼마나 사랑을 했는지를 다음과 같은 주인공을 빌어서 표현을 하고 있다.

- 주인공: 장치영(이태준),
- 은주 : 선주
- 김익수 : 선주의 남편, 장치영의 친구
- 옥담 : 선주의 딸
- 김병식 : 옥담의 신랑(이미 결혼을 했다 파혼을 했고, 유학까지 다녀왔으면서 기생집을 전전하는 백수건달)

장치영과 선주는 좋아하는 사이였다. 선주는 장치영의 친구 김익수와 결혼은 한다. 김익수를 혼자 사는 장치영을 자기 집에서 살도록 해서 아주 불편하게 보낸다. 그렇게 시간이 흘러 장치영은 공부를 열심히 해서 의사가 된다. 17~8년이 흐르고 선주 부부는 시골로 내려가고 딸인 옥담 혼자 사는 장치영 집으로 와서 설면서 공부를 하게 된다.

장치영은 옥담을 자기 딸처럼 아끼고 옥담이 또한 아빠처럼 따르게 된다. 그러던 어느 날 옥담이 장치영의 책을 청소하다가 영어사진 속에 서 선주의 사진을 발견하게 된다. 사진에는 '그대는 나의 태양 그대가 있음으로 나는 인생의 아침을 맞이하도다.'라고 쓰여 있는 글을 발견한다. 옥담은 그 사진을 가지고 있다가 시골에 내려가 선주에게 확인을 하고 장치영의 슬픈 사랑을 알게 된다. 옥담은 장치영이 독신으로 살아가는 이유를 알고 엄마 대신 옆에 있겠다는 결심을 한다. 그리고 나서 집안에서 올라오는 혼담을 거절한다.

그러던 어느 날 옥담은 김병식이라는 남자를 만나서 좋아하는 사이가 된다. 옥담이 외출을 하는 시간이 늘어나서 장치영이 묻자 김병식의 존재를 알리게 된다. 장치영이 김병식을 알아보니 '결혼을 했었던 몸이고 기생집을 전전하는 백수건달'이라는 것을 알고 집으로 초대를 한다. 직접 만나서 확인해도 '조선사회에서 할 게 없다.'는 식으로 답변하는 것을 보고 옥담과 짝이 될 수 없음을 알게 된다. 이에 장치영이 옥담에게 문제가 있음을 이야기를 해도 사랑에 빠진 마음을 돌리지 못하게 된다.

결국 장치영은 옥담의 결혼 반대를 포기하고 자기 딸의 혼사처럼 최선을 다해서 준비를 해 준다. 그리고 한 가지 조건으로 '장치영 집에서 10분 이내에 있는 곳을 신혼집으로 정하는 것'을 내세우고 결혼식을 치른다. 장치영이 명사여서 많은 하객이 왔는데 김병식이 입장을 할 때 기생이 뛰어들어 난동을 부려 식이 엉망진창이 되고 말았다. 결혼 후에 옥담 부부가 정기적으로 방문하던 것이 줄어들더니 어느 날 밤늦게 옥담이 '김병식이 안 들어왔다'고 장치영을 찾아와 김군을 불러서 주의를 주었더니 더 엇나가게 된다.

그러던 어느 날 옥담이 심야에 맨발로 찾아와서 이유를 물으니 '결혼식장에 난동을 피우던 기생을 집으로 끌어 들였다.'는 것이었다. 이에 장치영이 김병식 집으로 찾아가 장작으로 때려서 죽게 만들고 경찰서에 가서 자수를 한다. 다행히도 죽은 줄 알았던 김병식이 기절했다 깨어나고 사람들이 장치영의 선처를 바라는 탄원서를 제출한다. 옥담은 장치영 집에서 혼자 살면서 기다리는데 어느 날 돌아와서 다시 만나게 된다.

위의 소설은 자신이 사랑했던 은주의 딸을 이태준이 양육을 하는 내용을 확대시킨 것이라고 봐야 한다. 은주가 만난 백수건달 신랑을 그의 딸인 옥담의 배후자로 등장 시킨 것은 사랑하는 마음이 끝나지 않았음을 보여주는 것이라는 판단이다.

16. 학교에서 퇴학을 당하다

가. 이태준 선생과 학교와의 갈등

이태준 선생이 학교를 다닐 때는 학교 경영자의 독단이 심했었다. 모든 행정을 간섭을 하면서 인사권까지 개입을 해서 학생들이 '교주'라는 이름으로 불렸다. 참고적으로 휘문중학교 탄생 과정을 알아보면 다음과 같다.

※ 참고 : 휘문의 모태가 된 것은 명성황후 조카인 민영휘 공이 1904년 학생 30명을 받아들여 자택에서 문 연 '광성의숙'이다. 1906년 고종 황제로부터 '휘문'이라는 교명을 하사받아 서울 종로구 원서동 옛 관상감 터(현재 현대그룹 계동 사옥 자리)에 교사(校舍)를 신축했다. 그해 첫 입학시험을 치러 1회 130명을 선발했다. 그런 이유 때문에 휘문이 1904년이 아닌 1906년을 교사(校史) 원년으로 삼고 있다. 휘문이라는 이름은 민영휘의 '휘'자에서 따온 것이다. 민영휘는 일제에 적극 협력을 한 사람으로 해방이후 친일 반민족 행위자 명단에 등재되어 있다.

설립자 민영휘 사진과 착취한 돈을 금고에 넣는 것을 풍자한 대한신문 기사(1909년 9월 25일 만화)

이태준 선생이 학교에 다닐 때는 민영휘가 이사장으로 있으면서 학교를 자기 사유 재산쯤으로 여겨 독단적인 일을 참으로 많이 해서 감수성이 예민했던 이태준 선생의 불만을 샀다. 대표적인 사례를 모아 보면 다음과 같다.

- 학과에 충실한 선생보다는 민영휘를 예찬과 운동부를 자랑을 함
- 학교에는 인색하면서 신문에 열녀, 효녀 기사가 나면 상급을 내려서 학생들의 불만을 삼
- 평양과의 축구 경기에서 승리를 하기 위해 중앙, 배재의 축구 선수를 끌어다가 휘문 운동복을 입혀 출전시켜 승리를 함
- 운동 경기에서 이기면 모든 학생들이 민영휘 집으로 가서 몇 시간을 대기하다가 전 가족이 나와서 사진을 찍어야 돌아 옴
- 교장의 시합 경과와 결과에 대한 보고대회가 끝나고 '교주만세' 세 번을 부르고 돌아 옴
- 교주 생일날에는 학생들이 몇 주일을 창가 연습을 해가지고 합창을 해야 했음

이런 식으로 자기 앞가림을 하기 위해 학교를 운영하던 민영휘가 어느 날 오후 첫 시간, 전교생을 소집하는 종을 울린다. 선생들이 놀라서 사무실로 달려갔는데 이유는 다음과 같았다. 민영휘가 바람을 쐬러 장충단 공원에 갔는데 넓은 마당을 보니 자기 학교 팔백 명 학생 모두를 그 뜰에 세워보고 싶다는 전화가 왔다는 것이었다. 그 전화를 받고 학교 전체가 비상이 걸려서 소사 한 명만 남고 장충단 공원으로 이동을 시켰다. 당시 학교에서는 운동장을 넓히는 사업이 필요했는데 이번에 잘 보이면 해결

이 될 수 있다는 기대감으로 선생들은 '학생들이 발을 하나 잘못 맞추어
도 서슬이 시퍼래 눈을 부릅뜰' 정도로 긴장 상태로 이동을 했다.

현장에 도착해서 인사를 하고 교가를 합창을 하고 합동체조를 하는데
민영휘가 윗저고리를 벗기라는 지시를 내렸다. 팔백 명이 윗저고리를
벗는데 단 한 사람만 꼼짝없이 서있었다. 그 학생이 바로 이태준 선생이
었다. 왜냐하면 돈이 없어서 교복 안에 입어야 하는 셔츠를 입지 못했기
때문이었다. 상황이 이렇게 되자 체조 선생이 번개같이 달려와 아래와
같은 상황이 벌어지게 된다.

'체조선생은 대뜸 뺨부터 철썩 붙였다.

"귓구멍 맥혔어? 눈깔두 없니?"

할 수 없이 단추를 끌렀다. 샤쓰가 아니라 그냥 맨살의 가슴이 나왔다.

(생략)

"이놈아 학교에서 지정해 준 내월 어째 안 입었니?"

"사지 못했습니다."

(생략)

"내의라도 학교에서 지정한 게 있는 이상 교측이다. 교측이다. 넌 교측을 위반
한 놈이야."

—『사상의 월야』(을유문화사, 1946년)

체육선생은 내의를 입지 못한 이태준에게 교복을 입게 한 뒤에 인근
산으로 피해 있으라 한다, 그러면서 '다 끝나거든 나한테 와' 명령을 한
다. 이태준은 교주가 있는 반대편 산으로 가면서 '공부허다 말고 나와
이건 다 뭔가? 제 돈 갖다 제 밥 먹구 공부하는 학생들을 저희 치렛거리

무슨 의장병(儀仗兵)으로 아는 셈인가?' 하고 한탄을 한다. 그러는 사이에 교주에 대한 관병식은 한 시간 정도 진행되고 끝이 나고 이태준이 체조선생에게 왔더니 '오늘 단체 행사에 오점을 남겼다.' '교주 앞에서 망신을 당했다.'는 식으로 몰아붙였다. 그리고 더 혼을 내려고 하는데 불만이 쌓인 학생들이 모여들고 교주 가족들이 이쪽을 바라보는 눈치가 있자 '너 내일 아침 학교에 오는 길로 사무실로 와' 하면서 놓아 주게 된다. 당시 휘문학교 수업 분위기를 보여주는 작품을 소개하고 난 뒤에 이야기를 계속 진행을 하고자 한다.

나. 당시 수업 분위기를 보여 주는 사례

상허 이태준이 다니던 휘문중학교를 다니던 시기는 1920년대이다. 강압적인 무단정치에 항거한 1919년 만세 운동에 부딪친 일제는 문화정치로 바꾼 시기이다. 겉으로는 문화를 앞세웠지만 속내는 민족혼을 말살하기 위한 정책을 펼치던 시기였다.

이유야 어찌 되었든 문화 정책이 실시되면서 우리 민족에게는 신문명을 배워야 한다는 교육열풍이 불기 시작을 했다. 30대의 면서기에서부터 10대의 소년들이 같은 교실에서 공부하는 진풍경이 일상화 되었었다. 또 가정 형편이 어려운 학생들도 고학을 하면서 배움의 길로 나섰다. 이런 열기에 비해서 당시의 교사들의 수준은 그리 높지 않은 것은 분명했다. 이태준 선생이 다니던 학교 설립자 민영휘의 독선적 운영은 앞에서 설명이 되었다. 또한 직접 학생들을 가르치는 교사들도 별반 다를 것이 없는 상황이었다. 그런 경험을 한 이태준 선생이 당시의 상황을 작품으로 묘사한 것이 있어 소개를 해보고자 한다.

그 작품은 1935년 4월 잡지 『학생』에 「P군 생각」이라는 제목과 부제로 '학생의 추억'으로 발표된 것이다. 작품에는 당시의 학생들의 구성, 생활 모습. 폭력적인 교사의 모습이 자세히 묘사되어 있다. 이태준 선생이 휘문고보 2학년 때 벌어진 사건으로 그 내용을 요약해 보면 다음과 같다.

학생들의 구성

헌병보조단원 친구도 있었고 시골 서당에서 훈장 노릇하던 친구도 있었으며, 아들이 교동보통학교(초등학교) 4학년에 다니는 친구도 있었다. 이야기 주인공인 P군은 한문도 능하고 글씨도 능한 노학생 편에 속했지만 언제나 쓸쓸한 얼굴이었다. 점심시간에는 도시락을 싸올 여유가 없어서 언제나 굶었고 복습을 했다.

학생들의 생활

이태준 선생이 어느 날 밤, 고학생 단체인 '갈돕' 소속 학생이 '만주'를 파는 장사를 불렀는데 바로 P군이었다. 그 때 물어본 결과 P군의 고향은 경남 어느 산읍이고 고향에는 청빈한 오막살이에 노모 한 분이 있다는 것을 알았다. 학비를 마련하기 위해 새벽 2-3시까지 만주 장사를 하는 고학생이었다.

인격을 갖추지 못한 담임선생

P군은 항상 수업 시간이 다 되어서 오는 상황이었는데 담임인 R교사의 수학 시간에 지각을 했다. R선생은 P군의 딱한 사정을 알고 있었음에도 본체만체하고 수업을 진행했다. P군은 눈치를 보면서 칠판에 써 있는 방정식을 공책에 베끼기 시작했다. 그것을 보고도 R선생은 들어 가라는 말을 하지 않고 10분 정도 흘러

그냥 자기 자리로 돌아가서 앉았다.

이 모습을 보고 R선생은 무슨 모욕이나 당한 듯 P군을 질질 끌고 밖으로 나가더니 뺨을 여러 차례 올려붙이고 교무실에 데려다 놓고 들어와서 수업을 계속 진행을 했다.

교육자 자질이 없었던 교사들

수업시간이 끝날 때 P군이 포플러 나뭇가지 10개 정도를 꺾어서 다음과 같이 이야기를 한다.

"제가 잘못하였습니다. 저를 이 매로 때려 주시고 용서해 주십시오."

이 소리를 들은 담임선생 R은 '나이 차이가 얼마 나지 않은 나이 많은 학생이 자신을 놀리는 것'이라고 생각을 하고 P군을 교무실로 끌고 간다.

당시 휘문고보 선생들도 똑 같은 부류들이라서 회의를 거쳐서 퇴학 조치를 내린다.

고학생 P군의 마지막 모습」

우리 P군은 얼굴이 온통 눈물 투성이가 되어 모자엔 모표를 뜯기고 양복엔 단추를 뜯기고 사무실 밖으로 밀려 나왔다. 밀가루 자루로 만든 책보를 끼고 원망스런 눈으로 학교를 몇 번이나 돌아보며 교문 밖으로 사리지고 말았다.

위의 내용을 보면서 당시의 조선 교사들의 행동에 화가 나지 않을 수 없다. 담임이라면 학생의 어려운 사정을 알고 있을 터인데 그렇게 가혹하게 대하는 것은 교사로서의 자질이 부족하다는 것을 증명하는 것이다. 더 놀라운 것은 학교 내의 교사들 중에서도 인격자가 없었다는 사실이다. 고학생 사정을 배려해서라도 학업을 계속할 수 있도록 도와주어야 하는 것이 식민지에 사는 교사들의 책임이기도 하다. 그런데 퇴학 처분을 내려 한 학생의 인생을 망치는 조치를 내리는 무책임한 교사들에게서 배울 수 있는 것이 없을 것 같다. 이렇게 기본 인격이 갖추어지지 않은 교사들이 일제의 식민지 교육에 나팔수 역할을 한 것은 어찌 보면 당연한 귀결이라는 생각이다.

다. 점점 깊어지는 이태준 선생과 학교와의 갈등

장충단에서 내복을 입지 않은 것 때문에 곤욕을 치르고 온 이태준이 과외를 가르치는 집으로 돌아왔는데 기다린 것은 더 큰 절망이었다. 그것은 당시 조선 사회를 지배했던 계층이 가지고 있는 '별 볼일이 없는 우월성' '신문명에 대한 몰이해'였다. 그 이야기를 소개하자면 이태준이 가르치는 두 형제가 구한말 훈련대장을 했던 할아버지로부터 종아리를 맞고 있었다.

그 이유를 물어 보니 (1)형은 축구 경기를 하는데 응원을 갔고 (2)동생은 하인들의 아들과 공 던지기 놀이를 한 것 때문이었다. 두 형제의 행동은 지금 관점으로 보면 문제가 없지만 할아버지와 이태준과의 대화에서 세대 차이를 느낄 수 있다.

할아버지 주장
- 큰놈은 가지 말라는 응원을 갔다. 아무리 학교 규칙과 단체 행동이었다고는 하지만 할아버지 말이 더 중요하다.
- 아무리 같은 반에서 공부를 해도 상놈과 양반은 구별되어야 하는데 둘째 놈이

종의 자식과 공을 주고받은 것은 양반 체면에 어긋나는 것이다.

이런 주장에 이태준이 조목조목 반박을 하자 할아버지는 다음과 같이 주장을 하고 나서게 된다.

"너두 말하는 것을 보니 상놈이다. 우린 운동을 않구도 팔십을 산다. 우린 운동을 않구도 십만 대군을 거느렸다"
이 말을 들은 이태준도 기어이 참지 못하고
"그래 오늘날 훌륭히들 되셨습니다."
—『사상의 월야』(을유문화사, 1946년)

이태준의 답변은 그렇게 훌륭한 분들이 어떻게 해서 나라는 일본에게 빼앗겨 식민지가 되었느냐는 악담에 가까운 이야기였다. 다시 생각해 보면 '서양의 신문명을 외면해서 나라가 망한 것을 인식하지 못하는 우매한 지식층이 조선에 넘쳤다.'는 것을 보여주고 있다. 또 양반과 상놈을 구분하면서 거들먹거리는 추태에 가까운 행동은 당시 사회를 하나로 묶어내지 못하는 장애물이 되었다는 것을 보여주고 있다.
결국 이태준은 과외를 가르치는 집에서 쫓겨 나와서 친구의 하숙집으로 들어오게 되고 다음 날 등교를 하면서 이런 생각을 한다. '그까짓 학교, 이 길로 고만둬버릴까? 그렇지만 지금 고만두는 것은 비열하다. 때리면 맞고라도 고만두는 것이 맞다.'라는 다짐으로 체육 선생을 찾아갔다. 그렇게 찾아 간 체육 선생은 이태준에게 다음과 같이 행동을 한다.

"이거 게시판에 갖다 붙여."

하고 종이 접은 것과 압정 두 개를 준다.

"갖다 붙이기 전에 보면 안 돼."

이태준은 받아들고, 경례를 하고 나왔다.

―『사상의 월야』(을유문화사, 1946년)

체육선생이 준 종이를 펼치자 '제4학년 이태준은 교칙 제 몇 조에 의하여 일주일간 정학에 처한다.'는 내용이었다. 그것을 왈칵 구겨서 쥐었다가 마음은 안정시키고 압정을 꽂아서 붙였다. 무슨 일인가 하고 겹겹이 몰려들었던 아이들이 내용을 보고 하하하 웃고 있었다. 그런데 이태준이 정말로 참지 못하는 사태가 벌어진다.

그 속에는 평소에 아니꼽게 굴던 교주(학교 이사장)의 손자도 끼어 있었다. 그는 그냥 웃기만 하는 것이 아니라,

"이 자식아? 제 정학 광고를 제 손으로 붙여?"

하고 빈정거리는 것이다.

―『사상의 월야』(을유문화사, 1946년)

평소 이사장 손자라서 교칙을 위반해도 선생들도 어쩌지 못하는 것을 아니꼽게 보던 이태준은 '이 자식아 뭘 웃어?' 하고 시비를 걸었다. 그러나 교주의 손자가 책보를 다른 아이에게 넘겨주고 나서서 일대일 결투가 벌어지게 됐다. 집에서 피둥피둥 놀던 교주 손자와 어려서부터 고생살이로 여물대로 여문 이태준과의 주먹 싸움은 이미 승패가 결정된 상황이었다. 이태준이 그동안 쌓였던 설움을 주먹에 모아서 교주의 손자 얼굴을 먼저 올려붙였다. 그리고 본격적으로 한 덩어리가 되어 땅바닥을 뒹굴면

서 치열하게 주먹질을 했다. 마침 종이 울리고 교사들이 달려 나와서 뜯어 놓고 보니 교주의 손자의 코에서 피가 나는 심각한 사태(?) 즉 '교장의 눈이 허얘지고 선생들이 귀빈실에 업어다 놓고 의사를 부르는 소동'이 귀빈실로 벌어진 뒤였다. 이태준은 교무실로 끌려가서 코피가 나게 맞은 뒤에 정학기간이 3주일로 늘어나게 되었다.

라. 동맹 휴학을 주도 한 상허 이태준 선생

이태준 선생의 인생에서 가장 큰 전환점은 '동맹 휴학 주도'로 휘문중학교를 졸업하지 못한 것이었다. 만약 휘문중학교를 졸업하고 상급학교에 진학을 하거나 직업을 찾아서 나섰다면 작가가 되었을까? 하는 의문이 들기 때문이다. 과정을 알아보면 상허 이태준 선생이 내복을 안 입었다는 이유로 일주일 정학에서 교주(학교 이사장) 손자와 싸워서 3주일로 늘어났다. 그런데 문제는 3주일 기간 안에 학교 기말고사가 있었다. 기말고사를 보지 못하게 됨으로써 자연스럽게 낙제가 된다는 생각에 다음과 같은 결정을 하게 된다.

"동경으로 가 보자!"

결심을 하였다. 친구가(이태준이 어려울 때마다 자금을 대준 김연만) 동경 갈 차비를 기다리고 있는 하루인데, 누가 밖에서 찾았다. 나가보니 뜻밖에 교주 손자였다. (일부 생략)

"난 첩의 자식이다! 나한태두 설움이 있다! 난 날 교주의 손자라구 특별대우를 해주는 못난 선생들에겐 차라리 진심에서 불평을 품어 왔다!

－『사상의 월야』(을유문화사, 1946년)

이런 불만을 품은 교주 손자는 이태준과 같이 '우리 집과 학교 모두가 개혁이 일어나야 한다.'는데 뜻을 같이하고 동맹 휴학을 알리는 진정서를 쓸 것을 약속을 한다. 그리고 지체 없이 이태준을 진정서를 써서 학생들의 동반 서명을 이끌어냈는데 그 과정을 다음과 같이 전개된다.

- 이태준 선생이 학교의 실상을 알리는 진정서를 작성
- 학생들이 중에 일학년 오학년 약간 명이 빠졌을 정도로 모두 동참 서명
- 교주 손자가 물질적 부담, 학교 동향을 알아서 알려 줌
- 학교 대책이 번번이 무산됨
- 교주와 학교장, 선생들의 심경의 변화가 일어남
- 교육 사업을 현대적으로 바꾸기로 함
- 교장 이하 몇몇 선생 사직서 제출
- 주동자인 이태준(퇴학) 이하 학생을 처벌하고 임시휴교 조치 취함

당시 휘문고보에서 일어난 동맹 휴학 사건이 던졌던 사회적 파장은 아주 컸다. 왕실로부터 비호를 받는 민영휘라는 왕족이 운영하던 학교에서 학생들이 학교 운영에 불만을 품고 일으킨 동맹 휴학은 사회적으로 미친 파장은 아주 컸다. 이에 따라 신문에서 대대적으로 다루었는데 그 주요 내용과 기사를 정리하면 아래와 같다.

※ 상허 이태준 선생의 휘문고보 동맹 휴학과 퇴학 관련 자료

1. 동맹 휴학 이유(1924년, 6월 24일 동아일보 기사)

- 작년 12월 동맹 휴학에서 학감과 교장의 사임을 약속했으나 이행치 않음
- 퇴학처분 내린 학생들의 복학 약속을 지키지 않음
- 교장과 학감의 전횡이 멈추지 않음
- 문우회에서 발행하는 잡지 「휘문」 비용을 학교에서 부담하기로 했으나 학생의 글 중에 마음에 들지 않는 것이 있다고 일방적으로 지원하지 않음.

위의 내용은 학교 개혁을 요구하는 학생 3~4학년 7백여 명이 학교 교정에 모여 질문서를 제출했지만 임경재 교장은 학생들의 태도가 불온하다고 주모자인 이태준, 이기수, 박구윤 세 명을 퇴학 처분, 최용주를 무기정학을 내렸다. 이에 같이 있던 학생들이 같이 자퇴원을 제출하고 끝까지 같이 행동할 것을 결의했다는 것이다. (동아일보 1924년 6월 25일자 신문기사 인용)

2. 종로 경찰서에 연행된 이태준 선생 자료

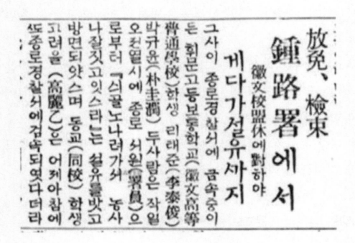

위의 자료는 휘문고보의 동맹 휴학을 주도한 학생들을 종로 경찰서에서 입건해서 조사했다는 내용이다. 조사를 한 경찰은 '시골에 내려가서 농사나 짓고 있으라.'는 설교를 받고 풀려났다는 내용이다. 이태준 선생의 학창 시절 관련 중요한 자료라는 생각이다.

(동아일보 1924년 6월 30일자 신문기사 인용)

마. 퇴학 처분을 받은 이태준 선생과 동경 유학 준비

동맹 휴학은 학교 교주와 교장이 '봉건적 교육 사업에서 현대적인 방식으로 운영해야 하는 것으로 생각이 바뀌었지만' 주도한 학생들은 퇴학과 정학 처분이 내려졌다. 가장 앞장을 섰던 이태준 선생은 퇴학을 피할 수 없었다. 다행인 것은 이태준 하고 뜻을 같이 했던 '김연만(이태준 선생의 평생 금전적 후원자, 나중에 잡지 문장의 발간 비용을 부담)'이 차비를 대주기로 해서 동경 유학을 가게 된 것이다.

동경으로 유학을 가기로 결심을 한 이태준 선생은 고향 철원으로 내려와 할머니를 비롯해 누나와 여동생 얼굴을 보러 내려왔다. 여동생이 시집을 간 누나 집에 와 있어서 바로 만날 수 있었지만 할머니는 실개천을 끼고 초가 십여 호가 살고 있는 진맹이라는(현재 미수복 철원 보막리) 곳에 있었다. 마침 뜨거운 한 여름날이지만 걸어서 할머니는 만나러 가면서 문득 문득 은주와의 추억을 떠올린다. 그럴 때마다 이태준 선생은 이렇게 생각을 한다.

할머니는 나를 위해 이 호젓한 길을 열 번 수무 번도 더 걸으셨다! 이 산길

갈피갈피에는 할머니께서 나를 그려 우신 눈물이 떨어졌을 것이다! 그런데 난 지금 이 길을 걸으며 누구를 더 그리워했는가?

─『사상의 월야』(을유문화사, 1946년)

이런 생각을 하고 찾아간 할머니 모습은 '헝큰 머리와 등이 물러진 적산, 흙이 묻은 맨발은 처음 보는 두메 늙은이'였고 사는 곳은 방이 세 개인데 모두 누에를 키우고 있어서 사람들은 봉당에다가 멍석을 깔고 살고 있었다. 할머니는 이태준 선생을 보고 눈물을 섬벅거리며 맞아 주었고 감자를 캐서 삶아 주겠다고 하면서 청년으로 성장한 것을 대견스러워 하신 것으로 작품에 묘사되어 있다. 그리고 작은할아버지가 다음과 같은 이야기를 하는데 상허 이태준 선생에게는 비수와 같은 말이 되었고 나중에 작품 『삼월』로 형상화되어 있다.

"우리야 워낙 야인으루 자라 야인으로 늙는다만 아주머니(이태준 외할머니)께서야 어디 이런 험한 푸샛것이나 잡숫구 지내 보셨니? (생략) 네가 내년 일년만 지남 졸업이라구 그날 오기만 염불 외시듯 허신단다. 요 넘어 회룡동 칠문이 아들은 농업학교 졸업하구 군청에 무에 됐다나 그 집선 그 아들 하나루 조밥이라군 모루고 산단다."

─『사상의 월야』(을유문화사, 1946년)

※ 참고: 회룡동: 강원도 철원군 보막리 소재지 서쪽에 있는 마을. 옛날 물속에서 용이 나와 휘돌며 승천하였다 한다. 휘골이라고도 한다.

이런 이야기를 들은 이태준 선생의 입장에서는 할 말이 없게 된다. 우선 자기 자신이 동맹 휴학으로 퇴학 처분을 당해서 동경으로 유학을 떠나는 처지인데 졸업 이후 무조건 좋아질 것으로 철석같이 믿고 있는 할머니에게 사정을 다 말하지 못했다. 그런 안타까움은 마음에 짐으로 남았을 것이다. 그런 죄책감에서 작가가 된 뒤에 작품『삼월』을 쓰게 되는데 그 내용은 아래와 같다.

'할 수 없이 이태준은 또 점심에는 감자를 삶아 먹고는
"후년 봄에는 정말 졸업이지?"
하고 따지시는 할머님께
"정말 졸업입니다."
대답하고 진맹이를 떠나고 말았다.'

－『사상의 월야』(을유문화사, 1946년)

"아버님과 어머닌 당신 졸업만 하면 그날로 큰 수가 생길 줄 알고 계신다우."
"뭐, 요즘 새로 군수가 갈려왔대나, 읍에… 그런데 퍽 젊대… 대학교 마치고 이내 돼서 왔다구들 그러면서…"
"어머니서껀 저 아래 외삼춘서껀은 당신도 인제 이내 군수가 된다고 그런다우."
"아버님은 말끝마다, 난 인전 모른다. 내년 삼월꺼정이지, 하시면서 당신을 하늘처럼 믿는데…"

－『삼월』(사해공론, 1936년 1월)

위의 두 작품의 내용을 보면 소재가 어디에서 나왔는지 알 수 있다. 그러나 이태준 입장에서는 어쩔 수 없는 상황이었다. 사실대로 말을 하자면 충격을 받아 돌아가실 것 같아서 속일 수밖에 없는 입장이었다. 어쩌면 작품『삼월』의 끝 부분에 나오는 '차라리 희망을 안으신 채(돌아

가셨으면)…' 하는 마음이었을 것이다.

바. 은주와 마지막 만남과 이별

할머니에게 동경으로 유학을 간다는 것을 알리지 못한 이태준은 읍에 와서 누나에게 사실대로 이야기를 하고 서울로 올라온다. 동경을 가는 기차표는 김연만이, 다른 친구는 고리짝과 이부자리 한 벌을 사줘서 유학 준비를 한다. 그리고 난 뒤에 이태준 선생은 떠나는 날 저녁, 자신이 일정 기간 신세를 졌던 은주 어머니에게 인사를 하러 간다.

> 아무렇지도 않으리라 결심했으나 안마당에 들어서자 가슴은 뛰고야 말았다.
> "마님 계시지?"
> "아가씨만(은주) 계세요."
> (생략)
> 은주는 숙였던 고개를 들어 안쪽으로 돌리면서 옥물었던 입술로
> "좀 올라오면 어떠우?"
> 이태준은 속으로 곧 신발채 뛰어 올라가고 싶었으나 말은 딴판인 것이 걷잡을 새 없이 달려나왔다.
> "기다리구 있다 유팔진이(은주 남편)헌테꺼정 인사허구 가라구?"
> "오빠?"
> 소리가 등 뒤에서 들렸으나, 이태준 대답 대신 중문짝을 쾅 소리 나게 힘주어 닫고 나왔을 뿐이다.
> ―『사상의 월야』(을유문화사, 1946년)

이것이 이태준 선생의 청춘시절을 지배했던 사랑의 마지막 이별의 모습이다. 이렇게 모질게 대하고 돌아섰던 이태준은 속으로 '난 지금도 그를 사랑하는 건가! 그러길래 이렇게 못 잊어버리는 거다! 내 이런 태도가 정말 가치 있는 것일까!' 이런 생각을 한다. 그리고 은주가 무슨 말을 하려고 불렀는지 궁금해 한다. 그런 생각은 위의 상황을 주제로 쓴 작품이 많은데 몇 가지를 소개해 보고자 한다.

내가 그 후 A(은주)를 다시 만나보기는 A가 시집가서 1년 반이나 되는 여름, 방학하여 나오는 동경에서다. (생략) A는 나를 피하지 않았다. 그도 물론 반가웠을 것으로 나는 믿는다. (생략) A는 기둥을 끌어안으며 그냥 울고 있었다. 그의 할머니가 해주는 말을 들으면 A는 그날 처음 우는 것 같지는 않았다. 나는 B의 만류도 듣지 않고 그 이튿날로 떠나오고 말았다.

― 「온실 화초」(개벽, 1929년)

'이리하여 나는 매다(주인공, 은주)가 석왕사까지 따라와 보내주는 동경길을 떠났습니다. 매다는 편지마다 나를 격려했습니다. (생략) 그때까지 저는 저의 젊음을 꼭 간직하고 기다리겠습니다.─이런 말들이 편지마다 있다시피 했습니다.

매다는 원산에서 교원 생활을 그만둔다 하고 서울 와서는 단 두 번, 그것도 두 달 만큼 새를 두고 있다가 아주 그치고 말았습니다.(생략: 서울로 돌아와 매다를 찾아서 그 집에 가서 초상화를 그리는 상황)

나는 매다더러 '나와 함께 달아주지 않으려느냐.' 물었습니다. 매다는 외면하고 대답이 없기에 부엌으로 간 새에 독일제 잠약을 있는 대로 다 탔습니다.

― 「슬픈 승리자」(신가정, 1933년)

위의 두 작품에 등장하는 주인공은 모두 이태준 선생이 사랑한 은주를 주제로 쓴 것이다. 첫 번째 「온실화초」는 주인공은 A와 여동생 B를 등장시켜 이야기를 전개 시키고 있다. 주인공 A가 기둥을 붙잡고 우는 장면을 통해 '실패한 결혼'을 그려내고 있다. 작품의 발표 시기가 첫사랑의 애절한 마음이 남아 있는 1929년도여서 그런지 A, B라는 가명으로 소설을 쓰고 있고 만류함에도 '매정하게 돌아서는 장면'을 통해서 자신의 마음속에 앙금을 표현하고 있다.

이에 반해 두 번째 소개된 「슬픈 승리자」는 주인공 직업을 화가로 등장을 시키고 매다라는 주인공이 동경에 가서 공부를 더 하라고 해놓고는 3년이 지난 뒤에 다른 사람과 혼인을 한 것으로 꾸미고 있다. 주인공은 귀국 후에 매다를 찾았는데 부잣집으로 시집을 간 뒤였다. 주인공은 그 집 주변에서 그림을 그리다 매다 신랑의 호감을 사서 초상화를 그리는 부탁을 받는다. 주인공이 집에서 매다와 둘이 남아서 초상화를 그리다가 '같이 도망을 가자'는 요구를 하지만 거절당한다. 이에 주인공은 음식에 독일제 잠약을 타서 잠들게 한 뒤에 기차 침대칸에 태워서 어디론지 가고 있는 중이며 매다가 깨어날 것인지 죽을 것인지 모르는 상황으로 단편이 끝이 난다. 이 작품은 이태준 선생이 '잠약으로 납치하고 싶은 대상'이 은주라는 것을 이야기하면서 아직도 잊지 못하는 대상이라는 것을 암시하고 있다. 그리고 문학적으로는 이 「슬픈 승리자」 발표 이후에는 소설에서는 첫사랑이라는 관념이 등장을 하지 않고 주변 현실을 바탕으로 하는 소재들로 바뀌고 있었다는 측면에서 눈여겨 볼 필요가 있다.

17. 상허 이태준의 학교생활

가. 수학을 못했던 이태준 선생

작가에게는 공통적으로 싫어하는 과목이 있다. 그것은 일정한 규칙을 통해 답을 찾아가는 과목이다. 자신의 생각이 들여갈 여지가 없는 학과의 경우에는 병적으로 싫어한다. 예를 들자면 공식의 대입을 문제를 푸는 '수학' 각종 이론을 계량화해서 원리를 찾아가는 '과학' 등이다. 왜냐하면 자유로운 영혼을 추구하는 작가 입장에서 누군가 정해진 규칙에 속하는 것을 싫어하기 때문이다. 또 외국어를 지독하게 싫어하는 작가들도 상당히 있다. 이런 반면에 자신이 생각한 것을 자유롭게 표현하는 '작문' '음악' '미술' 등에서는 두각을 나타내고 있는 경우가 많다. 상허 이태준 선생 역시 중학시절에는 좋아하는 과목과 싫어하는 것이 분명히 있어서 '과연 말썽꾸러기였다'라는 첫 구절로 자세히 기록을 하고 있다.

한날 한시각인 중앙, 휘문 두 곳에 원서를 제출했던 것이… 그러나 동일 동시에 시작하는 휘문에서 벌써 난타하는 종소리가 흘러 나왔다. 예라 중앙은 벌써 틀렸다. 늦잠을 원망할 것 없이 위문으로 가버리고 말자.

월사금 체납자 게시판 위에서는 1,2번을 다투는 호성적이었고, 수학시간이면 소설책 몰래 보기, 틈틈이 못난 선생 만화 그리기, 난 체하는 선생이면 사발통문 돌리기, 점심시간이면 월장하여 나가 호떡 속식경기(빨리 먹기), 체조시간에는 상습 조퇴 등······.

-「추억-중학시대」(학생, 1929년 4월)

　위의 글을 보면 이태준 선생은 상습 체납자였고 수학 시간이면 공부는 포기하고 소설책을 보았으며, 선생님을 놀리는 그림을 그리며, 체육을 아주 싫어했던 것으로 기록되어 있다. 체육을 싫어했던 이유가 '휘문에서 평양학교와 축구 경기에서 이기기 위해 배제 선수들에게 가짜 교복을 입히고' '체조를 할 때 내복을 안 입었다는 이유로 정학 처분' 등의 사건에서 벌어진 아픔 때문인 것으로 보여진다.

　상허 이태준 선생은 수학 공부를 하지 않았지만 성적은 그럭저럭 괜찮게 나오는 편이었는데 그 이유가 다음과 같이 있다.

　수학 시간이면 소설로 대용하던 나는 수학 시험 때마다 앞에 앉은 친구의 호의로 장부답지는 못했지만 고양이의 밥을 훔쳐 먹는 쥐 모양으로 힐금힐금 곁눈질을 하며 '컨닝질'이었다.　　　-「추억-중학시대」(학생, 1929년 4월)

　당시 휘문에서는 해마다 과목 시험을 봐서 낙제를 시키는 제도를 운영했다. 그러나 이태준 선생은 선생의 도움으로 낙제를 면하면서 공부를 할 수 있었다. 그러나 4학년 진급시험 때는 '컨닝'을 하지 못할 정도로 되어 위기에 직면을 하게 되었다. 상황이 어렵게 되었지만 이태준 5-60명의 학생 중에서 제일 먼저 답안지를 놓고 일어서는 기적이 일어나 엄숙한 시험장에서 주목을 받았다. 이런 일이 발생한 이유는 다음과 같다.

그 실은즉슨 나는 시험지를 편지지 삼아 "오— 자비하신 수학 선생님이시여" 하고 한 장의 상소를 썼던 것이다.

"선생님? 그래 대수 한 가지 때문에 낙제를 한다! 생각해 보십시오, 좀 억울합니까? 이런 체면 손상이 어데 있겠습니까. 선생님 한번 바꾸어 생각해 보십시오, 오—자비하신 선생님, 이번 한번만 슬쩍 돌려주시면……."

— 「추억—중학시대」(학생, 1929년 4월)

이런 편지를 받은 수학 선생은 이태준 선생을 낙제시키지 않고 후한 점수를 주었던 것으로 기록되고 있다. 오히려 땀 흘려 문제를 풀은 친구들 답안은 낙제를 시켰지만 이태준 선생 것을 그러지 않았던 것은 아마도 '수학보다는 작문에 재능이 있어서 배려를 한 것'이 아닌가 하는 생각을 들게 한다. 이런 경험을 한 이태준 선생은 존경하는 교사의 모습을 이렇게 표현을 하고 있다.

미운 선생 — 수학 선생, 물리화학 선생, 좋은 선생 — 작문, 도화 선생, 이런 규칙, 저런 명령이 비위도 많이 상했지만 한 해 두 해 지나가는 동안 그래도 미운 정 고운 정 깊이 들어갈 뿐이었다.

그러므로 나는 가다가끼(직함, 지위) 훌륭한 선생보다도 유덕한 선생을, 냉정하고 경우 밝은 선생보다도 정답고 실없는 선생을 더 존경하여 왔던 것이다.

— 「추억—중학시대」(학생, 1929년 4월)

나. 음치였던 이태준 선생

　예술가들은 한 특정한 분야에서만 재능을 나타내지는 않는다. 우리 주변을 보면 문학을 하면서 미술에 재능을 보이거나 음악에 특출함을 보이는 경우가 많다. 왜냐하면 예술은 '인간의 정신을 순화 시키는 본래의 기능과 일맥상통'하기 때문이다. 그러나 반대의 경우도 있는데 상허 이태준 선생은 음악 분야 중에서 노래를 직접 부르는 창가에서는 박자를 따라가지 못하는 음치 수준이었던 것으로 고백하고 있다. 그러나 음악 아주 멀리 했던 것이 아니라 감상을 즐겨 했으며 나중에 아내를 음악가로 맞이하였다. 우선 이태준 선생이 창가를 처음 접했던 부분부터 알아보고자 한다.

　작은아버지가 갓을 쓰고 나서셨다. 산소들을 그냥 지나 솔숲이 충충한 데도 들어가셨다. 휘휘 둘러보고 아무도 없는 기색을 살피시고는 창가를 가르쳐 주시는 것이었다.
　"학도야 학도야 청년 학도야, 벽상에 괘종을 들어보시오"
　처음에는 가르치는 양반부터 도무지 곡조가 어울리지 않았다.
—『사상의 월야』(을유문화사, 1946년)

　위의 글은 이태준 선생이 처음 창가라는 것을 배우게 된 것이다. 당시 용담학교 입학 자격이 창가를 부를 수 있어야 해서 작은아버지가 산소에 가는 것처럼 의관을 입고 나와서 몰래 가르쳤던 것을 묘사한 장면이다. 이태준 선생은 이후 세 번 정도 올라가 배워서 학도가를 부를 수 있었고 입학을 했던 것으로 기록되어 있다. 그러나 봉명학교에 다니면서 전교생

앞에서 직접 부르는 창가 시험에서는 잊지 못할 민망한 경험을 한 것으로 알려지고 있다.

　　성악엔 더욱 우둔해서 소학교 때에는 나 때문에 창가 시험이 연기된 일이 있었으니 내가 석차로 첫째기 때문에 먼저 일어서서 창가를 부르다가 웃음판을 만들어버려서 다른 아이들도 그 시간에 창가를 못하고 만 때문이다. 이처럼 나는 워낙 음악나라에선 미개한 이방인이었다.

－「음악과 가정」(중앙, 1934년 6월)

　　이태준 선생은 자신이 밝힌 것처럼 성악에는 재능이 없었다. 봉명학교 다닐 때 1등이 먼저 창가시험을 보는 시간에 엉터리로 부르는 바람에 자꾸 웃음이 나와서 시험이 연기되는 상황을 만들 정도였다. 이렇게 성악을 못하는 원인은 애초에 음정과 박자에 대한 감각이 없었던 것으로 보인다. 그 사례가 다음과 같이 『무서록』에 기록되어 있다.

　　나는 중학교 때 세 또래가 풍금이 있는 집에서 같이 있었다.(세 또래: 은주, 윤수 아저씨, 이태준 선생) 그때 두 동무는 이내 '이 풍진 세상을 만났으니' '가레스스끼'니 하는 것을 제법 복음(화음)을 넣어서 칠 줄 알았으나, 나만은 3년 동안 그 집에 있으면서 '학도야 학도야' 단음도 외우지 못하고 말았다.'

－「음악과 가정」(중앙, 1934년 6월)

　　자신의 성장기라고 할 수 있는 수필집에서 이태준 선생은 스스로 음악적 재능이 없음을 이야기하고 있다. 그런 가운데 이태준 선생이 음악을 듣는 것에 눈을 뜨게 되는 획기적인 전기를 맞이하는데 그 시기는 동경 유학 때였다. 당시의 심정을 이렇게 이야기하고 있다.

어떤 때는 슬픈 일이든 기쁜 일이든 간에 가슴 속에 울컥 감격이 치밀 때는 나는 번번이 소리를 뽑아 노래하고 싶은 충동을 받는다. 그러나 목과 입은 남의 것처럼 한 번도 내 말을 들어주지 않았다.

－「음악과 가정」(중앙, 1934년 6월)

동경에 있을 때다. 한번은 사흘이나 두문불출한 나를 은사 B(베닝 호프)가 찾자 주었다. (생략) 이번에는 유성기가 섰는 대로 갔다. 그리고 그때 B박사가 걸어준 판은 엘만의 바이올린 '오리엔탈'인데 나는 그때처럼 잊을 수 없는 음악을 들은 적이 없었다.

－「음악과 가정」(중앙, 1934년 6월)

그 이튿날 아침에도 B박사의 집에서 자고 잠을 깰 때 눈에 햇볕보다 먼저 내 귀에 울리는 것은 음악이었다. 무슨 곡인지 지금까지 모르되 박사가 밑에서 치는 퍽 라이브해서 듣기 쉬운 피아노 소리였다.

－「음악과 가정」(중앙, 1934년 6월)

이런 음악 소리를 접한 이태준 선생은 당시의 느낌을 '나는, 나는 듯 침상에서 뛰어 일어나 세상에 대한 무한한 애착을 새로 느낀 것을 지금도 잊지 못한다.'라고 적고 있다. 그 이후 이태준 선생의 음악적 태도는 이렇게 바뀐다.

• 가정의 평화를 위해서는 음악을 할 수 없으면 유성기나 라디오를 사놓는 것이 좋으며 아니면 새 한 마리를 기르거나 처마 끝에 풍경

하나를 매달아 놓아도 좋은 것이다.

• 음악이 없는 가정은 언제든지 겨울과 같은 쓸쓸한 가정일 것이다.

다. 휘문고보에서 발표된 이태준 선생의 작품

상허 이태준 선생의 작품은 주인공을 중심으로 이야기를 전개를 하는 특징이 있다. 그래서 스스로 작품론에서 '인물이 살아야 작품이 산다.'라는 이야기를 하고 있다. 그런 작품 태도에 대해서 자세하게 정리한 것이 수필로 몇 편이 있는데 인용해보면 다음과 같다.

단편이란 소설 형태 중에서 인물 표현을 가장 경제적이게, 단편적이게 하는 자라 생각하면 그만이다.

인물, 행동 배경이 전체적으로 균등하게 취급되는 것이 아니라 인물이면 인물에만 치중하고, 행동이면 행동, 배경이면 배경에 강조를 해서 단일적인 효과를 거두는 것이 단편의 약속이다.

－「단편과 장편」 (깊은샘, 1999년 3월)

이태준 선생의 작품은 '자신이 강조하는 부분'을 정확히 묘사를 해서 단편소설을 창작함으로써 기존의 작가와는 전혀 다른 작품을 써냈다. 이런 연유로 '한국 단편소설의 완성자'라는 평가를 받는 것이다. 그렇다면 휘문 학생일 때의 초기 작품은 어떤 모습이었을지 궁금해진다. 그러나 놀랍게도 휘문 학생 시절의 작품은 과연 이태준 선생 것인지 의심하게 만드는 수준이다. 이것은 문학적 뿌리가 내리지 못한 상태에서 습작 수준의 작품이기 때문에 어쩔 수 없지만 그래도 독자들을 위해서 소개를 해보고자 한다.

순결하고 청아한 처녀처럼 자라나는 백합화의 어린 봉오리! 그가 어찌 심욕에 있어 가시 돋친 찔레에게 보내는 접물이랴 진정으론 싫으련만 찔레 피는 동산에 같이 태어난 것과 그 몹쓸 바람 때문에… 바람? 아! 이놈의 바람!'(생략) 네로의 로마에도 불어 지났고, 시황의 야방궁에도 스쳐 지났다. 아니 초토의 강호에 오히려 부는 것이며 뉴욕의 많은 첨탑에도 부는 것이다.
　　　　　　　　　　　-「바람에 불려 白月을 안고」(1923년 1월 24일 밤 무쇠끝 바다에서)

가을은 청풍의 계절! 명월의 시절! 그리하여 이른 아침 선들거리는 코스모스를 대할 때는 실발 같이 가늘고, 아득히 먼 장래가 막연히 눈앞에 깔리어 지고 늦은 저녁 적막한 창가에 흐르는 달빛이 가슴을 누를 때는 문득 현실의 정념을 떠나 거룩한 고인들의 행적을 사모하게 하는도다.
　　　　　　　　　　　-「부여행」(휘문고보 교지 『휘문』 제2호 1924년 6월)

아무턴지 넉두리 할 것도 없지만 이놈의 세상에 사람의 탈을 쓰고 나는 놈치고, 제 무덤을 제 손으로 파지 않을 놈이 누구랴마는, 억울하고 분한 노릇도 생각할 수 없이 많은 모양이다. 이것이 거짓말 같거든 왕녀의 창가에 가 새벽을 기다려 보라, 괴로운 잠꼬대를 들을 것이며, 구름 낀 달밤에 호숫가를 헤매어 보라 칼 가는 사람을 만나보리니.
　　　　　　　　　　　-「억울한 노릇」(휘문고보 교지 『휘문』 제2호 1924년 6월)

말씀 드리자 하는 것은 가재미 청어 대구 세분에 대한 이야기올시다. 청어와 대구는 본래 한류지방인 함경북도 웅기만 태생이고, 가자미는 난류지방인 제주도 해협이 자기 고향입니다. 그런데 청어 대구는 가자미를 만난 지 3개월 동안(겨울 동안) 다시없는 친구가 되어서 연차를 따라 다자미가 맏형이 되고, 청어는 둘째 대구는 셋째로 의형제까지 되었습니다.

　　　　　─「물고기 이야기」(휘문고보 교지 『휘문』 제2호 1924년 6월)

　인생이 죽은 뒤에 다시 무엇으로 태어난다 하면? 나는 꾀꼬리가 되어서 좋아하는 사람 창가에 가 그가 나와 같이 울도록은 울어주겠나이다. 아! 꾀꼬리의 울음은 예수氏 울음처럼 지극히 슬프더이다. 꾀꼬리의 노래는 예수氏의 말씀처럼 곱기도 하더이다.

　　　　　─「강호에 계신 K누님께」(휘문고보 교지 『휘문』 제2호 1924년 6월)

　인용된 글의 첫 번째 작품은 이태준 선생이 세상에 처음 발표한 작품이다. 백합이 찔레꽃과 같이 자라고 있는 것을 한탄하고 바람 이야기를 시작하는데 자신의 경험과 상상력이 뒤죽박죽 되어 있어서 작품의 주제가 무엇인지 모르게 하고 있다. 이것은 글을 쓰고 싶은 욕망은 있는데 구체적으로 공부를 하지 않은 탓으로 보인다.

　두 번째 작품으로 소개된 「부여행」이라는 수필에는 기행문＋자신심상을 담은 것인데 글의 표현 방법에서 구체성이 보이지 않는다. 그리고 한문체로 글을 표현해서 깔끔한 문장을 강조했던 이태준 선생의 문장론하고는 어울리지 않고 있다.

　이밖에 「물고기 이야기」는 동화적인 느낌이 강하고 물고기를 의인화한 작품들이 당시에 많이 유행을 했다는 점에서 신선미가 떨어진다. 또 「강호에 계신 K누님에게」는 이태준 선생이 학창 시절 유행했던 『젊은 베르테르의 슬픔』의 주인공 롯데에게 쓴 편지가 아닌가 하는 생각을 하게 한지만 수준은 그리 높은 편이 아닌 것은 분명하다.

18. 동경 유학길에 오르다

가. 동경 유학 가는 과정(1)

자신의 모든 것과 같았던 휘문고보에서 동맹 휴학 주모자로 퇴학을 당한 상허 이태준 선생이 선택을 할 수 있었던 것은 일본 유학이었다. 친구의 도움으로 일본 유학을 떠나는 그에게는 단돈 5원이 전부였다. 그것을 가지고 친구들과 동맹 휴학으로 퇴학 처분을 받은 학생들의 배웅을 받으며 부산항으로 가는 기차에 올랐다. 기차를 타고 가면서 조선의 풍경에 대해서 자세하게 표현을 하고 있는데 소개를 해보면 다음과 같다.

저 오막살이들을 보라! 저 길 하나 도랑 하나 제대로 내지 못하고 사는 동네를 보라! 방에는 벼룩 빈대가 끓고 부엌에는 파리가 끓고 변소 하나 제대로 갖지 못하고 미신만 들어찬 가정들이다! 어떤 구라파의 관광객 하나는 오막살이들을 돼지우리 같다는 말을 비꼬아 조선엔 목축업이 발달하였다고 했다!

－『사상의 월야』(을유문화사, 1946년)

위의 내용은 이태준 선생이 당시 조선의 모습을 바라보던 안목이었다. 가난한 사람들이 모여 사는 것을 보면서 '우리는 고려자기나 불국사 석불을 자랑하는 것에 만족'하지 말고 '쌀, 태초 이래 원시적 초막 생활을 면하지 못하는 것'을 비판하고 있었다. 또 한편으로는 '서양사람 눈에는 돼지우리로밖에 보이지 않는 저런 똥과 파리와 무지와 미신으로 찬 조선' '어디 조선의 문화가 어디 있는가?' 반문하면서 다음과 같이 한탄을 한다.

나는 우리 할머니와 우리 할머니 친족 한 집을 그 가난한 진멩이에서 끌어 낼 수 있기를 바랐다! 왜 진멩이 전체를 구할 생각을 못했던가?

첫 번째 생각은 상허 이태준 선생의 잠재된 욕망을 알 수 있다. 많은 학자들이 문학가라고 평가를 하면서 '갑자기 월북'을 하게 된 배경에 대해서 돌발행동으로 평가를 내리고 있다. 그러나 이태준 선생의 삶과 작품을 보면 현실 사회에 대한 욕심이 엄청나게 많다. 대표적인 사례를 보면

(아버지) 그 뜻을 이루지 못하신 바엔 뼈나 그곳의 흙이 되어야 할 것이지 하필 선영을 찾아 옮기란 무슨 의미가 있는 것인가? 아버지로서는 차라리 수치가 아닌가! 이태준은 어렴풋하나마 이런 생각을 한두 번 하지 않았다.

칠팔백 명의 청중은 당장 그의 손아귀에 든 듯이, 그의 한마디에 이리저리 쏠리고 하였다.
"웅변이란 위대한 것이다! 무엇보다 남자의 기상답다!"

때때로 박수소리가 일어났다. 목이 갈해 질만 하자 준비했던 이야기는 끝이 났다. 박수가 어느 때보다 더 우렁차게 또 오래 계속 되었다. 이태준은 너무 흥분

되어 그다음부터는 남들이 하는 것은 잘 들리지 않았다.

그 후 선생님에게 물어 나폴레옹은 서양 천지를 마음대로 뒤흔들던 대영웅이라는 것만 확실히 믿게 되었고 '옳지 그러면 나는 동양의 나폴레옹!' 하는 엉뚱한 생각에…
　　　　　　　　　　　　　　　　　－「나폴레옹시대」(학생, 1935년, 1월)

인용된 글을 보면 어린 시절부터 아버지의 망명실패에 대한 냉정한 평가, 나폴레옹을 추종, 청중을 흔드는 대중연설을 하는 사람들을 대한 경외심, 직접 대중토론회를 참여를 하는 등의 행동을 보면 사회 참여 의식이 상당히 높았다. 다만 순수 문학을 추구하는 탓에 잠재되어 있던 것이 해방이 되면서 겉으로 드러나면서 작품 「해방전후」를 쓰게 되고 좌익 상향 문학단체에서 활동을 하게 된 것으로 보인다. 따라서 월북의 감행은 주변 환경과 여건으로 등 떠밀려 이루어진 것이 아니라 자신이 소신에 의해 결정된 것으로 판단된다.

그것을 증명하는 것이 아래에 인용된 구절이다. 또 유학길에 오르던 이태준 선생은 우리 민족을 어떻게 구할 수 있을까 하는 문제에 고민을 했던 것으로 보인다. 그런 번민 끝에 '자신의 친척만 가난으로부터 벗어나게 하겠다.'는 생각에서 벗어나 마을 전체, 더 나아가 조선 전체를 구하는데 앞장을 서겠다는 계몽사상을 갖고 있었다는 판단이다. 어쩌면 상허 선생의 작품에서 등장하는 불우한 사람들 모습은 '그 사람들을 통해서 우매한 민중 의식이 바뀌어야 한다.'는 메시지를 담고 있는 것이라는 생각을 하게 만든다.

진멩이 전체, 밭에서 돌을 추려내고, 원시적인 양잠을 개량 시키고, 산림을 기르고 기와를 구워 좋은 집들을 짓게 하고, 학교를 세우고 과학을 들여오고… 왜 그런 생각을 못하였던가!

―『사상의 월야』(을유문화사, 1946년)

나. 동경 유학 가는 과정(2)

기차를 타고 부산에 도착한 이태준 선생은 마침 원산에서 보았던 배보다 갑절이나 큰 기선이 기다리고 있는 것을 보고 뛰어 삼등행 객실에 서 있었다. 이제 배만 타면 된다고 생각을 하고 무의식적으로 주머니 안에 5원이나 될지 말지 하는 돈을 만져서 확인하고 있었다. 그때 누군가 어깨를 툭 쳤었다. 돌아보니 양복쟁이 형사로 다음과 같이 이야기를 한다.

"이리 나와."
"왜요?"
"나서기 싫다는 말이지 그럼 그냥 있어봐."

―『사상의 월야』(을유문화사, 1946년)

이태준이 이렇게 대답을 한 것은 뒤에 배를 타기 위해 많은 사람들이 서 있어서 형사를 따라 갔다가는 다시 한참을 기다려야 하였기 때문이었다. 형사의 말을 듣지 않고 그냥 버티면서 차례를 기다리고 있는데 다른 양복쟁이가 와서 '도항증명 있냐?' 물어본다. 처음 배를 타는 이태준은 '없다.' 말을 하니 수상서로 가서 받아오라고 해서 달려가 보니 많은 사람들이 초췌한 차림으로 기다리고 있었다. 그렇다면 당시 일본에는 얼마나 많은 조선 사람들이 살고 있었던 것일까? 해마다 급증하고 있었는데 당시의 일본 경제국 통계연감을 인용해 보면 다음과 같다.

- 1924년: 172,130명
- 1925년: 214,657명
- 1926년: 247,358명
- 1927년: 308,685명

한참을 기다려 도항증명을 받을 차례가 되었는데 다른 형사가 기다리고 있었다. 그리고는 왜 서울서 학교를 마치지 않고 가냐는 것을 묻고는 아래와 같이 절망적인 이야기를 한다.

"옳지! 휘문이 이번에 동맹휴학을 했지? 거기 주모자루 퇴학을 당헌게지?"
하고 형사는 이태준의 눈 속을 찌르듯이 드려다 보는 것이다.
"왜 대답을 못해? 이번 맹휴에 주모자지? 경성 종로 경찰서루 전보 한 장이면 대뜸 알 수 있는 거야? 그따위 불온분자 더구나 진재 직후라 절대루 도항 안 시켜"
하고는 다시 말대꾸도 안 하는 것이다. 이태준은 눈앞이 캄캄하다.
―『사상의 월야』(을유문화사, 1946년)

이태준은 도항증을 거부당한 사람들의 모습을 작품에서『사상의 월야』에서 묘사를 하고 있는데 '내 아들 나 보러 가는데 악을 쓰는 노파' '저녁 배를 타게 해달라고 나으리 나으리 하면서 조르는 사람' '양복을 입고 금테 안경을 쓰고 꽤 신사이지만 살려주쇼 하고 체면도 없이 쩔쩔 매는 사람' 등 수단과 방법을 동원해 증명을 받기위해 굴욕적인 모습으로 그려내고 있다. 그럴 때 형사들이 내뱉는 비꼬는 말이 있었다. 그것은 "빌어봐? 누구헌테 어떻게 빌어야 허나? 무엇을 잘못했다고 빌어야 하나?" 라고 했는데 이 말의 의미는 형사들이 마음대로 할 수 있다는 오만한 표현으로 당시의 조선 사회에 등장한 일본 앞잡이들의 행동을 고스란히 가늠해 볼 수 있다.

이태준은 일본으로 가는 배를 타지 못하고 거리를 방황할 수밖에 없었다. 도항증을 발급 받을 수 있는 방법이 없었기 때문이다. 그렇게 다니다가 아침에 만났던 형사를 보고 사정을 이야기할 생각으로 그 앞에 가서 모자를 벗어서 인사를 했다.

"제가 아침엔 누군지 몰라뵙구… 잘못했습니다."
"동경 유학 가는 사람들은 대개가 건방지단 말야!"
"잘못했습니다."
"나리님!"
"흥 저거 보지! 당장 궁허니까 나리님이지 도항증만 손에 받아 쥐어 보지! 그 자리에서 속으론 욕을 할 걸?"　　　　　─『사상의 월야』(을유문화사, 1946년)

도항증

일제강점기 때의 부산항

다. 동경 유학 가는 과정(3)

일본으로 배를 타고 갈 수 있는 도항증을 받을 수 없는 이태준은 유학을 포기할 상황에 이르렀다. 특히 휘문의 동맹 휴학 주모자였던 입장에서는 도항증이 발급될 위치가 아니었다.

그렇게 되자 이태준 선생은 부산 시내를 저녁때까지 이리저리 다니면서 실망과 좌절을 느껴야 했다. 그런 과정에서 기적과 같은 일이 벌어졌는데 그것은 다음과 같다.

> 저녁때가 돼서야 이태준은 백산상회(白山商會)를 생각해 냈다. 부산에 있는 큰물산객주로 전에 이태준이 사환으로 있었던 원산의 그 물산객주와 빈번한 거래가 있어서 주인을 안다. 기억에 떠오르는 '초량(草梁)'이란 이름의 동네를 찾아가니 과연 백산상회가 있을 뿐만 아니라 주인도 이태준을 알아보았다.
>
> —『사상의 월야』(을유문화사, 1946년)

이태준 선생에게는 원산 객줏집이 참으로 고마운 존재로 작용하고 있다. 무작정 가출을 해서 무전취식으로 경찰서에 잡혀갈 위기에서 구해주고 서울에서 휘문에 합격을 하고 월사금을 마련하지 못하고 시내를 방황할 때 같이 일을 하던 서사를 만나 돈을 조달 받았고, 이번에는 유학을 가는 길에서 도항증에 필요한 도움을 받게 되는 것은 하늘의 뜻이라고 할 수 있다.

그렇다면 부산에 있던 백산상회는 어떤 목적으로 설립되었고 구체적으로 무엇을 했는지 참고로 알아보고자 한다.

백산상회 설립자 안희제

부산 백산상회

참고: 백산상회

　1909년 대동청년단을 조직해 구국운동을 전개했던 안희제는 1911년 만주와 시베리아를 돌아다니면서 독립운동의 실상을 목격하고 독립운동에도 경제문제가 중요 하다는 것을 느끼게 되었다. 이에 1914년 9월 부산에 도착한 그는 이유석 (李有石)·추한식 등과 더불어 중앙동에 백산상회를 설립했다.

　백산상회는 안희제 선생이 독립운동을 하기 위해 마련한 사업이었다. 그런 생각을 가진 주인은 이태준 선생이 유학을 가는 것에 도움을 주지 않을 이유가 없었다. 그래서 적극 나서서 '이내 경찰서에 전화를 걸더니, 사환애를 보내어 고등계 주임의 명함'을 얻다 주었다. 이 명함은 도항 증을 맡을 것도 없이 오히려 도항증을 보여야 할 길목에서 보여주면 가타부타 말이 없이 통과될 수 있었다. 그동안 이태준 선생의 도항을 막던 형사를 다시 만나 통쾌하게 복수를 하게 되는데 그 상황을 보면 아래와 같다.

배에 올라 삼등실로 내려가려는 모퉁이에서다. 그 노란 수염의 '나리 형사'와 부딪쳤다. 그는 잡담을 제하고 소매를 끌었다. 이태준은 아무 말 없이 명함을 내밀었다. 분명한 도장까지 찍힌 저희 상관 것이라 멀쑥해지며 다른 데로 가버렸다.

―『사상의 월야』(을유문화사, 1946년)

우여곡절 끝에 일본 배에 오른 이태준은 무엇을 느꼈을까? 그것은 '거대한 기관소리! 현대를 운전하는 소리! 조선의 수많은 유학생들을 실어 가고 실어오는 하는 소리!' 그리고 서울청년회관에서 동경 유학생들이 날카로운 눈과 정열에 찬 주먹으로 연단을 치던 소리 등을 떠올리면서 다시 한 번 조국의 슬픈 비애를 느낀다.

백제의 왕인이 문자를 가지고 바다를 건넜고 의술, 점학, 철공술, 미술 등을 전해 주었는데 일본 사람들은 보답으로 임진란, 일한합방, 일로전쟁, 일청전쟁으로 오르지 총칼을 들고 전쟁으로 내달았을 뿐이다. 이렇게 악한 이웃에 나는 공부를 하러 간다. 슬픈, 너무나 쓰라린 역전이다!

―『사상의 월야』(을유문화사, 1946년)

이런 절망감에 빠져 있다가 문득 놀란 듯이 벌떡 일어난 생각이 '오! 아버지께서도 일찍이 현해탄을 건느셨드랬다!'이었다, 그리고 아버지를 그리워하면서 아버지 유품인 '나가사끼에서 양복을 입고 찍은 사진, 천도연적을 누이가 보관하고 있다.'는 생각을 하면서 현해탄 바다로 나가서 아버지가 가고자 했던 역사의 길에 대해서 반추를 하게 된다.

라. 동경에 도착하는 과정

　일본으로 향하는 배안에서 이태준 선생은 가난하게 사는 조선의 현실을 뼈저리게 느끼게 된다. 특히 일본으로 일자리를 찾으러 가는 사람들의 옷차림에서 그는 절망감 같은 것을 느끼고 다음과 같이 탄식을 한다.

　　저게 조선 옷이었나! 하리만치 처음부터 조선옷부터가 새삼스럽게 보였다. 차에서 배에서 석탄 연기 끄을고 꾸기고 말리고 한 베것 모시 것들은 흰옷이 흰옷다운 면목이라고는 옷고름 하나가 제대로 없었다.

　　　　　　　　　　　　　　-『사상의 월야』(을유문화사, 1946년)

　　조선 솜바지저고리를 입은 사람도 까마귀 떼에 비둘기처럼 끼어 있었다. 오래간만에 보는 조선옷은 더구나 석탄연기에 끄을은 노동자의 바지저고리는 아무리 보아도 (어)을리는 구석 없이 어색스러웠다.

　　　　　　　　　　　　　　-「고향」 동아일보, 1931.4.21.~4.28일

　고아로 자란 이태준 선생의 입장에서는 옷에 대한 심한 콤플렉스가 있다. 『사상의 월야』를 보면 철원 용담에서 고아로 살던 추석에 '다른 사람들은 서울에서 맞춰온 옷을 입고, 하인들도 새 옷을 입고 있었는데 자신만 누더기를 입고 있어서 낮에는 친구들과 어울리지 못하고 있다가 밤이 되어서야 같이 놀 수 있었다.'라고 이야기를 할 정도로 예민한 문제였다. 그런 이태준이 동경으로 유학을 가면서 사람들이 입은 옷을 보고 '저 옷이 찬란한 문화를 가진 역사 있는 민족의 의복이라고 할 수 있을까?' 하는 자조적인 질문을 던지고 있다. 그런 연유에서인지 몰라도 상허 이태준 선생은 추후 글에서는 '조선의 문화, 음악, 도자기, 글씨 등을 극찬'하면서도 옷에 대해서는 언급을 하지 않고 있다.

그렇다면 그렇게 배를 타고 일본으로 간 조선의 노동자들은 돈을 많이 벌었는지를 알아보면 그렇지 않은 것으로 묘사되고 있다. 특히 가족들을 두고 낯선 곳으로 돈을 벌러 가면서 품었던 희망은 현실적으로 불가능했다는 점을 이태준 선생은 작품 「고향」에서 다음과 같이 묘사를 하고 있다.

"첨에는 조선 사람도 일원 이십 전씩은 주었다는데 내가 갔을 때는 팔십 전을 줍디다. 그것도 요즘은 오십 전씩 주니 무얼 모아 보는 수가 있어야지요."

"농사니 농토가 있어야죠. 우리 제각금 저 한몸만 같으면 조밥보다는 나으니 일본서 딩굴겠지마는 돈들도 못 벌 바에야 첫째 처자식 그리워 허텅대구 나오지오."

인용된 작품을 보면 일본에서는 조선의 노동자들이 많이 와서 인건비를 점점 낮추는 것을 볼 수 있다. 그리고 그것을 버티지 못하고 귀국을 하는 사람들이 자기 땅 한 평 없는 가난한 사람들이라는 것을 이야기하고 있다. 이런 시대적 상황은 조선 내의 많은 농민들이 새로운 희망을 찾아 만주 지역으로 이동을 하는 원인이 되었다는 생각이다.

이런 모습을 보면서 동경에 도착한 이태준의 주머니에는 일원 육십 전이 남아 있었다. 이런 상황에서 가장 필요한 것이 돈을 벌 수 있는 일자리였다. 그래서 이리저리 돌아다니다 사흘 만에 「가구라사끼」의 신문점에 무작정 들어갔는데 마침 배달부 한 명을 급히 쓴다는 광고를 발견하고 취직을 한다.

이태준이 했던 일은 아사이 등 다섯 가지 신문을 300집 정도 돌리는 일이었고, 조건은 한 달 월급 18원, 신문점에서 밥과 숙식 제공하는 비용 12원을 제하고 나머지 6원이 수입이었다. 이런 조건에서 더 힘이 든 것은 좁은 6명의 직원이 팔조방(88cm×175cm 정도의 다다미 8개를 놓은 방)에서 잔다는 것으로 이태준 선생이 서울에서 가져온 이불을 같이 덮고 자야 했었다.

겨우 눈을 붙이고 입에 풀칠을 하는 신문배달 일을 하면서 이태준은 일본의 새로운 문명에 대해서 눈을 뜨게 되는데 우선

- 여자들이 친절하다는 것
- 구차한 노동자들도 신문 한 가지씩은 본다.
- 일본 사람들이 부지런해서 새벽부터 움직인다.
- 남자들은 공장에 가서 일을 하고 여자들은 부업을 하고 있다.
- 여자들이 부업으로 하는 종이접기 하는 것이 조선에서 사용하는 비누갑 치약갑 약봉지 등으로 사용된다는 것 등이다.

19. 문학에 눈을 뜨게 한 뻬닝호프 박사와의 만남

가. 뻬닝호프 박사와의 만남

상허 이태준이 학창시절에 쓴 작품은 평범한 정도였다. 다른 작가들보다 완성도가 높지 않았을 뿐만 아니라 주제도 대중적이지 많았다. 그런데 1925년 동경 유학을 하던 중에 발표한 「오몽녀」는 사실성을 바탕으로 한 작품이었다.

이렇듯 단기간에 작품의 변화를 가져온 이유는 무엇일까 하는 의문이 든다. 유학과정에서 근대화로 발전을 하고 있는 새로운 문물을 보고 느낀 것이라는 추측도 들지만 이것은 부러움의 대상일 수는 있지만 작가에게는 자존심이라고 할 수 있는 작품 세계까지 변화를 시킬 수는 없다. 따라서 심리적 자각이 필요한데 그것은 어려운 유학 시절에 만난 미국인 뻬닝호프 박사가 준 영향이라는 판단이다. 따라서 뻬닝호프 박사와 만나는 과정에 대해서 소개해 보고자 한다.

이태준 선생이 신문 보급소에서 배달을 하는데 벤덴조(辨天町)의 언덕에 「동경조일」 신문을 보는 서양사람 집이 있었다. 그 사람의 집은 이층이었는데 '정구 코트'가 있고 그 옆으로는 살림집의 4~5배는 되는 4층집이 있었고 지하실도 있는데 아무도 살고 있지 않았다. 그런 생각으로 신물을 배달하는데 하루는 '키가 크고 얼굴이 이글이글한 중노인 서양 남자(뻬닝호프)가 나타났다. 그것이 이태준과의 첫 만남이었고 다음과 같은 대화가 오고갔다.

"저 건물은 무슨 집인데 늘 비어둡니까?"
"저건 야학 청년회 기숙사였더랬소."
"그럼 그냥 비어 있는 동안 저이 같은 고학생이 좀 들어 있을 수 없습니까?"
"글쎄."

ㅡ『사상의 월야』(을유문화사, 1946년)

삐닝호프 박사는 이태준을 잠깐 유심히 보고 난 뒤에 '어디서 온 것' '나이' '준비하는 학교' 등을 물어 본 뒤에 '기독교를 믿으라'고 권했다. 이어 사십여 개의 방 중에서 마음에 드는 것을 골라서 사용하고 전기 요금으로 매달 1원만 내는 조건으로 허락을 하였다. 이태준은 당장 감사 인사를 하고 3층 방 하나를 정하고 이부자리를 옮기었다. 다행히도 신문 보급소 주인도 '신문과 끼니만 어기지 말라'고 허락을 해서 자기만의 숙소를 마련할 수 있었다. 참고적으로 삐닝호프 박사는 일본에 온 지 8년이 되었고 대학에서 미국 정치사를 가르치고 있었고 자신이 다니는 대학을 중심으로 고학생 학사를 운영하고 있었기 때문에 큰 건물을 가지고 있었는데 마침 학사가 새로운 곳으로 이전을 해서 비어 있었던 중이었다. 그리고 어느 날 저녁 초대를 받아서 식사를 하던 중에 삐닝호프 박사가 다음과 같은 제안을 한다.

"지금 신문배달 생활에 만족하오?"
이태준은 사실대로 책을 살 여유도 공부할 틈도 없는 것을 말하였더니 삐닝호프 씨는

"그러면 내가 한 달에 이십 원씩 줄 터이니 우리 집에 있어 보지 않겠소?"

"댁에 제가 할 일이 있겠습니까?"

"일이야 여러 가지가 있지요. 나도 일간 피서지로 가니까 팔월 말까지는 여기 마당과 테니스 코트에 풀이나 뽑고 있으면 되오."

　　　　　　　　　　　　　　　　　　　　　　-『사상의 월야』(을유문화사, 1946년)

　위의 제안은 이태준 선생에게는 최고의 선물과 같았다. 일단 숙소를 정했다는 것과 쉬면서 공부를 할 수 있는 자리가 생겼다는 것은 행운이라고 할 수 있다. 그리고 삐닝호프 박사는 이태준 선생에게 저녁을 먹고 산보를 같이 나가자고 해서 서점에 들러 책을 고르라고 했다. 이에 이태준이 『근대문학 12강』을 선택을 하자 다음과 같은 이야기를 한다,

"내가 첨 사긴 학생들헌텐 으레 책을 사주군 한 게 벌써 수십 명인데 그들이 사회에 나가 일하는 걸 보면 대개 저이가 첫 번 고른 책과 인연이 있단 말이야! 법률 책을 고른 사람은 변호사나 판검사가 되구, 성경을 고른 사람은 목사가 됐구 이군처럼 문학책을 고른 사람은 훌륭한 소설가가 된 사람도 있어…."

"그럼 저두 소설가가 될 수 있을까요?"

"그건 이군 자신이 벌써 택한 운명인 걸!"

하고 그가 크게 웃었다. 이태준은 가슴이 크게 뛰었다.

　　　　　　　　　　　　　　　　　　　　　　-『사상의 월야』(을유문화사, 1946년)

　인용된 글에서 중요한 것은 이태준 선생이 처음으로 소설가가 되겠다는 생각을 밝힌 것이다. 휘문학교에서 좋아하는 『희무정』(장발장)을 읽고 '문필의 힘이 위대 하구나!' 탄복을 했던 감정과 괴테의 『베르테르의

슬픔』에 빠져 '남의 학교 등사판을 들어다가 골필로 밤새도록 동인잡지를 만들었던 열정' 등이 모여서 이태준 선생이 스스로 작가가 되고 싶다는 꿈을 찾은 것이라 할 수 있다. 또 이야기를 뒤집어 생각을 하면 빈털터리로 일본 유학에 나서서 신문 배달을 하면서 겨우 먹고 사는 상황이 지속되었다면 소설가의 꿈을 찾을 수 있었겠냐는 현실적 판단이다. 다행히도 뻬닝호프 박사를 만난 것은 하늘이 정해준 운명이었다는 생각이다.

나. 드디어 문학에 새로운 눈을 뜨다(1)

뻬닝호프 박사가 이태준 선생이 신문배달부에서 공부를 할 수 있는 기회를 마련해 준 것은 다행스러운 일이었다. 그런 도움이 없었다면 이태준 선생은 '신문 배달 − 식사 − 잠시 뜬잠 − 신문 배달 − 식사 − 뜬잠'으로 시간을 보내면서 문학을 생각할 기회를 갖지 못했을 것이다. 그런 이태준 선생에게 안락한 숙소와 일자리를 만들어 준 것은 다행 중에 다행이었다. 또 문학에 대한 눈을 뜨게 하는 결정적인 역할을 했다.

뻬닝호프 박사가 이태준 선생에게 가르쳐 준 것이 문학에 대한 개념이다. 문학은 어떠해야 하는지 이론으로 이야기한 것이 아니라 자신의 경험을 소개했지만 이태준 선생이 갖고 있는 문학관의 기초가 되었다는 것에 주목해야 할 부분이다. 그 내용은 주고받는 대화 형식이지만 이태준 선생이 『사상의 월야』에서 언급을 한 것은 자신의 문학 세계를 어떤 방식으로 펼쳐 낼 것인지를 보여 주고 있다.

"그럼! 나도(뻬닝호프) 신학을 전공했지만 문학이 좋아서…(생략) 시랍시고 써논 게 지금 두 노트대로 있지."

"왜 출판 안 하셨습니까?"

"과수원으로 갈까봐!"

"네?"

"전에 어떤 사람이 시집을 내었더니 몇 달 후에 보니까 한 권도 없단 말이야! 다 팔린 줄 알고 퍽 좋아했는데 한번은 여행을 갔다 어떤 과수원에 들어갔더니 무슨 책을 수레로 실어다 놓고 찢어서 사과 봉지를 만드는데 보니까 자기 시집이더라고!"

－『사상의 월야』(을유문화사, 1946년)

이런 말을 하고 나서는 "이군은 이담에 사과나 읽을 문학은 쓰지 말란 말이야."라고 충고를 하였다. 이에 이태준은 웃지 않고 심각하게 받아들인 것으로 기술되어 있다. 결국 이태준 선생은 자신의 작품은 '통속성이라는 비난을 받더라도 독자들과 호흡을 같이 하는 문학'을 쓰겠다는 생각을 문학관을 구축하는 계기가 되었던 것으로 보여진다. 특히 신학을 전공한 뻬능호프를 '은사'라고 지칭을 한 것은 자신의 문학에 스승 역할을 했다는 것을 보여주는 표현이라는 생각이다.

다. 드디어 문학에 새로운 눈을 뜨다(2)

뻬닝호프 박사를 만나면서 이태준 선생은 생활이 안정이 되었다. 우선 자기 시간을 낼 수 없었던 신문배달점을 나왔고 하는 일은 '해가 뜨기 전에 한 시간 정도 풀을 뽑는 일' '하루 세 차례 10분쯤이면 가는 부영식

당(府營食堂)에서 밥을 먹으러 가는 일' 정도였다. 나머지는 책을 보면서 보내는데 어느 날 밤, 이태준 선생에게 운명처럼 찾아 온 사건이 있었다. 이것은 '갑자기 격렬한 진동을 느끼며 잠을 깨었는데 집 전체가 경련을 하듯 떠는' 지진이었다.

처음 지진을 경험한 이태준 선생은 세상을 바라보는 눈을 뜨게 되고 이것이 문학의 방향을 안내하는 과정에 이르게 된다.

> "땅이라면 이 세상 무엇보다 미덥직한 것인데 그게 흔들리다니!"
> "땅이라면 열이 있다고 배우긴 했지만 그 열의 힘에 흔들려 볼 줄이야!"
> 땅뿐만 아니라 세상 모든 것에 대한 미신이 깨어지는 것 같았다.
> ─『사상의 월야』(을유문화사, 1946년)

처음 지진을 느낀 이태준은 자신이 믿고 있는 것이 모두 허상이라는 것을 깨우치게 된다. 그 동안 철썩 같이 믿었던 아름다움을 표현하는 문학, 사람의 정서를 근간하는 하는 문학에 대해서 회의감을 다음과 같이 느끼게 된다.

- 세상과 우주는 물리학의 실험관이다.
- 달을 보고 정서를 느끼는 것은 극도로 개인적인 주관일 뿐 우주만물 실체란 물리적인 현상일 뿐이다.
- 아름답게 보이는 달도 풀 한 포기 없는 얼음덩어리이다.
- 로미오와 줄리엣, 베르테르의 롯데가 감정의 유희로 환상화(幻像化)시킨 헛깨비다.

위에서 느낀 것은 세상에 대한 서정적인 정서는 개인적 취향으로 많은 사람들을 대상으로 하는 '객관적 관조'는 아니라는 점을 자각하게 된다. 특히 중학시절 지배했던 작가들의 작품들에 대해서 '감정의 장난으로 만든 껍데기'라는 사실을 자각하는 것은 문학적으로는 큰 진전이라는 판단이다. 왜냐하면 작가들의 대부분이 처음에는 '서정적 정서인 사랑, 그리움, 이별, 인생 등을 형상화'한 다음에 '현실적인 자각을 통해서 자신의 처한 환경을 바탕으로 하는 세계를 구축'하는 과정을 거쳐야 한다. 그러나 상허 이태준 선생은 힘겨운 생활고를 통해서 현실에 대한 눈을 빨리 뜰 수 있었다는 점과 일본에서 '날쌔게 일어섰으나 다리가 흔들려 꼼짝할 수 없는 지진'을 경험한 것은 터닝 포인트가 되었다는 생각이다.

그렇다면 이태준 선생은 자신의 작품에 무엇을 반영하고 어떤 세계를 꾸며나갈 것인지 고민을 해야 한다. 그런 고민은 『사상의 월야』 끝 부분에서 나름대로 정리를 해서 서술을 하고 있다. 이 부분을 눈여겨봐야 하는 이유는 많은 작가나 평론가들이 이태준 선생을 '대한민국 단편 소설의 완성자'라고 평가를 하면서 처음부터 타고난 천재적 작가로 미화시키고 있다. 그러나 실제적으로는 휘문중학 시절 발표한 작품들을 보면 '과연 작가로서 재질이 있는가?' 생각할 정도로 볼품이 없을 정도이다. 작품의 완성도는 고사하고 기본적인 묘사도 평균 이하였다. 그랬던 이태준 선생이 획기적인 변신을 꾀하는 과정에 대해서는 연구를 더 해야 하는데 그것은 아마도 위에 설명한 내용과 다시 언급하는 부분에서 해답을 찾아야 한다.

이태백이니 소동파니 허는 주정군을 비롯해 우리는 (달을) 너무나 잘못 보아 온 것이다. 달, 아니 태음(太陰) 네 정체는 적벽부에 있는 것이 아니라 과학 학보에 있는 것이다.

병이 나도 예전 사람들은 빌기만 했다. 지금은 과학적 관찰 방법으로 얼마나 쉽게 정확하게 고치는가? 그러나 정신적 방면에 있어선 아직도 사람들은 빌기만 하는 시대에 떨어져 있지 않은가? 피와 살에서 균을 찾아낸 것과 마찬가지로 사람들의 모든 관념 속에서도 균을 찾아내야 할 것이다.

　　　　　　　　　　　　　　　　　　　－『사상의 월야』(을유문화사, 1946년)

첫 번째 글은 상허 이태준 선생은 달을 보고 아름답게 노래한 작가들을 비판하는 내용이다. 자신이 학교에서 불세출의 작가라고 배운 사람들의 문학이 틀렸다는 지적을 하고 있다. 즉 정서를 남발하는 글에 대해서 가치가 없다는 것을 이야기 하고 있다. 그런 생각을 우리 민족의 정서에 대해서도 언급을 하고 있다. 과거에는 병이 나면 빌기만 했는데 지금은 과학적인 처치를 받아서 낫고 있다. 하지만 조선 사람들의 의식수준은 예전보다 나아진 것이 없기 때문에 어려운 생활을 하고 있다는 것을 지적하고 있다. 이것을 문학적으로 확대를 하면 당시에는 '외국 작품을 적당히 번안해서 작품을 출판하고 문학적 소재 또한 고대 소설의 전형인 권선징악의 탈을 벗어나지 못하였을 뿐만 아니라 새롭게 유입된 자유연애 사상에 집착을 하는 수준이 낮은 문학'이 주류였다. 그런 것을 비유해서 '모든 관념 속에서 균을 찾아내야 한다.'는 표현으로 압축을 한 것으로 판단된다.

라. 드디어 문학에 새로운 눈을 뜨다(3)

과학의 실체에 관심을 갖게 된 이태준은 자신을 힘들게 하는 두 사람을 생각한다. 한 여자는 고향에서 이태준 선생이 잘 되기를 기다리는 할머니와 또 다른 여자는 자산이 사랑했던 '은주'였다. 과학적 사고로 이 두 여자에 대해서 다음과 같이 정리를 한다.

우선 휘문중학교에서 퇴학 처분 받은 것을 속인 할머니에 대한 미안함에 대해서는

모―든 어버이는 자식을 사랑하는 본능을 가졌다. 외할머님께서 나를 사랑하심도 자기의 딸을 사랑한 나머지였을 것이다. 그 뿐일 것이다. 오늘 나에게 효도라는 대가를 바라고 계획적으로 하신 거라면 그건 워낙이 순수한 사랑이었을 리 없는 거다. 어버이는 자식을 사랑하고 그 자식은 또 제 자식을 사랑하고, 그뿐일 뿐 자연 물리에 따름에 죄악은 없을 것이다.

할머님께 대한 미안 쓸데없는 거다! 먼저 내 완성이 있고 볼 거다!
―『사상의 월야』(을유문화사, 1946년)

위의 내용은 이태준 선생이 자신에게 헌신적인 사랑을 베풀어 주신 외할머니에 대한 생각을 최종적으로 정리한 것이다. 외할머니의 사랑도 과학적으로 보면 본능적인 것으로 미안하다는 생각을 갖지 않아도 된다는 결론을 내리고 있다. 그리고 자신이 먼저 완성(성공)을 해야 된다는 굳센 각오를 다지고 있다.

그런 연유에서 그런지 이태준 선생의 작품에서는 외할머니를 묘사하는 내용이 거의 등장을 하지 않고 있다. 또한 외할머니의 행적에 대해서 언급을 하지 않고 있는데 아마 이것은 '어머니를 대신했던 보살핌에 대한 미안함 때문에 의도적으로 피하고 있는 것' 같다는 생각이 든다.

또 동경 유학을 와서도 자꾸만 생각나게 하는 (장)은주에 대해서도 과감하게 마음속으로 결별을 하는 과정을 다음과 같이 그려내고 있다.

그럼 은주는 첫째인 건강과 건강미가 있는가? 현대적인 건강미는 아니다. 교양 정도가 나와 같은가? 현재도 나보다 유치한데다가 나는 자꾸 공부하고 그는 고만 두고 장래에는 너무 층하가 질 것이다. 끝으로 나이는? 나이도 이삼세 더 아래야 장래엔 알맞을 것이다. 그럼 한 가지도 적당치 않은 은주가 아닌가?

은주? 한 가지도 취할 게 없는 여자다! 다시 은주를 생각한다면 이 이태준은 정신병자 감성병 환자라는 것밖에는 아무 것도 아니다, 은주 생각이 그래도 난다 면 나는 병원으로 가는 게 옳다!

－『사상의 월야』(을유문화사, 1946년)

철원의 용담에서 우연히 만나 그 인연이 서울까지 이어지면서 '자신이 읽은 책의 여주인공' '카츄사' '에레나' '롯데' 이름을 따서 '카레데'라고 불렀던 은주를 마음속으로 정리를 하는 내용을 담고 있다. 이미 다른 남자와 혼인을 한 은주를 미련하게 집착하던 이태준 선생이 과학적 생각 (현실적 판단)으로 자신하고 맞지 않는다는 결론을 내리고, 다시 생각하면 '정신병 환자'라고 다짐을 하는 것은 '현실적인 여성상'이 만들어지고 있다는 판단이다. 특히 주목을 해야 할 부분이 은주와 자신과 맞지 않는 점을 생각하면서 '결혼을 한 여자'라는 것을 언급하지 않은 것은 이태준 선생은 자유연애주의자라는 심증을 가질 수 있다. 그리고 위의 글에는 이태준 선생이 생각하는 배우자의 조건으로 건강한 여자 '자신과 교양수 준이 같은 여자' '나이가 2~3세 어린 여자' 등으로 생각하고 있다는 것을 반증하고 있다.

이런 과정을 통해서 이태준의 문학관이 바뀌게 된다. 그 이전에는 명문장이나 가슴 설레는 사랑을 담은 문학을 탐독하는 습관이 있었다. 그러나 이후부터는 아래와 같은 문학 지망생들이 잘 안보는 다음과 같은 서적을 보게 된다.

"과학이다! 고학이다! 현대인의 안신입명할 길은 오직 과학이다."

하고 소리 질렀다.

'문학이고 사상이고 먼저 과학이라는 것이 붙은 것만 읽는 경향에 빠지었다. 마침 책사마다 도서관 마다 그런 책이 범람하기 시작한 때라 미처 읽어 내기 바빴고…'
                                                    —『사상의 월야』(을유문화사, 1946년)

위에서 인용된 부분은 상허 이태준 문학의 핵심인 부분이다. 작가 스스로 자기 작품의 형성 과정에 대해서 이야기를 하고 있다. 즉 감정보다는 과학적인 분석을 통해서 작품을 쓰겠다는 문학관이 만들어지고 있는 과정이다. 이 생각이 작품에서 등장인물을 치밀하게 묘사하는 기법으로 작용을 하고 있다는 점에 주목할 필요가 있다.

마. 작품의 변화

상허 이태준 선생의 최종학력에 대해서 알려진 자료가 거의 없다. 일부 자료에서는 대학에 입학은 했지만 생활고에 시달려 포기를 했다는 주장이 있고, 다른 자료에서는 정식으로 대학을 입학하지 못했다는 이야기가 있다. 그러나 자료를 조사해 보면 이태준 선생은 와세다대학 대학생은 아니었다. 다만 대학에서 세운 전문부(전문대학: 와세다대학에는 정치경제학과, 법학과, 문학과의 대학부와 7개 전문부(전문학교)가 있었음)에 입학을 한 것으로 밝혀졌다. 이태준 선생이 와세다대학 전문부에 입학을 하게 된 과정은 뻬닝호프의 도움이 있어서 가능했다. 그런 내용을 순서대로 알아보면 다음과 같다.

우선 이태준 선생은 휘문중학에서 퇴학을 당한 상태로 정상적인 학위 절차를 밟으려면 중학교 과정을 거쳐야 한다. 그런데 여러 가지 책을 탐독한 이태준 선생은 '중학교 교과서나 들고 4학년에 들어갈(편입) 기분이 나지 않았다.'고 작품에서 이야기를 하고 있다. 즉 중학교를 배울 수준은 넘어섰다는 것으로 해석되고 있다. 그것을 증명하는 것이 상허 이태준의 소설 작품에서 나타나고 있다.

1924년 휘문에서 학예부장으로 활동할 당시 발표한 작품과 그해 6월 퇴학 처분을 받은 뒤에 일본으로 건너간 1925년 『조선문단』에 투고를 해서 입선을 한 단편 「오몽녀」와 비교를 해보면 알게 된다.

1924년 휘문중학 시절 발표한 작품

때는 이른 봄이었습니다. 멀리 부산부두에 뵈는 듯 마는 듯한 아지랑이 장막이 드리워있고 새파란 속닢 돋는 절영도 부근에는 비단 같은 물결 위에 봄맞이 노릿 배들이 여기, 저기 얇은 돗을 날리고 있습니다.

－「물고기 이야기」(휘문고보 교지 『휘문』 제2호 1924년 6월)

1925년 『조선문단』에 투고한 작품

서수라(西水羅)라 하면 저 함경북도에도 아주 북단 원산, 성진, 청진 웅기를 다 지나 마지막으로 붙어있는 항구다.

이 서수라에서 십 리쯤 북으로 들어가면 바로 두만강이요, 동해변인 곳에 삼거리(三街里)라는 작은 거리가 놓였다. 호수는 사십 여에 불과하나 주재소가 있고 객줏집이 사오 처나 있고 이발소 하나 있고 권련, 술, 과자, 우편절수 등을 파는 잡화점이 하나 있고, 그리고는 색주가 비슷한 영업을 하는 집 외에는 모두 농가들이다. 그런데 이 사오 처 되는 객주집의 하나인 제일 웃머리에 지 참봉 네라고 한다. ─「오몽녀」(시대일보, 1925년 7월 13일, 『조선문단』에 입선을 했으나 지면관계로 시대일보에 실리게 된 것으로 알려짐.)

위의 두 작품을 보면 같은 사람이 창작했다고 볼 수 없을 정도로 수준 차이가 난다. 더욱 주목해야 할 부분은 변화의 기간이 1년밖에 걸리지 사실이다. 휘문중학 시절 글에는 문장이 조잡하고 묘사를 지나치게 함으로써 작품에서 무엇을 말하려는지 구체성을 갖고 있지 못하다. 제목에서도 습작 수준이라는 것을 금방 알 수 있고 등장인물도 '가자미' '청어' '대구'가 등장을 해서 신변잡기를 나열하고 있다. 또한 독자들에게는 어디선가 읽거나 들었던 이야기처럼 보여서 신선미가 떨어지고 있다.

그러나 「오몽녀」에서는 구체적인 지명을 바탕으로 그림 그리듯 정확하게 묘사를 하고 있다. 또한 군더더기 묘사를 피하고 있는 그대로의 사실 문학에 중점을 두고 있다. 이렇게 1년 사이에 글이 변하게 되는 이유는 무엇일까? 그것을 상허 이태준 선생이 '창들이 덜컹거리고 어느 방에서는 철스럭 쏴─쏴─ 벽 떨어지는 소리, 날쌔게 일어섰으나 다리가 후들거려 꼼짝을 할 수 없게 만든 지진'을 경험하고 난 뒤의 자각한 '과학적 사고'에서 얻은 산물이었다.

　이태준 선생은 그 이후 모든 생각을 과학적 근거를 바탕으로 하게 되었고 당시 유행처럼 발간된 책을 탐독하면서 구축된 문학관으로 보여진다. 그런 노력을 함으로써 문학적으로는 아주 짧은 1년 사이에 전혀 다른 작가로 탄생을 하게 된 것이다. 그 시작점이 단편 「오몽녀」로 이후 작품에서도 과학적 인물 분석, 사건의 필연성을 갖도록 하는 치밀한 구조, 간결한 문장으로 최대 이미지를 창출하는 독창적인 소설 세계를 구축해 우리나라 단편 문학의 최고봉으로 자리 잡을 수 있는 원동력이 되었다는 생각이다.

　만약 이태준 선생이 퇴학을 당하지 않고 계속 우리나라에 있었다면 이런 생각을 할 수 있었을지 의문이 든다. 따라서 이태준 선생이 선택한 일본 유학을 대학의 졸업 여부를 떠나서 중요한 결정이었다는 판단이다.

20. 와세대 전문학교 입학과 뻬닝호프 박사와 이별

가. 상지대학 예과 입학

상허 이태준 선생의 연보를 보면 일본에서 '1926년 4월 상지대학 예과에 입학, 나도향과 교우'라고 기재되어 있고 신문과 우유 배달 등으로 매우 궁핍한 생활을 한 것으로 기록되어 있다. 그런데 반해 상허 이태준 선생이 자서전 형식으로 연재한 『사상의 월야』에는 다른 내용으로 설명되고 있다. 어느 내용이 맞는지 모르지만 중요한 것은 이태준 선생이 연재한 자서전 형식의 소설에는 자세하게 소개되어 있다. 이에 반해 상지대학 예과 입학에 대해서는 확인을 할 길이 없고 학자에 따라서는 '본과가 아니라 전문부에 입학했다.'는 식으로 소개를 하고 있을 정도로 명확치가 않다. 따라서 본고에서는 상허 선생이 스스로 쓴 『사상의 월야』에 소개된 내용을 중심으로 소개를 해보고자 한다.

"저는 사각모에의 허영은 없습니다. 나 읽고 싶은 책을 읽을 수 있으면 그만입니다."

"아니 나는(뻬닝호프) 이군에게 꼭 와세다(早大)의 제복을 입혀보고 싶은데!"

하고 제복과 수업료와 교과서 값을 사십여 원이나 월급 이외에 그냥 물어 주었고 전문부일망정 조대의 제복을 입는 날 그는 자기 아들이나처럼 기뻐했다.

— 『사상의 월야』(을유문화사, 1946년)

위의 내용을 자세히 보면 상상으로 꾸며낸 것은 아닌 것 같다. 구체적으로 표현이 되어 있으면서 1934년 6월『중앙』에 발표된「음악과 가정」에서 삐닝호프 박사를 은사라고 표현을 하고 있는 것에서 증명을 하고 있다. 자신에게 도움을 준 사람에게 통상적으로 은인이라고 하는데 스승님이라는 의미인 '은사(恩師)'라고 지칭을 한 것은 아무래도 '자신을 학교로 이끌어 준 분'이라는 의미로 해석되어야 할 것으로 보여 진다. 이런 전제 하에 당시 상황에 대한 묘사를 더 알아보면 다음과 같다.

> 자기 사진기로 사진을 찍어 주었고, 자기 부인과 함께 자기 집에서 이태준의 장래를 축복하는 저녁까지 내었다. 그리고 그는 틈만 나면 이태준과 이야기하기를 좋아 하였다. 그는 조선에도 와본 적도 없거니와 들은 이야기도 금강산밖에는 없었다. 심지어 조선에도 글자가 있으냐고까지 묻는 정도였다.
>
> ─『사상의 월야』(을유문화사, 1946년)

인용된 내용처럼 베닝호프 박사는 이태준 선생의 입학을 축하하는 내용을 보면 꾸며낸 이야기는 아닌 것으로 보여서 이태준 선생이 조대(와세다)에 입학을 한 사실은 확실한 것 같다. 그럼에도 이태준 선생이 발간한 책에 기록되는 학력에는 이 부문에 대해서 언급을 하지 않고 있다. 그 이유는 여러 가지 이유가 있지만 크게 2가지가 있다. 가장 큰 이유는 삐닝호프 박사와 논쟁으로 인한 갈등으로 그 집에서 나오게 된 것이다. 또 다른 이유는 이태준 선생이 문학부에 입학을 한 것이 아니었다는 점이다.

이태준은 삐닝호프 주선으로 이듬해 봄에 조대 전문부 정경과(政經科)에 입학

하였다.   -『사상의 월야』(을유문화사, 1946년)

이태준 선생이 일본 유학길에 나선 것이 1924년이었는데 이듬해인 1925년 와세다대학에 입학을 한 것으로 나타나고 있다. 그럼에도 숨겼던 이유는 우선 정식 본과 대학이 아니라 전문부에 입학을 한 것이 첫 번째로 보인다. 또 다른 것은 작가라면 와세다대학 전문부에 설치되어 있었던 '문학부'를 택해야 하는데 '정치경제학과'를 선택했다는 점이다. 왜 이런 일이 벌어졌는지는 기록이 없어 알 수가 없다.

그러니 눈여겨봐야 할 부분이 (1)정식 시험이 아니라 뻬닝호프 박사 주선이었기에 선택의 여지가 없었을 것, (2)이태준 선생이 내면에 정치에 대한 숨겨진 욕망이 있었을 것(아버지의 정치적 망명과 좌절, 서울 기독회관에서 대중 토론 연사에 나설 정도로 높은 관심) 등으로 보인다. 그런데 더 중요한 것은 상허 이태준 선생이 순수문학을 추구했지만 속마음은 세상을 바꾸어 보고 싶은 사회 개혁적 취향도 있었다는 사실이다. 그런 특성은 해방 이후 순수문학 기수라는 고정 이미지를 버리고 좌익 성향의 문학 단체에서 활동을 하고 결국 월북이라는 선택으로 귀결되었다는 판단이다.

와세다대학에 입학을 한 이태준 선생이 계속 학업을 유지하지 않고 1926년 4월 일본 상지대학 예과에 다시 들어가게 되는데 그 과정에는 '글자가 있느냐고 물을 정도 조선의 문화를 이해하지 못한 뻬닝호프 박사와 갈등'이 있었는데 그것을 소개해 보고자 한다.

"나는 이군만은 첫인상부터 좋으나 조선 청년들에겐 대체로 호감을 못 갖는다."
"조선 청년을 어디서 많이 보셨습니까? 또 무엇 때문입니까?"

나. 뻬닝호프 박사와 결별(1)

상허 이태준 선생은 일본에서 만난 뻬닝호프 박사를 은사라는 존칭을 붙이고 있다. 왜냐하면 기본적인 생활비도 없이 무작정 일본으로 유학을 택한 탓에 당장 먹고 살기 위해 신문배달을 하고 있었기 때문에 학업이라는 것은 생각도 못하는 상황이었다. 그러나 뻬닝호프 박사를 만나면서 생활이 안정되었고 또 문학 서적을 볼 수 있었고 또 자기 작품에 세계를 구축하는 기회를 제공 받았기 때문이다.

이렇게 절대적인 영향을 미쳤던 뻬닝호프 박사와는 '조선 청년을 비난하는 내용'이 빌미가 되어 결별을 하게 된다. 그 구체적인 내용을 알아보면 다음과 같다.

"조선청년들이 우리 스코트 홀 강당이 세가 싼 바람에 가끔 그들이 집회를 여기서 열었는데 보면 대체로 평화적이 아니다. 조선 학생들은 연단에 올라가면 공연히 싸우듯 큰소리를 내고 연단을 부수듯 차고 발로 구르기까지 하다가 결국 싸움도 벌어진다."　　　　　　　　　　　　　−『사상의 월야』(을유문화사, 1946년)

위의 내용은 우리 조선 민족이 논쟁을 격렬하게 벌이는 것을 뻬닝호프 박사 입장에서는 이해를 할 수 없다는 부분을 이야기하고 있다. 그러나 서양에서 진행하는 회의 방식의 눈으로 보면 무질서하게 보일 수 있지만 우리 민족의 열정적인 토론 문화를 이해하지 못한 것에 기인한 것이라고 보여진다. 서양의 잣대로 동양의 문화를 바라 볼 때 범하기 쉬운 오류이다. 또 뻬닝호프 박사는 조선에 문자가 있냐고 물을 정도로 무지상태였다는 점은 '식민지의 청년들의 울분'을 이해하지 못한 것이라는 생각이다.

또 뻬닝호프 박사가 조선 청년을 싫어했던 이유는 (1)집회를 마치면 걸상 한두 개가 부서진다. (2)구두를 털지 않아 강당 안이 흙투성이가 된다. (3)불도 끄지 않은 담배꽁초를 마당에 던진다. (4)가래침을 아무 곳에 뱉는다.

이런 경험을 한 뒤에는 될 수 있는 대로 조선 청년들에게 강당을 빌려 주지 않는 것으로 방침을 세웠다는 이야기를 이태준이 듣게 된다.

이태준은 몹시 흥분하였다. 대뜸

"선생께서 관찰이 그다지 단순하신 것에 놀랄밖에 없습니다."

하였다. 뻬닝호프 씨도 얼굴이 좀 붉어진다.

"내 관찰이 단순하다고?"

하고 그는 얼굴이 더욱 붉어지나 속을 능구노라고 억지로 웃음을 짓는다.

"아니 내가 거짓말을 허는 줄 아는가?"

"사실인 줄은 압니다. 그러나 선생께선 한 사실만 보시기만 했지 생각은 안 하셨단 겁니다."

"내가 생각까지 할 의무가 있을까?"

"선생이 진정한 크리스챤이시라면!"

－『사상의 월야』(을유문화사, 1946년)

인용된 내용은 이태준 선생과 뻬닝호프 박사와의 논쟁의 전말이다. 우선 이태준 선생은 왜 조선 청년들이 그런 행동을 하는지 생각을 해야 한다는 주장이다. 이에 뻬닝호프 박사는 '자신이 그런 것까지 생각을 해야 하느냐'는 입장이다. 이태준 선생이 발끈했던 것은 '조선 청년을 비난 하면서 우리 민족 전체를 매도'하는 듯한 말에 즉각 반발을 하는 것이다.

왜냐하면 당대의 작가들이 이태준 선생을 평가할 때 공통적으로 '자존심이 강한 소설가'라는 수식어 붙는다는 점을 생각해 보면 당연한 반발이라는 생각이다. 이에 반해 뻬닝호프 입장에서는 이태준 선생이 '진정한 크리스챤이라면 상대방 입장도 생각하는 배려가 필요하다.'는 지적에 적지 않은 당황을 했을 것으로 보인다. 왜냐면 뻬닝호프 박사는 학생을 가르치는 것과 포교활동을 같이 하고 있는데 '종교인 자질을 건드리는 이야기'는 자존심이 상하는 논쟁이 될 수밖에 없다. 더욱 문제가 커진 것은 이렇게 보는 입장이 다른 상황에서 이태준 선생은 다음과 같은 폭탄선언을 하게 된다.

> "아무튼 저는 유학생들 회합에 아직 참석하지 못했습니다. 못해보고 억지로 변호하려는 건 제 편협한 감정일 테니까 이담 제 눈으로 한번 보고 다시 말씀드리겠습니다."
> "그러면 이군도 그네들 집회에 다니겠단 말이오?"
> 하고 뻬닝호프씨는 난색을 보인다.
>
> ─『사상의 월야』(을유문화사, 1946년)

뻬닝호프 박사는 불량배들로 보이는 조선 유학생 회의에 참석을 하는 것에 분명한 반대 입장이지만 이태준 선생은 '같은 유학생이기 때문에 벌써 멤버'라는 주장을 펼쳐 자신의 고집을 꺾지 않고 있었다. 이 논쟁은 결론이 나지 않은 상태에서 중단되었지만 며칠 있다가 아주 곤란한 일에 직면하게 된다. 그 일은 조선 유학생들이 뻬닝호프 박사가 운영하는 스코트 홀을 임대해 달라는 것이었다. 원래는 불교청년 회관에서 회의를 가질 예정이었으나 마침 개축 중이어서 어쩔 수 없이 여기로 찾아 왔다는 것이었다, 뻬닝호프 박사는 안 된다는 입장을 밝히자 이태준 선생이 나서서 간청을 하게 된다.

다. 뻬닝호프 박사와 결별(2)

뻬닝호프 박사는 조선 청년들에게는 '그래도 다신 그들한텐 안 빌리기로 작정한 것이니까.'라고 이야기를 할 정도로 확고한 입장이었다. 이런 태도에 은근히 화가 난 이태준 선생은 다음과 같이 이야기를 하면서 상황이 악화된다.

"선생님?"
"뭐요?"
"강당을 빌려 주십시오."
"그건 이 군이 간섭할 문제가 아닌데?"
"간섭이 아니라 그들 중 한 사람으로 선생님께 간청입니다."
―『사상의 월야』(을유문화사, 1946년)

이태준 선생이 이런 이야기를 한 것은 자신도 조선 청년 한 사람이라는 민족적 공감대를 이야기한 것이다. 비록 조선이 가난하고 무지한 사람들이 모여 살지만 다른 사람들에게 부당한 대우를 받는 것은 참을 수 없다는 특유의 민족주의를 내보인 것이라 할 수 있다. 이런 생각은 이태준 선생이 '작품에서 이름 없고 가난한 사람들을 주인공으로 내세우지만 결코 그들을 깔보거나 업신여기는 것이 아니라 연민의 정으로 바라본다.'는 것을 보여주는 사례라고 할 수 있다. 다시 말을 하자면 뻬닝호프 후원 아래 생활비 걱정을 하지 않아도 되고 비록 전문부이지만 와세다 대학에 진학을 한 상황으로 굳이 조선 청년모임에 나갈 이유가 없는데 자신도 일원이라고 이야기를 하는 것은 남다른 민족주의 성향이라는 판단이다. 만약 일신의 영달을 꾀한다는 생각이 앞섰다면 모르는 체 하고 넘어가도 되는 일을 문제로 만드는 것은 작가로서의 양심도 같이 갖고 있었다는 생각이다.

이렇게 이야기가 진행이 되자 이태준 선생은 그전의 집회에서 뻬닝호프 박사가 불만으로 지적을 했던 부분을 자신이 해결하겠다는 이야기를 한다.

"그들이(조선 청년) 떨어트리는 흙, 담배꽁초, 가래침, 모두다 제가 맡아서 치우겠습니다."

"그런 거야 이 군이 책임을 질 수 있겠지. 그렇지만 말썽이나 생길 삐라 같은 걸 뿌려도 이 군이 책임질 수 있을까?"

"그런 거야 주최사 집회계출을 낸 책임자가 있을 것 아닙니까?"

"좌우간 스코트 홀로선 우리 사업이 아닌 걸 가지고 관내 관청에 폐를 끼쳐서 안 되니까…"

　　　　　　　　　　　　　　　　　　－『사상의 월야』(을유문화사, 1946년)

인용된 대화 내용을 보면 이태준 선생은 자신이 청소 문제를 책임을 지겠다는 입장을 분명하게 말하고 있는 반면 뻬닝호프 박사를 '문제가 될 수 있는 삐라가 뿌려질 수 있다.'는 이유로 거부를 하고 있다. 왜냐하면 뻬닝호프가 운영하는 스코트 홀의 주요 목적은 기독교 포교활동이 목적으로 사상범으로 몰릴 만한 문제가 발생될 경우 운영에 문제가 되기 때문으로 보인다. 빼닝호프 박사는 이태준 선생을 기독교인으로 만들기 위해 많은 노력을 기울였는데 그것을 알아보면 아래와 같다.

동경에 있을 때다. 한번은 사흘이나 두문불출한 나를 은사 B박사가 찾아 주었다, 나는 그에게 손목을 끌리어 그의 집에 갔을 때 이내 성경을 읽어 주고 기도를 하자고 하였다. 나는 머리를 숙이는 대신 도리질하며 "싫어요." 하였다.

—「중앙」 1934년 6월

"그리고 여기 있는 동안 아무런 단체에도 들지 말고 유학생회에도 참가말구 예수만 진실히 믿고?" —『사상의 월야』(을유문화사, 1946년)

이렇게 빼닝호프 박사는 기회가 있을 때마다 이태준 선생을 크리스챤으로 개종을 하고 싶어 했다. 그러나 이태준 선생은 개신교보다는 불교에 더 애착이 높은 편이었다. 자신의 생각을 담아 낸 것으로 보이는『무서록』에는 그리스도교에 대한 이야기를 등장하지 않고 「불국사 돌층계」에서 자신의 마음을 담아내고 있다.

그때 나는 불국사에서 그 여러 층 돌층계를 일부러 여러 차례나 오르내리고 하였다.

"신라 사람들이 밟던 층계로구나!"

생각하니 그 댓돌마다 쿵 울리면 예전 사람들의 발자취 소리가 어느 틈에서고 풍겨 나올 것 같았다.

—『조광』, 1935년 11월 「불국사 돌층계」

위의 글처럼 상허 이태준 선생은 우리 고유문화를 담은 불교에 많은 관심을 갖고 있었다. 따라서 서양의 정신이라고 할 수 있는 기독교 사상에 호의적일 수는 없는 상황이었다. 결국 삐닝호프 박사와는 생태적으로 갈등의 소지가 있었다고 봐야 한다.

라. 삐닝호프 박사와 결별(3)

강당을 조선 청년에게 빌려 주는 문제로 의견이 이태준 선생과 헛갈린 의견을 내놓은 삐닝호프 박사는 다른 생각을 갖고 있었던 것으로 보인다. 우선 작품 속의 대화를 보면 삐닝호프 박사는 다른 조선 학생들보다 애정이 더 깊었고 특별한 인재로 키우고 싶어 했다. 즉 자신을 대신해서 어떤 역할을 해주었으면 하는 구상을 갖고 있었다. 그것을 대화를 통해서 다음과 같이 풀어 놓고 있다.

"이 군?"
"이 군이 와세다 전문부를 마치면 내 미국으로 보내주지."
"미국 가 체육을 연구하고 와 여기 체육부를 맡아 가지고 우리와 함께 스코트 홀 사업을 해줬으면 좋겠는데."
"그리고 여기 있는 동안은 아무런 단체에도 들지 말고 유학생회에도 참가 말고.." ―『사상의 월야』(을유문화사, 1946년)

위의 인용문을 보면 삐닝호프 박사는 이태준 선생을 자신과 같이 일을 할 사람으로 정해 놓은 것으로 보인다. 미국으로 유학을 보내 주겠다는 파격적인 제안을 한다. 당시 식민지 청년들에게는 일본 유학을 넘어서 미국으로 공부를 하러 간다는 것은 부잣집 자식이나 가능한 일이었다. 가난한 고학생 신분이었던 이태준 선생에게는 신분상승을 할 수 있는 절호의 기회였다. 또한 유학을 갔다 온 뒤에는 삐닝호프 박사가 구축한 영역 안에서 자유롭게 활동을 할 수 있다는 유리한 점도 있었다. 그런 목적을 위해서는 일본에서 좋지 않은 시각으로 감시를 하는 유학생회나 단체에 활동을 하지 않는 것이 좋다는 권고를 하고 있으며 기독교 신자가 되어 달라는 조건을 달고 있는 제안이었다. 특히 이태준 선생에게는 미국 유학 또는 서양에 대한 막연한 꿈과 야망을 가진 적이 아래와 같이 있었다.

뜻밖에 윤수 아저씨에게서였다. 그간 자기가 상처(喪妻)를 했는데 이 기회에 미국 같은 데로 가볼 생각이 나서, 돈을 어른들 몰래 좀 장만해 가지고, 우선 상해로 가는 길이니 어도 상해나 미국으로 가볼 생각이 있거든 같이 가자는 것이었다.
"그까진 서울 유학이 뭐냐? 미국 유학을 십 년만 하고 나와 봐라!"
이태준은 그 길로 달려가 윤수 아저씨께 전보를 쳤다.
―『사상의 월야』(을유문화사, 1946년)

나는 소학교 다닐 때 어디서 굴러 온 것이었던지 뜯어진 책장에서 나폴레옹 사진을 구경한 적이 있었다. 구경뿐만 아니라 그것을 호주머니에 넣고 다니며 심심할 때 꺼내 본 적이 있었다. 그 후에 선생님에게 물어서 나폴레옹은 서양천지를 마음대로 뒤흔들던 대영웅이라는 것을 확실히 믿게 되었고 '옳지 그러면 나는 동양의 나폴레옹!' 하는 엉뚱한 생각에… 군관학교에 다니려면 상해를 가야 한다는 말이 그 때 내 귀에 지나칠 말이 아니었다.   ―「학생」1935년 1월

이렇게 어릴 때부터 미국이나 서양에 대한 동경심이 있었던 이태준

선생에게는 뻬닝호프의 미국 유학 제안은 마음이 흔들릴 수 있는 것이었다. 그 제안을 받아들여 미국 유학길에 올랐다면 '대한민국 단편 완성자로 평가 받는 상허 이태준'은 탄생되지 않았을 것이다. 그러나 뻬닝호프박사가 몰랐던 것이 있었는데 그것은 상허 선생은 '조선 백자에 감명받고 생활비를 털어서 추사 김정희 현판을 구입할 정도로 지독하게 조선을 사랑하는 상고주의자'라는 것이었다. 뻬닝호프 박사의 제안을 받은이태준 선생은 다음과 같이 자신의 주장을 펼친다.

오래 생각할 것도 없는 일이었다.
"절 그렇게까지 유망하게 봐 주시는 덴 감사합니다. 그러나 유감입니다만 지금 말씀하신 모든 게 제 자신에겐 무의미합니다."
"그런 계획으로 저를 도와주신 거라면 이미 받은 은혜만 해도 갚을 길이 없는 부채올시다. 더 적당한 사람을 골라 이 자리에 쓰시기 바랍니다."
이리하여 다시 앞길이 막연하나 이 날 저녁으로 스코트 홀에서 나와 버리고 말았다.
　　　　　　　　　　　　　　　　　　　－『사상의 월야』(을유문화사, 1946년)

상허 이태준 선생의 입장에서는 뻬닝호프 박사가 자신에게 베푼 선의는 자신을 사업에 이용하기 위한 목적이 있었다는 것에 불쾌감은 느끼고 자존심이 상하는 일로 생각했던 것 같다. 왜냐하면 상허 이태준 선생을 평가를 할 때 '자존심이 강한 작가'라는 평이 있고 또 부모를 잃고 용담에 왔을 때 '여러 사람 앞에서 불쌍하다며 푼돈이나 주는 것은 나로서는 무안과 수치를 느끼곤 했다(－「신가정」 1933년 5월).'고 이야기할 정도로 남에게 동정을 받는 것을 싫어했다는 점에서 뻬닝호프 박사의 결별은 예정된 수순이라는 판단이다.

21. 이태준 선생의 「오몽녀」 등단과 발표 과정

가. 등단 과정

　상허 이태준 선생의 등단 작품은 자신이 함경도 배기미에서의 경험을 바탕으로 구성한 「오몽녀」이다. 이 작품은 지진의 경험을 겪고 나서 과학적 생각으로 문학을 해야 한다는 자각을 통해서 얻어진 것이다. 그 동안 읽었던 작가들의 경향에서 완전히 벗어나 새로운 세계 즉 '현장을 바탕으로 한 정확한 인물묘사를 통한 성격 표현'이라는 이태준 선생만의 독창성을 확보했다는 점에 주목을 해야 한다. 그런데『조선문단』에 투고해서 당선된 작품이『시대일보』에 게재된 것을 두고 논란이 있다. 그 이유에 대해서 알아보면 다음과 같다.

『조선문단』 1925년 7월호 발표 내용
　사고: 이태준 씨의 소설 「오몽녀」는 당선되었으나 사정이 있어 발표치 못하옵는 바 작자의 현주소를 통지하여 주소서 -(『조선문단』 1925년 7월 213면)
　- 심사위원
　이광수, 전영택, 주요한

나. 『조선문단』에 작품 발표를 하지 못한 사정

『조선문단』에 발표하지 못한 이유를 정확히 밝힌 사람은 편집 및 발행인을 맡고 있었던 방인근 씨와 이태준 선생이 밝힌 이유는 다음과 같다.

이태준 씨가 「오몽녀」를 투고하였는데 압수되어 발표하지 못한 기억이 있으며…   —방인근, 「문학운동의 중축, 조선문단 시절」 67페이지

그 끄적거리던 것 속에서 처음 제목을 붙여 『조선문단』에 투고한 것이 「오몽녀」였다. 편집자로부터 곧 소식이 왔다. 실릴만한 수준이나 본지에는 통과되지 않을 듯한 대목이 있어 『시대일보』에 보내었다 하였고, 며칠 뒤에 시대일보로부터 「오몽녀」 전편이 완재된 신문이 왔다.

—『춘추』 1943년 5월 138면

그 이유는 일본은 문학 작품의 검열을 강화해서 문제가 되는 것은 압수를 하고 있었다. 이태준 선생의 작품에는 성추행, 매춘강요, 계획된 양민 살인과 자살 위장, 재산 갈취 등의 장면에 대해 검열을 통해 압수될 가능성이 높았다. 만약 압수가 되었을 경우에는 원고가 발표될 수 없는 것은 상식이다. 『시대일보』를 통해서 발표된 것은 압수가 된 것이 아니라 '검열에 걸릴 것을 염려한 『조선문단』 편집진들이 자발적으로 이 원고를 넘긴 것'이라는 생각이다. 또한 상허 이태준 선생의 「오몽녀」를 두고 편집진 간에 갈등이 있었던 것은 분명하다. 왜냐하면 춘원 이광수 집에서 같이 기거를 하면서 『조선문단』을 운영하던 방인근이 「오몽녀」 발표 이후 다른 곳으로 거처를 옮겼기 때문이었다.

다. 개작된 「오몽녀」

이런 논란이 발생되자 상허 이태준 선생은 뒷날 이 작품을 발표할 때 문제가 되는 부분을 고쳐서 출판을 한 것으로 알려지고 있다. 개작된 부분은 여러 군데가 있지만 가장 대표적으로 삭제된 곳을 인용하면 다음과 같다.

그런데 그 중에 남 순사라는 자는 오몽녀를 볼 때마다 남다른 생각을 품어 왔다. 아이를 둘이나 낳고, 이제는 살이 나리고, 얼굴에 주름이 잡히기 시작하여 점점 쪼글아저 들어갈 뿐인 자기 처를…

남 순사가 오기 전에 방가라는 순사가 있었다. 그는 술만 먹으면 이유 없이 백성을 함부로 치든 이다. 지금 이 남 순사도 사람을 잘치고 제 부모 같은 노인을 욕 잘하고 이 거리를 제 세상으로 알고 돌아다니지마는 그래도 방가보다는 낫다는 평판을 듣는다.   ─「오몽녀」 원작에서 삭제된 부분 일부

위의 내용은 일제 앞잡이 순사를 비판하는 것으로 당국의 심기를 건드릴 수 있다는 판단을 내리고 전부를 삭제한 것으로 보여진다.

그럼에도 불구하고 「오몽녀」는 당시 작가들에게는 지대한 영향을 미친 것으로 알려지고 있다. 대표적인 예가 「물레방아」로 유명한 나도향 소설가가 다음과 같은 극찬을 하고 나섰는데 알아보면 다음과 같다.

처음 보는 작가로서 이만큼 얌전한 작품을 내어놓는 것은 퍽 반가운 일입니다.

이 가운데서 우리는 오몽녀를 통하여 궁촌 여성의… 생활의 측은한 일면을 볼 수 있으며… 그의 구상과 기교가 그리 완숙하였다고 할 수는 없으나 서투른 점을 별로 찾아낼 수 없습니다.

　　　　　－조선문단 합평회『조선문단』1925년 9월 121페이지, 나도향 의견)

라. 동경에서 나도향과 만남

나도향은 상허 이태준 선생과 같이 보내게 된 것은 1925년『시대일보』에 발표한 단편「오몽녀」를 보고 극찬을 하면서 부터였다. 그 후 이태준과 나도향은 급속하게 가까워져서 동경 유학 생활을 같이 보내게 되었다. 그런 사실이 아래와 같이 연보에 나와 있다.

상허 이태준 연보
• 1925년(22세) 일본에서 처녀작「오몽녀」를「조선문단」에 투고하여 입선되어 문단에 나옴.
• 1926년(23세) 동경상지대학 예과에 입학. 신문, 우유 배달 등을 하며 매우 궁핍한 생활 속에 나도향 등과 교우.
• 1927년(24세) 11월 상지대 중퇴 후 귀국. 일자리를 구하나 취업난에 허덕임.

위의 기록에서는「물레방아로 유명한 나도향과 같이 교우가 있었던 것으로 되어 있다. 그러나 실제로는 단지 교우 관계보다 더 특별한 사이였다. 나도향의 경우 집안에서 의사를 권했지만 그것을 뿌리치고 문학을 택해 동경으로 와서 공부를 하던 중에 자신의 재능을 꽃피워 보지도 못하고 폐결핵으로 25살의 나이로 요절을 하게 된다. 나도향과 상허 이태준 선생과 관련된 자료들을 총괄적으로 정리를 해보면 다음과 같다.

나도향 문학 행적 부분에 등장하는 이태준

- 1925년(24세)에는 「벙어리 삼룡」, 「물레방아」, 「뽕」을 연이어 발표하는데, 이때까지 모은 원고료를 가지고 다시 일본으로 건너가 이태준과 함께 지낸다. 그러나 허름한 하숙방에서 지내다보니 가난과 병마에 시달리게 된다.
- 1926년은 도향이 죽던 해다. 「생명을 실감하자」는 도향이 죽은 후 1928년 1월 일본 동경에서 창간된 『반도산업(半島産業)』에 실렸다. 이 잡지는 상허(尙虛) 이태준(李泰俊)이 편집·발행 겸 인쇄인이다. 동경 유학 시절, 나도향이 폐병으로 피를 쏟을 때 하숙방에서 함께 기거한 이가 바로 이태준…

상허 이태준 선생이 나도향에 대해 쓴 글

이태준은 「도향 생각 몇 가지」에서 도향의 죽음을 지배했던 폐결핵으로 떠올렸다.

…작년(1926년) 어느 이른 봄날이었다. 동경 일모리(日暮里)역 건너편 동산에 어우러진 춘(椿)나무 꽃이 바람에 휘날리며 길을 붉게 덮었다. 도향은 걸음을 멈추고 앞서가던 나를 불러 세웠다.

그 하얗게 질린 얼굴은 지금도 기억한다. 그는 자기 앞에 떨어진 꽃잎보다 더 붉은 핏덩어리 하나를 굽어보고 섰던 것이다. 기침 한번을 다시 하더니 또 하나를 뱉어 놓았다.

나도 작품을 더러 잃어 버렸다. 도향
이 죽은 이듬해인가 서해 형이 『현대
평론』에 도향 추도호를 낸다고 추도문
을 쓰라고 하였다. 원고 청이 별로 없
던 때라 감격하여 여름 밤을 새어 썼다.
　고치고 고치고 열 번은 더 고쳐 현대
평론사로 보냈더니 서해 형이 받기는
받았는데 잃어버렸으니 다시 쓰라는
것이다.
　　　　　　－『무서록』 작품의 일부

이태준이 쓴 「도향 생각 몇 가지」

나도향이 폐결핵으로 각혈을 할 때도 하숙방에서 지켜 보았던 것으로
기록하고 있는데 상허 이태준 선생에게는 폐결핵 환자에 대한 경험이
크게 두 가지가 있다. 하나는 앞에서 이야기한 나도향이 있고 또 다른
하나의 기억은 '기침이 나셨다. 기침 뒤엔 고개를 돌려 무엇을 배앝고
모새(모래)로 덮곤 했다.'로 묘사된 어머니가 폐병에 걸려 사망을 한 것
이었다. 그런 경험을 바탕으로 폐결핵에 걸린 여자가 사망을 하는 것을
주제로 쓴 「까마귀」가 집필된 것으로 판단된다.

부록

이태준 선생 사진 및 고서

결혼식 모습

경성보육 졸업사진(좌에서 두 번째가 이태준 선생, 맨 끝이 이순옥 여사)

강화도 전등사에서 (1)

강화도 전등사에서 (2)

강화도 전등사에서 (2)

불국사에서

이태준 선생이 수집한 고서들

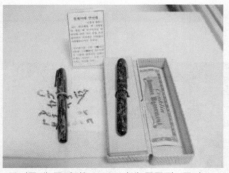

무서록에 등장하는 1930년대 콘클린, 무아
만년필(미국사이트에서 경매 구입)

아버지로부터 물려받은 도화연적 재현품

작품 「무연」의 무대가 된 선비소

이태준 선생이 어린 시절을 보낸 용담길

일제시대 신문에 연재한 「딸 삼형제」

이태준 선생이 농업간이학교를 다니던
율리리 언덕